———— 阅读之前 没有真相

午夜文库

白雪公主

[日]森川智喜 著
熊景涛 译

新 星 出 版 社　NEW STAR PRESS

1	第一部——襟音玛玛艾的事件簿
3	CASE Ⅰ 手绢与白雪公主
26	CASE Ⅱ 丝与白雪公主
53	CASE Ⅲ 毒与白雪公主
107	第二部——请用苹果
110	第一幕 我杀死的少女
171	第二幕 完美犯罪

"魔镜啊魔镜,作壁上观的魔镜呀。说来听听吧,这个国家之中,谁是最美丽的人啊?"

于是乎,魔镜一如既往地答道:"女王陛下,您才是这个国家里最美丽的人啊。"

听到这话,女王才完全放下心来。全都因为女王深知,这面魔镜从不说谎。

——格林兄弟《白雪公主》

登场人物

"魔镜啊魔镜,作壁上观的魔镜啊,请告诉我这个故事的主要登场人物都有谁?"

"如您接下来所见[①]——

▼襟音玛玛艾(Eliot Mamae)

——本名:玛尔加雷蒂·玛利亚·麦克安德鲁·艾略特(Margarethe Maria McAndrew Eliot)。私家侦探,持有"无所不知的魔镜"。

▼格兰比·英格拉姆(Granby Ingram)

——襟音玛玛艾的助手。小矮人。七个小矮人中的幺子。

---

①其中所有外来词的注音按照通用翻译习惯整理,原文中并没有拉丁字母表现形式。——译者注(如无特殊说明,书中注释均为译注。)

▼绯山燃（Hiyama Moyuru）——私人侦探。
▼三途川理（Santukawa Kotowari）——私人侦探。
▼戴娜·贾巴沃克·维尔东根（Dina Jabberwock Wildungen）——皇后。"

"魔镜啊魔镜，请告诉我，这群人之中谁是第一流的名侦探？"

"就是鄙人了。"

第一部——襟音玛玛艾的事件簿

就算有些人家的院子在围屏里也罢，在别家房子后面荫蔽着也罢，虽然当事人自以为不论从何角度都无隙可窥，却没想到竟然会有人从这么远的山上用望远镜窥探着自己，所有秘而不宣之态、为所欲为之举，对他来说皆可谓眉睫之内、尽收眼底。

——江户川乱步《镜地狱》

CASE I 手绢与白雪公主

"我再也不想看那孩子一眼了,赶紧把她带到林子里去。不过,作为你已经把她处死了的证据,你要用这块手绢蘸上她的血。"

于是,猎人按照吩咐将白雪公主挟到了森林的深处。

——格林兄弟《白雪公主》

对"无所不知的魔镜"的主人——独立侦探襟音玛玛艾来说,揭开事实真相简直易如反掌,就像放个屁一样信手拈来。

不过就实际情况而言,玛玛艾还有一个往返于学校的中学生身份。因此,她日常从早饭时间开始就没办法和委托人面对面地打交道了,而且对于正处于多愁善感的年纪的她来说,自然更不会在委托人面前"放屁"。况且与委托人接洽的时候,这样不够专业的举动,很有可能致使侦探事务所的口碑下滑。所以,一旦涉及业务层面,玛玛艾一定会毕恭毕敬地斟茶倒水,端坐在椅子上,准备好笔记,发出"请问发生了什么事啊"这样可有可无的问询。顺道一提,这时候作为侦探助手的我,就在书柜上盆栽的阴影里藏身匿迹。毕竟这个盆栽就是为了让我躲起来才放在那儿的。

"请问发生了什么事？"玛玛艾问道。这时候我从盆栽后赶紧探出头来，向下窥探着。

"那个，在说之前，我还有件事想请教您一下……"

十一月的某日。这天的委托人看似诚惶诚恐地开了口。这是一位过度瘦削的男性，倒也能说是二十岁出头的样子，不过他身上穿的马甲实在太朴素了，让他看上去足足像是而立之年。

对面，我们的侦探玛玛艾身着看上去颇具南美民族风情的衣裳，还挎着她中意的女士手袋。玛玛艾衣着打扮光鲜入时，这是考虑到如果看上去过于稚嫩，可能会对工作造成影响。虽然我对玛玛艾这一身的潮流也一窍不通，不过不知道怎的，她头上戴的浮夸发饰总让我联想到儿童套餐上插着的小旗子。

"但说无妨，您有何指教呢？"

"还要请姑娘多包涵，敢问姑娘芳龄？因为您看上去实在是太年轻了……这间事务所是您开的吗？"

屡次三番地发生今天这样的事情，其实也印证了我的这个想法——玛玛艾的"不要让人觉得自己太稚嫩"的战略方针，可不止我一个人觉得让人摸不着头脑。就在我强忍着笑意，快要大笑出声的时候，玛玛艾向我的藏身之处看过来，也就是书柜的上方。然后，玛玛艾向我展示她那一脸睥睨的神情后，又马上扭头转向了委托人那边。

"鄙人十四岁，这间事务所便是鄙人所办。"

"十四岁？那还是中学生吧，您是在这里兼职，还有其他的侦探在吗？"

"没有了。鄙人便是创始人，兼所长，兼本事务所唯一的侦探！"

"那么，还有其他的员工吗？"

"没有了。"

明明就有名为格兰比·英格拉姆的小矮人——我本人在此担任助手，协助工作！每每这种时候，我总是深感受伤。如果没有我，又有谁来记账，又有谁来制作对公的文件，又有谁来做业务介绍传单呢？书架下方的玛玛艾抬头看向我这边，她脸上的苦笑带了些许抱歉的意味。

委托人也跟随着她的视线，朝这边看了过来。当然了，像我这样的小矮人，被别人发现的话，说不定会掀起很大的波澜，但我也根本不介意他们就这样扭过头直接看过来。我能泰然处之的理由就是，从物理层面上来讲，我们小矮人充其量只有数英寸大小，所以并不太容易被人发觉。而且，除了极具灵性且思维相当灵活的人之外，鲜少有人能够产生"盆栽里藏着小矮人"这样的奇思妙想。大多数人都属于"因为实在出乎意料，所以想都不敢想"的类型。就算不是这种，也顶多觉得"那有虫子吧"，或者勉强能够联想到"那里有装饰用的小矮人的模型"而已。

玛玛艾问道："那么，您的委托内容是什么？如果需要咨询或者是参考价格预算的话，目前本社可以提供免费的服务。"

听到提问，委托人面向玛玛艾，然后开始含糊其词道："也不是……其实……"

"我会为您保守秘密的，毕竟，我也是个侦探。"

"但是……不过……"

"事情也不用说得非常详细，从您能想到的事情当中酌情聊一下大致情况就可以了。毕竟，我也是个侦探。"

"这倒也不是……"

"因为我还是个孩子，您就没法信任我吗？虽然，我明明是个侦探。"

"嗯……"

对话越来越含糊不清了。玛玛艾已经开始抚摸身边的手袋了。看见她这副样子，我马上意识到，这就是惯常那种套路了。我通过书柜上排列着的相册搭成的过道转向了对面的厨房。不出意外的话，接下来就是那个节奏了……

我马上便听到玛玛艾说道："那么，暂时给您一点时间再考虑考虑吧。"

就像在客厅里的书柜一样，厨房的桌子也装上了方便我攀爬的梯子。刚好在我要爬上桌子的时候，通向客厅的门被推开了。

本社的名侦探大人——玛玛艾隆重登场。玛玛艾"啪"的一声关上了门，她脸上的表情不悦到甚至可以说有些气愤难耐了。

"真是的，烦死人了！"这就马上开始吐苦水了呀。

我立刻用抚慰般的口吻询问道："你是烦非得从委托人那里事无巨细地问出委托内容才行啊，还是烦好不容易给对方机会说出来了，结果却又不得不让你请魔镜出场啊。"

玛玛艾像要吐出来一样地说："两个都是啊，都是！"

然后，她从手袋里拿出了一面手持镜子。

"我得赶紧折腾完这点事。我要赶在演电视剧的时候回去才行。今天可是要播大结局了！"

"反正也没规定电视剧非得在电视上看啊，还不如问问魔镜都演了什么呢。"

就算我提出了如此具体的建议，玛玛艾还是否定地摇了摇头。

"别跟我说这些邪门歪道的！电视剧这玩意儿本来就是用来追的啊！"

嗯，这也算是言之有理吧。

她扭过头去，不再正眼瞧我，整个人转向了那把手持镜子，声音澄澈地说道:"咚咚咻叭哩咚咻咚叭哩!魔镜啊魔镜!请告诉我,那个人为什么要到这里来?"

于是乎,魔镜接收到她的提问,开始散发光芒。这可正是"无所不知的魔镜"使出看家本领的时候。魔镜散发着白色的光辉,像往常一样漫不经心地答道:"方才那个人——绿川俊夫,在私立高中担任教师。在学生变魔术的时候,他的手表被变没了。因此他想识破魔术的套路,如此才能寻回那块手表,同时也能向变魔术捉弄他的学生报一箭之仇了。"

这简直就是不言而喻了,委托人这家伙迟迟不说出委托内容,只好让魔镜道出真相了。

听完魔镜的回答,我马上做出了反应。"这可真是让人闻风丧胆的大事!"

"噗。"玛玛艾也做出了反应。

我们四目相对,异口同声地笑出声来。跟警察不同,对于侦探来说,职业上的烦恼多半是因为委托内容实在是千奇百怪,而这次的委托在这些怪事里面也可以算得上是相当荒诞不经了。不过我们也不能笑得太过分,毕竟这样对委托人可不太礼貌。

"咚咚咻叭哩咚咻咚叭哩!魔镜啊魔镜!请告诉我更多细节!"玛玛艾如是问道。

魔镜一度变得晦暗起来,然后又重新散发出白色的光芒,随后回答道:"今年春天[①],绿川来到新的高中担任教职。因为人手不够,他被紧急任命为魔术社团的顾问教师。紧接着,上周六就发生了那样的事。"

[①] 日本学校的学年从每个自然年的4月份开始到下一个自然年的3月份结束。学期一般采用前期(上学期)为4-9月,后期(下学期)为10月至次年3月的两学期制。所以春天来高中任职的绿川是从学期伊始进入学校的,而这个时候正是学校为学生的社团活动分配顾问老师的时节。

魔镜这次并没有一直散发光芒。叙述完这段开场白之后，魔镜便像是电视播放画面一样，开始出现场景了。

　　魔镜中显现出来的是——走廊里正在步行的绿川（这人便是本次的委托人，虽然此人目前并未决定是否会提出自己的委托）。画面上映出了"2-A班""理科教室"等文字，令人很容易做出判断——这是在校园之中。结合先前魔镜的开场白，便可知画面上呈现的确实是高中校园了。

　　走廊中迎面走来了两个男生。

　　"老师！绿川老师！"

　　绿川先生的脸上马上露出了"糟糕"的神情。两个男生开始嬉皮笑脸，高个儿的男生说道："老师，接下来就要开始社团活动了。可要麻烦您好好尽到顾问老师的职责哦！"矮个儿的学生马上接着说："我们正在构思新的魔术表演，老师您可是顾问，有责任观看我们的表演！"也就说了这么几句话的工夫，可怜的绿川就开始瑟瑟发抖了。

　　虽然不知道这所高中对于社团活动顾问老师的职责是如何界定的，不过看着魔镜映出的景象，让人大致明白了两件事：其一，绿川并不想担任魔术社团的顾问教师；其二，这两个学生并不太尊重绿川这个顾问老师。与其说是不被尊重，倒不如说让人觉得绿川遭受了学生们的轻慢。从对话的语气上就能感受到，虽然他们说出来的话也都字斟句酌地使用了敬语，但却缺少应有的敬意。

　　我仔细观察起来，发现他们俩戴的是隔壁街区重点中学的学生证。哈哈，这两个小家伙，大概就是那种仗着自己成绩优异作弄老师的"好"学生吧。这场面可真是似曾相识啊——哎呀，这不就是玛玛艾之前看的那个叫什么什么来着的教师当主角的校园剧的剧情嘛！

我渐渐觉得绿川真是令人同情，恍然感到自己应该十分郑重地正视这件事了。当我想着"玛玛艾是怎么看的呢"，小心地窥探她的时候，不经意间我们四目相对。

玛玛艾同情地说道："原来还真有这么懦弱的老师啊！"

我闭上嘴，重新将视线投向魔镜。那时候魔镜里的场景刚好发生了变化，换到下一个场景。

这次的场景是在一个有些晦暗的房间，房间内有一个刚才没见过的男生，中央放着一张被苏格兰格纹桌布覆盖的大桌子。房间里有些杂乱无章，地板上到处都是散落的扑克牌和断裂的木板，杯面与人造假花堆得高高耸起，桌子上摆放着几个喝过的饮料瓶，生活气息扑面而来。大概每个参加魔术社团的成员都喜欢在午休或者放学以后在这儿消磨时光吧。

绿川和刚才出现的两个男生在画面（魔镜里）的一侧登场了。绿川刚坐在窗边的凳子上，男生中的一人就马上说道："老师，那里可不能坐，那是上座啊！"

大家都不约而同地哄笑起来。哎呀，真的好惨。可怜的绿川只好坐在了上座右侧的座位上。随后，桌子的另外三个边上便各坐了一个男生。

坐绿川对面位置的男生大概就是要进行表演的魔术师吧。他像用慢动作一样从口袋里掏出了手绢，这块天青色的手绢有些大，除此之外也没有什么特别之处。因为并没有日常使用的痕迹，可以推测这块手绢就是特意拿出来变魔术用的。

变魔术的男生把手绢摊开抖了几下。

"接下来我将表演的是——让物体消失的魔术！"

周围立刻响起了掌声，绿川先生也跟着鼓起了掌。

"请看……"变魔术的男生马上开始烘托气氛,"别管是什么,请大家拿出想让我变没的东西吧。啊,这块手表,真是一块好表啊!好吧,那我就让这东西消失吧。首先,用魔术手绢把它包起来……"变魔术的男生把包着手表的手绢举到了自己头部左右的高度,静静地闭上了眼,然后一动不动,静若磐石。

"让我施加魔法的威力,施加魔法的威力……"此时,桌子上饮料瓶中的可乐都泛起了小小的涟漪。经过四五秒之后,变魔术的男生才渐渐睁开了眼睛。

"现在我将把它放在桌上,并再次施加魔法的威力。"他像用抹布擦桌子一样把揉成一团的手绢左右摆动了一番说道,"然后,把它展开会发现……"

变魔术的男生将手绢铺平了以后,里面竟然空空如也。紧接着,他追问道:"你们一定觉得我把东西藏在手绢的背面了吧?"

老实说,我的确是这么想的。虽然不知道绿川当时心里是怎么想的,不过他也模棱两可地点了点头。

变魔术的男生将手绢翻了过来,里面却什么也没有。他又像表演之前一样,将手绢摊开再抖了几下,但显然手绢里并没藏着那块手表。周围响起了鼓掌的声音,绿川又只好跟着大家鼓起掌来。我猛地抬头看向旁边,玛玛艾(当然不是在魔镜的画面当中,而是在魔镜之外)也鼓起了掌。

"真是绝了,绝了。太不可思议啦!"

玛玛艾明明用着比眼前的三流魔术更不可思议的魔镜,能让她说出这种话来,还真是板上钉钉的"绝了"!哎呀!真是不可思议!实在是万不得已,我也只能跟着拍起了手。

魔镜转场进入另一个画面。还是在同一个房间里,还是同样的阵容。绿川先生拿着变魔术时使用过的手绢,发出了懦弱的质问："把手表……还给我！"

"不是都说了吗，都说了多少遍了啊！已经用戏法儿变没了呀！啊哈哈哈！"

"啊哈哈哈！"

"您可是魔术社团的顾问老师啊！魔术里这点小门道，这么简单！您肯定能猜透啊！"

"说得可真在理啊！啊哈哈哈！"

真是一群没有教养的"魔术师"啊。虽然不太懂魔术这东西的门道，不过这种货色在魔术师里也只能算是害群之马了吧。

"怎么可以这样啊……"

绿川那副神情，让我联想到了他深夜饮泣难眠的样子。

然后魔镜又转入另一个画面。哎呀，这次好像并不是在学校里了，而是在寻常百姓家——这是在绿川家的客厅里吗？绿川先生和差不多同岁的女性在一起，绿川家的这两个人出现在画面中，那么她一定就是他的妻子了。

"怎么最近一直没见你戴我之前送给你当礼物的那块手表啊？"

"啊，那个……"

"难道你把它弄丢了？"

看上去绿川的家庭地位也岌岌可危啊！

"也不能那么说……"

"那你想怎么说呢？"

"哦……"

"你这人啊，就是这样！不管在家里还是在外边，一到为难的时候就闷不吭声。真是可怜之人必有可恨之处。你说说，这都多少次了，你看看你在别人眼里像什么样子啊……"

她还絮絮叨叨地说着，声音渐渐地消失了。

魔镜最后说道："绿川觉得只要猜透魔术里的门道拿回手表，就能暂时解决和妻子之间的小矛盾。不仅如此，他还能重拾自己在学生当中的威严。当然了，只要坚持自己的主张，就算看不出戏法里的门道，也能要回自己的手表，但这样的话就无法重拾自己作为师长的权威。话虽如此，让绿川苦恼的是凭借一己之力实在是弄不清魔术里的门道。就在这个时候，他正好看到这家侦探事务所的招牌，这才抱着死马当活马医的心态闯了进来。"

补充说明完情况，魔镜就渐渐地暗淡下来。随后，镜面上也只是反射着自然光，仿佛变成了一块平平无奇的镜子。

玛玛艾像想通了似的哼哼唧唧地说道："总而言之，咱们侦探事务所物美价廉，这样门槛低些让人轻松光顾也不错啊。"

对此我深有同感。

然后玛玛艾接着说："不过，我倒是觉得，就算看破了魔术的门道，也没办法从本质上解决任何问题啊。"

这个我也深有同感。

"要我说根本就不用揭穿什么戏法，还不如用'强'的，把手表直接要回来才有成效呢！不过到了动粗的地步，咱们可就爱莫能助了。"

我再次深有同感。

"接下来，就让魔镜来解决这个问题吧！"

我可不能再深有同感了，而且我觉得玛玛艾完全知道我就是这么想的。

"稍等片刻！"

我为了增强一下自己的存在感，当场跳了出来。

"就不能稍微、就不能再稍微做点推理吗？仔细想想，你可都还根本没有进行过任何推理呢！我倒是觉得，这次的事件本来就让人挺感兴趣的，对你来说也刚好是小试牛刀的难度！"

"推理，推什么理啊？"

"案件啊，当然是案件！你不是侦探吗？侦探当然是要探究事件的真相啊。通过推导事实真相，轻而易举地得知手表到底是如何消失的，这不是侦探的分内事嘛！"

玛玛艾脸上露出了些许不悦的神情。"哎呀！真是太麻烦啦！"

"就三分钟，就等我三分钟。我得思考一下！"

我马上收回身子，看了一眼墙上的挂钟确认当前的时刻，然后就地盘腿坐了下来，开始推理魔术里的门道了。

我首先假设就是手绢藏着暗兜。但是魔镜当中也有绿川拿着手绢的画面，这样一想，恐怕手绢里就没法藏机关或者有什么门道了。而且，要是藏个十元硬币[①]或者戒指那样的小物件也罢了，手表这么大的东西可没法藏在手绢的暗兜里。所以说，手绢里藏着暗兜这种说法并不成立。

接下来，假设把包着手表的手绢和别的手绢调包，这种想法的可行性如何呢？不过，从影像来看的话，确实没有调包的工夫，这个假设也不成立。那么，趁乱将包在手绢里的手表丢出去的假设呢？这个蠢到家了，就算瞎了眼都能看出来。

那如果说，把手绢举到了自己头部左右的高度那会儿，将手表滑进袖子里这种假设呢？这也算到目前为止能想到的最靠谱的假设了，实在是想不到令人满意的答案啊。毕竟，我当时可是仔仔细细凝神打量了魔镜里的画面，确实没看到能让手表滑落到袖

---

①十元硬币：直径23.5mm，厚度1.5mm，重4.5g，面值为10日元的铜币。

子中的动作。

还有可能就是变魔术的男生之外的两个学生其实是托儿的假设。啊,这个还是有可能的嘛。不过,虽说是托儿,该怎么说呢,那两个小家伙在变戏法的时候干了什么来着?啊,话说回来,好像确实稍微有点小动作……不对,我怎么觉得那好像不是那两个小家伙的小动作,到底是什么来着……

我在脑海中将刚才魔镜里的影像回放了无数次。

似乎有些什么让人耿耿于怀的细节,我感觉自己就要接近揭开谜底的线索了。不过也只是感觉,还差那么一丁点儿,就差那么一丁点儿就能解开谜题了……

"咚咚咻叭哩咚咻咚叭哩!魔镜啊魔镜!请告诉我事情的真相吧!"玛玛艾说了出来。

我不满地向玛玛艾发起了牢骚:"明明说了让你等我一下,哎,三分钟都还没到呢。"

"实在是太让人着急了!我实在是等不及了!不是跟你说了吗,今天可是大结局啊!我可想早点儿摆平这当子事啊!"玛玛艾也不满地发起了牢骚。

"都跟你说了,事后直接问问魔镜,什么电视剧你以后看不成啊?"

"我才不要!我才不要靠那种邪门歪道追电视剧!"

"你才是真的邪门歪道!堂堂一个侦探竟然靠问魔镜得出真相,这才是真的邪门歪道呢!"

玛玛艾并没有回答我,只是哈哈地笑了起来。魔镜开始散发出光辉,照得她脸上的笑容更加耀眼了。

唉,看到她这样开心的笑脸,我也实在无话可说了。算了算了,就随她去吧。反正这是玛玛艾的侦探事务所。

于是乎，魔镜道出了真相。

"啊！原来如此。看来我的着眼点还不错嘛。如果再有两分钟，啊不，只消一分钟，我就能自力更生解开谜题了……大概。"

知道了事件的真相也就是委托的内容之后，玛玛艾回到了客厅，坐到了委托人的面前。我也再次回到了盆栽构成的特等席上。此时，委托人目不转睛地盯着空空如也的茶杯，一脸苦涩。他根本就没心思去拿点心盘子里的饼干。

"那么，您意下如何呢，已经下定决心了吗？也没有下定决心这么夸张，您只要放轻松进行咨询就行了。"玛玛艾说道。

绿川一边把玩着手中的空杯子，一边嗫嚅道："那……就承您美意，向您咨询了。"

听见绿川这么说，玛玛艾马上笑逐颜开，一脸灿烂。

"您说，您说。"

"其实……"

"您就直说吧。"

"也不是什么多重要的委托，其实，是这样的……"

绿川想着自己也是万不得已才落得向中学生咨询的下场，不情不愿地说了起来。不过懦弱的委托人竟然没有办法接着咨询，眼看着对话也进行不下去了，但是时间却还在争分夺秒地流动着。就在委托人支支吾吾、吞吞吐吐的时候，玛玛艾好像真的等得不耐烦了。

"那个什么，根据我的推理来看啊，您是高中魔术社团的顾问老师吧？"

"您是怎么知道的？"

一阵沉默。

"毕竟我也是个侦探，能做出这种程度的推理是理所当然的嘛！"

"咦？"委托人简直惊得双目圆睁。

"根据我的进一步推理来看，您的手表被学生在变魔术的时候变没了吧？"

"咦？！"

"再进一步，根据我的推理，那块手表是您太太送给您的东西！"

还是老样子啊，玛玛艾可真是单刀直入、简单粗暴啊。这可不是随便加个"根据我的推理来看"就能随随便便想出来的事吧。

"于是乎，您想看破戏法的门道，拿回您的手表。这就是您的委托内容，对吧？"

听完玛玛艾的"推理"，委托人不仅双目圆睁，而且大吃一惊，合不拢嘴了。玛玛艾拿起了立在桌子一侧的价目表。

"虽然是稍稍有些特殊的委托，不过也没关系，本侦探事务所完全可以胜任您的委托。接下来，请您看一下价目表。照您的委托内容来看，姑且认为属于失窃案件的范畴。由于事件发生的时间也不太长，可以从固定收费里再给您打个折，差不多就是这个数了！"

玛玛艾拿起办公桌上的计算器噼里啪啦一通敲打，然后飞快地朝后转过身去，把按出来的一串数字给委托人看了看。但是，委托人保持着瞠目结舌的状态，根本就顾不上看价格。

玛玛艾拿出了一张印好的文件，继续说道："如果需要进行委托的话，那么麻烦您在这张文件上签字即可。等客人您认为案件已经解决好了的时候再付款也没有关系。不过，本事务所无法使用信用卡结……这位客人？"

客人简直像是被冰冻住了一样岿然不动。玛玛艾走到客人面前，拍了几下巴掌，客人才像解冻了一样苏醒过来。

"难道说，你其实和我们社团的学生认识吗？"

"啊？"

玛玛艾扭头看了过去。

"然后跟我们社团的学生里应外合，耍出这样的鬼把戏来……"

"您误会了！"

"不过，话又说回来……不对，说得也是，我们社团的学生也不知道那块手表是我爱人送给我的礼物。"

"咦？"

"啊？"

"哎呀，说的就是嘛！"

一看就知道，玛玛艾这家伙根本没想好如何辩驳对方。幸亏委托人自己想明白了。

"也就是说，刚才您进里面屋子的时候，就已经展开调查了吧？"

"您这么说也没毛病，不过，我并没有向任何人询问任何事情，也不可能给您的熟人打电话。我们会对客人在本侦探事务所的委托全程保密，本事务所到目前为止，从未因为泄密问题受到过任何客户的投诉……"

不管怎么说，玛玛艾就算被人撕破了嘴也不会说出自己是用了魔镜才解决事件的。不过就算她说出来了，也只能撕破她那张叭叭的小嘴，毕竟这话说出来鬼才会信呢！

别管是真的说服还是靠演技吧,总之玛玛艾的巧言善辩开始起作用了。委托人终于开窍了,开始相信眼前这位少女是真的才智过人。然而,玛玛艾其实并非拥有过人的才智,而是拥有异于常理的法宝。在她的敦促下,委托人终于在文件上签下了大名。

走完手续以后,委托人咳嗽着示意了一下:"那么,我就把详细情况转述给您,您分析一下。"委托人刚说完开场白,玛玛艾便马上皱起了眉头。

看见玛玛艾的脸色一变,委托人的脸色也变得煞白。这也难怪了,玛玛艾脸上的表情可不是接受委托后的侦探该露出的表情。我倒是完全可以理解委托人怀疑其中另有隐情的警戒心。

玛玛艾皱着眉头苦笑起来。"哎哟,您所言极是!请您仔细说明一下细节也是断案的重中之重啊!愿闻其详,请您知无不言、言无不尽。"

不管怎么说,玛玛艾总还算是有始有终。

毕竟玛玛艾有了那样方便的法宝,就算委托人的话一句不听也能解决问题,不过她依然用尽全力回应着委托人的倾诉欲望。就像这次委托一样,为了让话题有个明确的重点,玛玛艾不得不把节奏带得突飞猛进,不过一旦委托人能重开尊口,玛玛艾自己也重返常态了。其实她自己也是心知肚明的,毕竟不这么聊一遍,"推理"本身就显得不太合乎逻辑了。

玛玛艾虽然嚷嚷着抱怨要看电视剧的大结局,不过却没有给委托人吃闭门羹,这也算得上是善始善终了。看来她自己也明白,如果老是这样任性下去,就没有办法继续干侦探这行营生了。

不过，现在回过头来再听委托人事无巨细的陈述，我当然觉得玛玛艾已然做出了十分不符合常理的"推理"，不仅如此，从刚才开始她就任由委托人自行叙述事件的来龙去脉，然后还时不时地偷偷瞥一眼表上时针的位置变化。

差不多二十分钟以后，委托人终于说完了自己的亲身经历（叙述内容和之前在魔镜中看到的并无二致）。在他终于说完并开始垂头丧气的间隙，玛玛艾伸了一个懒腰，故意表现出一种开朗的神情，说道："是这样啊！我明白了！"

话毕，玛玛艾马上直奔主题。自从委托人进入侦探事务所到现在，中间大概花费了一个多小时，从这以后节奏就加快了。玛玛艾没用三分钟就解决了事件，然后又没用三分钟就说服了委托人"不要太纠结推理的过程"，最终让委托人满意而归。

这可真是可喜可贺！

顺道一说，魔术的套路就如下文所述。

其实机关就在桌子和桌布上。那张桌子本身就已经是"既有机关又藏套路了"。

诚如魔镜告诉我们的那样——用那种漫不经心的语气揭露一下真相的话，如下所述。

作为准备工作，首先要找一块跟桌子大小基本相同的较厚的木板，在木板的正中央开一个手掌大小的洞备用。然后将这块木板覆盖在桌子正上方，最后再在上面铺上桌布即可。不过，还要在桌布上划开一个口子，开口处需在木板洞口的正上方。

也就是说，只要桌布上划开了口子，就能让东西掉进木板的洞中。即便是没开洞的木板，如果是比较薄的纸牌之类的东西，也可以通过桌布上划开的口子藏在桌布底下。但是，如果要隐藏像手表这样具有一定厚度的物品的话，桌布就会鼓起来；魔术社团的学生之所以会用到木板这样的东西，就是考虑到了上述情况。

由于桌布选用了方格纹，因此只要在格子与格子的边界处划开口子，就比较不易被人发现，这些当然也在担任魔术师的男生的谋划之内，甚至室内采光不太好也是他们计划好的。

除此之外，不管念不念什么魔法不魔法的咒语，只要小心翼翼地在桌子上挪动被手绢包着的手表就行了，这样就能把手表通过桌布的开口送入木板上挖开的洞里了。而且这一系列操作，只要勤加练习，完全可以达到熟能生巧的程度。

值得一提的是，这个魔术并不能将比桌布上划开的口子、比板子上目的物挖出的洞更大的物品变没，也不能把比板子还要厚的物品变没。而且，其实在这个魔术当中，担任魔术师的男生最初就通过有意识地将手绢左右摆动以引人注目；并在静默地表演之时，暗示观众（也就是委托人绿川）要变没的物品一定是手绢能包住的大小。当然了，如果观众主动提出将体积相对更大的物品变没的要求，魔术师一定会巧妙地变更物品，使之变为相对更小的对象。

上述内容，就是魔镜说出来的真相，换言之，也就是绝对的真相。玛玛艾对委托人说明的也就只有这么多了。

但是我本人又进行了更深一层的思考。当我发现自己方才一直耿耿于怀的到底是什么之后，马上就能抽丝剥茧地将几件事联系到一起了。

比方说，房间角落里散落的木板断片，就是在木板上开洞留下的残片。

除此之外，还有最不自然的一件事，也就是关于"担任魔术师的学生施魔法的时候，为什么饮料瓶中的可乐掀起了波澜"这个现象。追本溯源地想，可乐泛起涟漪一定是因饮料瓶被外力晃动了。那么非常明显，饮料瓶晃动一定是因为桌子或者桌布产生了摇晃。换言之，这个问题可以转化为"那个时候为什么桌子或者桌布产生了晃动"。

担任魔术师的男生纹丝不动，这个时候桌子或者桌布却产生了晃动，就十分不合常理了。这个不符合常理的线索才是解谜的着眼点。

这个不合理现象的解释其实是"另外两个魔术社团的男生正在扯拽桌布"。他们发现，物品通过桌布划开的口子掉落到木板洞里的时候，桌布的切口部分会因为物体落下而松弛，因此看上去非常容易露馅儿。于是接下来，除了魔术师之外的两个男生，在桌子的左右两侧力道均衡地抻平了桌布。这个操作防止了切口部分因为物体落下而产生松弛和褶皱，而抻拽方向需要恰好和桌布上的切口平行。但是，如果两人一直抻着桌布会给手表落入下方造成阻碍，所以在下落时减小扯拽桌布的力度也在他们的谋划之内。

不过，在担任魔术师的同学释放"魔法"的同时，另外两名男生之一（或者说两人皆有）在力道的控制上没能做好对接工作，桌布产生了错位，故而桌布上的可乐才会泛起涟漪。

如果按照这个逻辑进一步深入思考的话，在魔术开始前的那个小插曲也能有一个合情合理的解释了。

"老师，那里可不能坐，那是上座啊！"当学生这样对绿川说的时候，委托人只好换了座位。他们想要委托人换位置，其实并不是因为委托人最初选择的座位是所谓"上座"，实则醉翁之意不在酒，抻桌布的两个男生早在表演之前就已经决定好了自己的座位，而委托人选择的位置又恰巧在抻桌布的同学选定的"座位"之中，如果他直接坐下，就会对魔术的表演产生影响，所以他们才必须要委托人换个座位。

如果回忆当时的场景，最初委托人想要入座的位置与他最终入座的位置其实并不是面对面的，而是成直角的位置关系，这个位置关系也直接验证了我的推理。事出有因，两个男生要抻拽桌布，就必须坐在面对面的位置上，因此如果委托人被学生要求换座位（只要保持四个座位平均分布在桌子的四边）的话，他就一定不会被安排到与抻桌布的同学面对面的位置上去。

以上就是我对整个事件推理的补充。

待委托人离开之后，我才从书柜上爬下来。然后，我就开始向玛玛艾解释："我重新深入地思考了一下这次案件的真相。"

"哦？"

"首先来说，房间角落里堆砌的木板废料，那个其实是……"我扬扬得意地说出推理内容，甚至陶醉地闭上了眼睛，像竹筒里倒豆子一般开始讲述事情的来龙去脉。当我把话说完之后，睁开了陶醉的双眼，心里盘算着玛玛艾这会儿会用什么样的表情听我把话说完呢……

在某种程度上，简直如我所料，玛玛艾的表情啊！这家伙根本就没用心听我说话。这会儿她正在一边大嚼着饼干，一边翻看杂志呢。

"玛玛艾？"

"啊?"

她把装饼干的盘子向我推了过来。我可真是受宠若惊,不过喊你可不是为了这个啊……

"你为什么……不听听我的推理呢?"

"推什么理啊?你在说什么呢?"

"刚才不是说了吗?"

"哦哦,刚才说的那个啊。"

"对!就是刚才说的话啊。"

"我可是认真地听了一半呢。"

"你听到哪里了啊?"

"房间里放着木板的废料那块儿吧。从那个地方以后实在是让人觉得太麻烦了,就没有兴趣继续听下去了。"

这就是本事务所的名侦探了,她可是最怕麻烦的了。

"算了算了!事件已经解决了!你说话一向高深莫测!"以迅雷不及掩耳之势使用上述对话闭嘴三连击之后,玛玛艾就在厨房消失不见了。在追电视剧之前,做好看电视剧时吃的小零食是她的一贯作风。

此时我感到十分孤寂,不过这种寂寥之情也并不新鲜,况且我早就知道消解这些愁绪的方法了。

我从玛玛艾的手袋中取出了魔镜,魔镜映照出我这一脸的寂寥。唉,瞧瞧这个可怜虫助手啊!然后我扯着嗓子大声呼喊:

"咚咚咻叭哩咚咻咚叭哩!魔镜啊魔镜!我的推理是不是正确的啊?"

"是的。"

魔镜回答得言简意赅，不过却足以让我马上重新振作起来了。

——未完待续

在不可思议之海上漂浮的不可思议之岛上的不可思议的森林里，有一个非常小的不可思议之国。如果说不可思议之国的不可思议之处的话，打个比方，在常人大小的人群之中混迹着拇指大小的小矮人居住其中，这就是不可思议之国的不可思议之处了。

除此之外，这个国家的百姓并不觉得"可以告知真相的魔镜"——不可思议的魔镜的存在是件不可思议的事，这也是不可思议之国的不可思议之处了。毕竟不可思议的魔镜就诞生在不可思议之国，还是皇室代代相传、独一无二的珍宝，这也就理所当然了。

因此，如果窥探不可思议之国的寻常百姓家（包括小矮人组成的寻常百姓家），当然是不会有不可思议的魔镜挂在墙上的；不过，如果窥探的是位于不可思议的森林中央的不可思议的山丘上坐落的不可思议的城堡的话就另当别论了！您瞧，此时此刻，那儿当然也挂着不可思议的魔镜呢！

不过，如果说这块魔镜和以往相比稍稍有些不同之处——

那就是，这块魔镜的一角上，有那么一丁点的缺损。

CASE Ⅱ 丝与白雪公主

"瞧一瞧,看一看,上好的物什等您买!"

白雪公主像是想起了什么,从窗户上探出了头问道:"您好,老板娘,有什么啊?"

"我这里既有高级货,也有漂亮的玩意儿。我有很多千奇百怪的缎带。"说着,老板娘取出了用绢丝织就的五颜六色的缎带。

——格林兄弟《白雪公主》

对于私家侦探玛玛艾来说,委托人对于委托的棘手事件到底有多深的洞察,其实与她并不相干。毕竟事件的林林总总包括真相在内,完全不出玛玛艾所料!

话虽如此,按理说玛玛艾本就连在侦探事务所竖门面开张,等着委托人上门的必要都没有。她完全可以假借侦探之名,通过某种方法得知自己可以用如此这般之策协助某处的某人如此这般地解决棘手问题后,自己送上门去与这位某处的某人取得联系即可。她完全可以在这个有望成为委托人的门上敲敲,告诉对方诸如"百忙之中如有打扰,还请海涵,我是来自侦探事务所的侦探,今天特意为您带来了值得一提的问题解决方案"之类的话,然后以侦探营业为目的上门兜售就能成事,那个谁不是说了吗——"机会偏爱有准备的人"。

不过，玛玛艾却从来没有选择过这种营业方式。她终归只是秉承在侦探事务所竖门面开张，等着委托人上门这种守株待兔的营业习惯。

"机会偏爱有准备的人，不过说的可不是我这种有准备的人。对于诸多的委托人来说重中之重到底是什么？是通过自力更生的方式找到解决问题的方法。作为一种解决问题的方法，即便是退而求其次地妥协——选择了敲响侦探事务所大门的人，我也愿意对其伸出援手。如若不然，那些走投无路的人才真的要完蛋了。当然，也有一部分人并不会走投无路，反而本来就十分可靠，对于他们来说，明明没请人伸出援手，却横空蹦出来个多管闲事的人，难道不会觉得令人生厌吗？简直可以视为明明没有提出要求，却被多管闲事的人窥探了私生活。区区一个小侦探，难道不是太自以为是了吗？"

我揣测玛玛艾带有这样更深一层的考虑，不过实际上问过她以后——"上门兜售？实在是太麻烦了。"她却表达出了这种"心意"。

不仅如此，她竖门面的架势就更敷衍了事了，充其量就只是在市区里东跑西颠地散发传单，而且设计制作传单还成了我这个助手的工作。

因此，只要有人拿着传单找到事务所，我就特别有工作的真切感受了，甚至会在书架上的盆栽后面雀跃不已。如果委托人夸奖传单做得好，我更是会激动得想跟盆栽里的三色堇击个掌。

尽情地跟三色堇击掌击了个够以后，我才向下望去，玛玛艾又冲着我这边露出了睥睨的神情，只见她一脸"太闹腾了，老是得意忘形的话，委托人早晚会发现你"的表情。

不过实际上，委托人根本不会发现我的存在，毕竟那女孩子一直都在向下看呢。她的注意力全都集中在侦探事务所的传单上了，此刻她正在对比着自己带来的数份印刷品中几个项目的区别。

玛玛艾开口说道："您拿着的传单原来是本社友商的传单啊……不是不是！这当然是无伤大雅的了，您当然可以详细地比较一下本社与其他侦探社的价格与条件，之后再确定选择哪家进行委托……"

"您多虑了。我当然不是这个意思。我已经决定委托贵事务所进行调查了。"

这次这位委托人看上去比玛玛艾稍稍年长一些，是一位肤色白皙、戴着眼镜的少女。让人在意的是，委托人明明是个妙龄少女，头发却乱蓬蓬的。

这位委托人大概不是急性子就是粗心大意的人，或者说既是急性子又是粗心大意的人，我匆匆瞥了一眼她的钱包就印证了这个想法。实际上她拿来的传单就塞在她的钱包当中，不仅如此，当她从钱包里翻出传单的时候，鼓鼓囊囊的钱包里还杂乱无章地塞满了各式各样的会员卡、图书礼品卡[①]、购物凭证等乱七八糟的东西。这就很容易暴露出她的本性了。

不过，从她还特意对比了其他侦探事务所的资料这一举动上来看，我察觉出这个女孩拥有相当程度的理性。毕竟她还夸奖了

[①]日本的图书礼品卡是日本图书普及株式会社发行的"全国通用图书券"的延伸形式，即一种使用磁卡形式的礼品卡。这种磁卡形式的图书礼品卡可以多次重复利用，从平成2年（1990年）12月开始发行。该图书礼品卡的面值有3000日元、5000日元两种储蓄额度，每次消费购买图书后余额可供下次使用，同时不设定有效期限。图书礼品卡直至2016年5月停止发行，目前仍在可用时效内。本书首次出版于2013年2月，当时还在此种图书礼品卡的发行时段内。

我做的传单呢!

"就像我先前说的,果然这间侦探事务所的传单看上去最靠谱了……打电话的时候应答也非常平易近人。虽然也不是什么多大不了的委托,不过我确实是这种喜欢事前做好准备、未雨绸缪的风格。"

打电话时候的应答?这不又是本人的功劳嘛!三色堇,击个掌吧!

委托人翻开传单,说道:"明明也不是什么大不了的委托,如果找家规模太大的侦探事务所,反而让人觉得门槛太高了点。毕竟也不是公司规模大就一定适合我,所以我就在找麻雀虽小五脏俱全的侦探事务所。

"比方说,就像这间绯山侦探事务所。虽然小,但是看着工作方面也有实打实的业绩。不过从传单上的内容来看,实在有些索然无味,而且价格也写得模棱两可,让人看着没法放心。

"从这点来看,这家三途川侦探事务所就显得十分友好了,不过合同事项和注意事项写得实在是让人觉得蹊跷。杂志上关于这家侦探事务所除了正面新闻之外,也有丑闻这类不好的报道,虽说从侦探这一行的工作性质上来看,确实也是没办法的事。

"不过,您这间襟音侦探事务所就没有任何负面消息,综合比较起来真是更胜一筹,于是我……"

这个女孩还真是有点冒失。委托人絮絮叨叨地说起了那些无人问津的事。

这些关于同行的话题,我倒还算是提得起兴致,玛玛艾就不同了,她微微低头,说道:"感谢您的中肯评价。话说回来,您的委托内容是?"

可算切入正题了,玛玛艾对打探同行的消息可是一点儿兴趣都没有。

委托人向前探了探身子，说道："自行车找不到了。"

"嗯。"

"怎么办呢？"

"冒昧地问您一句，您是学生吧？"

委托人点了点头，从钱包里取出自己的学生证给玛玛艾看。我凝神看了一下，发现这是附近高中的学生证。

玛玛艾敲打着计算器上的按键，说道："您可以享受学生优惠折扣，价格就是这个数了！"

"跟电话里介绍的价格一样呢，这可比买辆新车便宜，那可一定要麻烦你们了。"

委托人接过玛玛艾递出的文件并签了字。果然是个"急性子"的人啊！委托人只在文件上写了自己的姓氏，就将文件返还给了玛玛艾。玛玛艾马上指出了她签字的疏漏。之后再填表格的时候，这女孩子又忘记写联系方式了。

终于填完了表格，委托人一边喝着咖啡，一边开始自顾自地说起了根本没有人问过的事件始末。

"那我就从能想到的地方开始说了，可能说得不得要领，内容比较松散、缺乏联系，不好意思啊……"

对于玛玛艾来说最不必要的时间开始了。不过即便在这种百无聊赖之时，玛玛艾在某种程度上也能十分认真地对待委托人。从这点来说她真是十分敬业了。明明不是多么善于倾听的人，但是她好歹表现出了最低限度的侦探专业度。

现在玛玛艾正出神地望着天花板，不过她这副表情也能让人产生一种她正在陷入深深思考的错觉。但在知道事情真相的我看来，她这副样子完全就是进入思考今天晚餐菜谱的状态了（要是吃咖喱就好了）。

　　另一方面，我可不能像她那样愣神。毕竟我对这种依靠魔镜力量维持的侦探生意，总是有种不安的感觉。我还是好好地将事件内容抽丝剥茧整理完成，然后尽力解决客户的委托吧。毕竟，不依靠魔镜解决的事件也不是没有过。

　　话说回来，本次委托人委托的事件，实在是让人如堕五里雾中，就像委托人自己事前所说的那样，"从能想到的地方开始说""内容比较松散缺乏联系"。

　　详情正如下述：

　　发现自行车不见了之后，我马上给回收违规停放车辆的公司打了问询电话，就连自行车的防盗号码①也告诉了对方，但是对方却说并没有收走这样一辆自行车。那这就是失窃了，对吧？但是不知怎的，我却没有办法这样想。

　　自行车消失的地点现在十分明确——就在X町的购物中心。我不说您可能也知道，那个地方附近荒凉得简直就是乡下了，从最近的车站步行到购物中心要花将近一小时的时间，最近的公交站甚至比车站还远，附近也并不通公交车，在那个地方乘车是十分麻烦的。

　　所以说事情的根本，其实是要解决小偷到底是出于什么动机实施盗窃行为的。这个动机也可以分成盗窃的手段和盗窃的理由两个部分。盗窃的手段我还没想明白，盗窃的理由就更不得而知了。

---

① 日本在购买自行车的过程中，需要购买自行车保险。每辆自行车都有独立的防盗号码，相当于自行车的独立号牌，通过查询防盗号码可以找到失窃自行车的来历和违规停放的自行车的去处。即便通过赠予获得自行车，也需要再度将自行车登记到所有人名下获得新的防盗号码。

这件事实在是太蹊跷了。要从车站特意费工夫步行一个小时到购物中心，然后才有可能实施盗窃行为。姑且不说这件事做起来有多难，要实施盗窃，最起码也要从车站走一个小时过来；当然也能驾车过来，不过如果是开车来就更没法摸清对方实施盗窃的思路：被盗走的自行车简直成了驾车出行的累赘了。

顺便一说，我在地下停车场停车的时间大概有三十分钟，就是上周六的下午三点。

在那之前我一直都在家中学习，然后从家骑自行车到购物中心。第二天有模拟考试，所以我还是挺用功的。不过因为自动铅笔的笔芯用完了，所以得出去再买点。除了笔芯，还想着买之前想看的参考资料，再临时抱抱佛脚。

买东西的路上我还去自动贩卖机买了饮料，哎呀，不对。本来想买来着，后来没买成。自动贩卖机坏了。不管怎么把钱展平了塞进去都会被退款，所以后来我就放弃了买饮料解渴的念头。

这些鸡毛蒜皮的小事倒也不是那么重要，那个什么，总之没过多久我终于骑到购物中心了。

到了商场以后，我在地下停车场存好自行车，锁也结结实实地锁上了。嗯，绝对没出差错。您看看，现在车钥匙还在我手里呢。那个自行车的车锁，只有锁好车子，才能把钥匙拔出来；而只有插着钥匙车轮才能转。

然后，我就在商场里开始买东西了。细细回忆起来，先去了ATM服务网点，然后又去了卖文具的地方，接着去了卖网球用品的地方，之后是卖运动装备的卖场，最后去了书店。我在文具用品区买了一盒自动铅笔的笔芯。

最后我用图书礼品卡买了之前就看上了的参考书。我买书的时候一定会用图书礼品卡付账，因为卡面设计特别漂亮，光拿着我就觉得特别开心。所以买书之外的东西才会用到钱包。我的图书礼品卡简直是读书生活之友。哎呀，你能明白我的感觉吧？

原来这样啊，你好像不太懂啊……

我说到哪儿来着？

哦，对了，我用图书礼品卡买好了参考书那里对吧。买好之后我就直接去停车场了。毕竟该买的东西都买完了嘛。我想早点儿回家多准备准备考试，再接着复习一会儿。毕竟我那天也还是挺用功的。

但是就在这个时候！我的自行车不见了！

委托人到这个时候才一口气说完。

"原来如此。"玛玛艾回应道。我的眼神马上跟向上瞧着的玛玛艾的眼神对上了——今天晚上吃咖喱对吧？今天晚上吃咖喱就好了。怎么样，能让玛玛艾收到我的电波吗？

玛玛艾的视线变换了方向，朝着别的方向恍恍惚惚地看着。委托人继续倾诉。

我也再度侧耳倾听她们的对话。

"实在是没有办法了，最后我只能乘出租车回家。压根儿就没想着走路回家。我特别讨厌活动，实在是不太擅长运动，根本不愿意动。啊，对了，说到出租车，我当时也想过'如果坐出租车来的人，返程的时候实在不想花钱坐车，才偷了我的自行车'这种情况，于是就去询问购物中心的保安关于出租车的情况，不过人家却告诉我'今天来的出租车目前也只有您叫的这一辆'。所以说'去程坐出租车，回程骑盗窃而来的自行车'这种假设也没办法成立了。"

"说得是呢，确实如此啊。"

"除了上述两种交通方式之外，还有在车站间往返的免费公交车。'去程乘坐免费的公交车，回程骑盗窃而来的自行车'这种说法虽也勉强可以成立，不过如果考虑到'回程也坐免费的公交车不就完了，为什么非要费事骑自行车回去'，那这样的假设也就难以成立了。"

"也有道理。"

玛玛艾抱着双臂，装作正在思考的样子。不愧是玛玛艾，已经习惯了这种光景，简直就是专业的演员啊。

"您能参透事件的真相吗？"

"您的推理的确不错。"

委托人把咖啡杯送到嘴边，喝完后又把空空如也的杯子放回了茶托当中。玛玛艾简直刻不容缓地做出了反应。"请您稍等一会儿，我去给您添上新咖啡。"

"啊，谢谢您……"

我从盆栽走到了厨房，然后坐在了咖啡机上，这时玛玛艾也在厨房现身。

"净问些有意思的问题呢，你觉得怎么样啊？在依靠魔镜的力量之前，想到什么线索没有？"我问玛玛艾，她却一边向我挥手轰赶一边发出了"嘘嘘嘘"的声音。这家伙，根本没想过自力更生地思考问题啊。

为了创造现在这种机会，每次玛玛艾给委托人端去的咖啡分量都不是特别的多。现在，当然是玛玛艾从手袋里取出魔镜探寻真相的机会了。

"咚咚咻叭哩咚咻咚叭哩！魔镜啊魔镜！那个人的自行车到底去哪儿了？"

魔镜简短地回答道:"就在她骑去的购物中心的角落里被同行之人藏了起来,现在还在购物中心的角落里藏着呢。"

我再度和玛玛艾确认了眼神,玛玛艾继续问道:"咚咚咻叭哩咚咻咚叭哩!魔镜啊魔镜!同行之人是?"

魔镜上显现出了委托人在购物中心的地下停车场寄存自行车的画面。还能看到周围有其他几个顾客,明显能够看得出其中一个人是和委托人共同行动的。那是一个梳着马尾辫的女孩子,年龄和委托人相当。看这样子,这两位的关系应该是朋友……

魔镜上浮现出了文字——"这便是同行之人→"。箭头指向的就是那个梳着马尾辫的女孩子。

"什么鬼!简直是无聊透顶。"我这样说道。因为实在是太无聊了,我还气得轻轻地踢了一脚咖啡杯,咖啡甚至在杯子里发出了扑通声。

"原来只是委托人的朋友把自行车藏起来了,在恶作剧啊。这也并不是什么难解的谜题嘛。全都因为委托人平时是个老好人又是个急性子,就因为是个老好人所以才根本不会怀疑'朋友为了恶作剧把自行车给藏了起来',又因为是个急性子所以在刚才的对话陈述当中,根本就没想起提一提和朋友一起去购物中心的事。实在是无聊透顶。"

玛玛艾对着魔镜提出了最后一个问题:

"咚咚咻叭哩咚咻咚叭哩!魔镜啊魔镜!只是这样吗?"

魔镜做出了最后的回答:"是这样的,不过如果要更加详细地说明作案动机的话——一半是出于嫉妒心，一半是出于想妨碍对方学习的目的。犯人每次考试成绩都不如委托人，前几天的考试也技不如人，因此产生嫉妒心理，为了发泄心中的愤懑才实施了罪行。作案人相当地厌恶委托人。"

知道了真相的玛玛艾回到了老好人、急性子，成绩优秀却没能和朋友交心的委托人身边。我也再度躲到了盆栽后面。

"……事情便是这样了。"玛玛艾十分坦率地将真相告诉了委托人。

委托人将续杯的咖啡飞快地喝完了，她因为玛玛艾冷不防推导出的事实真相而瞠目结舌、倍感震惊、无话可说。

"啊……也就是说……"

"正是如此，也就是说，您的自行车现在还在购物中心的角落里藏着呢。"

"怎么会这样啊……"

被自己的朋友（至少自己是这样认为的）嫌恶着这样的事，任谁都会觉得实在是难以接受吧。委托人即便脑子里能够想明白玛玛艾方才所说的这些话，心里也肯定难以接受这种真相吧。

不过，委托人即便心里不能认同，也能明白方才玛玛艾所说的这些话的真实性了吧。

"我刚才说过宏子的事吗？"

"啊？宏子小姐是哪位啊？"

"就是被你称为嫌疑人的我的朋友啊！"

"哦！"

委托人的瞳孔深处现出了深深的难以置信的神色，她抚摸着我刚才踢过的咖啡杯的一侧说道："从侦探小姐你那胸有成竹的样子来看，说不定我现在赶去购物中心的那个角落就能找到自行车了,不,一定是这样的对吧?如果是这样的话,这件委托我们就当面解决了,当然这也无可厚非,做得十分出色,不过……不过,你到底是如何知道整件事情的来龙去脉的呢?"

虽说是诘问,不过对方语气也没有那么针锋相对,反而很沉稳。但是,这样的提问对于推理出案情真相的侦探而言,绝对是十分辛辣、欠缺温情的。

"所以说,就是做了推理啊,综合很多线索推理出来的,通过经验得出的结论,大概……就是这么一回事……"

"推理?通过经验得出?"

"当您去购物中心的时候,也许您的朋友也一同随行,如果那样的话您的朋友实在是有些古怪……就这种的推理啊。因为您的朋友一同随行这件事可是您在回忆过程中的盲点啊,甚至都忘记提一提的盲点!您方才提到的有:购物中心与车站的距离,乘坐出租车的可能性,还有其他的方方面面您都事无巨细地想到了。所以如果提到盲点的话……这个地方不是很奇怪吗?我是这样认为的……从侦探的经验来看,这种情况下应该就会发生这样的事情……"

演员玛玛艾简直都冷汗涟涟了。真是不胜其烦!

委托人的视线当中也显示出了焦躁的神情——快点给我好好地说明情况啊!

不过从现实角度出发,除去这一点,玛玛艾的说辞也并不算漏洞百出,我反而有些感慨,她也算是身经百战学会灵活应对了。

就像玛玛艾所说的那样,这次的委托,随行的友人成了整个事件的盲点。这一点任谁来看都是如此。

除此之外,从谈话内容中委托人强调的"盗窃自行车能得到的好处"着眼的话，就非常容易得出"自行车绝非作为实用的代步手段而被窃取，而是作为'委托人的物品'而被盗窃的"这种推断。"自行车如果并非作为实用的代步手段而被窃取的话，那么有可能就是单纯地想让委托人不悦而进行恶作剧、实施盗窃"这种推论也能由上述结论推理出来了。

综上所述，就衍生出了"朋友恶作剧盗窃自行车"的推论。更进一步说，"朋友恶作剧盗窃自行车"的推论也符合实际事件发生的各项条件。

当然，追根究底这只是几种推论中的一种，而将这种推论说作"真相"的证据实在有些过于薄弱了。

话虽如此，玛玛艾口中的"经验"一词，正试图使上述令人不可思议的内容看起来更合理，以便委托人接受。虽然有可能会被认为"竟然推理出了这样的可能性，这个侦探可能不时就会判断失误"，但这跟不可思议可就是两回事了，况且委托人目前耿耿于怀的是其他方面。委托人属于那种很擅长逻辑思维的类型（就像我这样），所以也未必十分介怀这一点。令她耿耿于怀的是……

"难道这就是您做的推理吗？"

"是的，就是这样，说不定我根据经验得出的推理会有一些误差，也说不定购物中心的角落里并未藏着自行车，所以您可以在找到您的自行车后再支付相关的费用也没关系。"

"不好意思，那就按您说的来办吧。"

"这是我分内的事。"

"不过话说回来了……"委托人的满心疑虑并未消除。"刚才您的推理，我也不是不能理解。那也确实是我叙述之中的盲点。但是关于这之前的推理之中的逻辑我实在无法整理清楚。从盲点的不合逻辑这一部分作为切入口自然是十分合情合理的，我也能够接受从盲点推导出来、用经验来解释的真相。不过，实话实说，我实在看不出这其中有任何逻辑可言。"

果然是这样，我开始同情她了。

"逻辑？"

"对，说的就是逻辑。通过我忘记提及的'与友人一同前往购物中心'这个事实推理出这个真相，暂且这么说，但这其中的思考过程并没有得到解释梳理。我想知道推理出你的'与友人一同前往购物中心'这个事实的思考过程，如果不知道这个思考过程，不就变成了你根本不会知道我稀里糊涂忘记说的这部分内容了吗？那么为什么你会知道呢？明明我是粗心大意忘记说了啊？"

"嗯，但是实际上，结果不都是一个样吗？"

"话是这么说！但我问的是您到底是怎么知道这件事的啊？！"

答案就是——因为问过了魔镜。

委托人的目光当中隐藏了相当强烈的情感。这种情感近似于我平时对玛玛艾的敷衍感到的焦躁。

"那不就是……我的推理吗？那是我的经验，也是我的才能呀！"

"不行，我实在是接受不了。即便从不充分的证据之中能够无意间得到正确的解答，这种无中生有也实在是过于牵强。无论是什么样的推论过程，一定会有存在其中的逻辑。"

虽说时不时会有这种类型的委托人，想知道玛玛艾是如何追寻到事实真相的，不过这次的委托人可谓许久未见的劲敌了。但是，从大多数情况来看，这种类型的人，不论推理多么不充分，只要能够找到"逻辑线索"就能坦然接受。这是因为他们可以很好地区分"逻辑牵强"和"毫无根据"之间的差别。

当然,在无法做到让他们心服口服的时候就直接把他们赶走也行,不过站在侦探事务所的角度上来看的话,事后被恶言相向就不太好了。毕竟在侦探行业口碑是第一位的,要在本地搞好关系才有口碑可言。

呵,玛玛艾嫣然一笑。

"客人您可能不知道,这是女人与生俱来的直觉。"

"我也是女人啊。"

被小女孩的出言不逊直接一巴掌打了脸啊。顺道一说,如果对方是男性的话,就这样解决问题的情况也不算罕见(所以对我来说,玛玛艾嘴上的"女人的直觉"百分之百就是要借助魔镜的外力。举个例子,"明明没好好学习,但是数学作业的题也全都答对了,都是因为女人与生俱来的直觉"等同于"偷懒问过魔镜看到了答案,现在要打个马虎眼了")。

"我虽然是女人,不过还是个女侦探啊。"

"你可别糊弄人了。"

"哎呀,嘿嘿。"

到了这个节骨眼上,玛玛艾也已经没法做到心平气和了。她吭哧吭哧地挠着鼻尖,没一会儿便下定了决心。她站起身来,拿起了委托人的咖啡杯。

"不好意思客人小姐,我去给您续上新的来。"

"咦?但是,我还没有喝完啊……"

玛玛艾的口气也并不失和蔼。不过和她十分要好的我,马上就知道在这个看似戏谑的表情之中包含着不悦之意了。她微笑着说道:"但是,看上去客人您想要添杯新的了,不是吗?"

得到"委托人和朋友一同前往购物中心"这个事实的推理过程啊……实际上并没有推理过程啊，如何伪装出来可是个难题。那就不得不撒谎说"如此这般才推导出了您朋友同行的事实"。

玛玛艾倒咖啡的手已经狂暴起来了。

"她要什么逻辑线索，要什么线索！呵呵，什么鬼哦。谁知道那种东西啊？要线索不如找裁缝师傅穿针引线去算了。明明都把事件解决了，不就万事大吉了？这种人真是最会给人添麻烦了……"

为了不让隔壁房间的人听到，玛玛艾压低声音，丑态毕现。

因为玛玛艾把咖啡倒洒了，我还不得不用抹布擦干地板和桌子。

"不过从玛玛艾说的话来看，确实是没有什么逻辑可言啊，人家这么要求也是无可厚非的啊。"

"真会给人添麻烦。"

"如果我是委托人的话也会做出同样的反应啊。"

"你可真是个烦人精！"

玛玛艾弹了我个脑瓜崩儿，啊不对，是全身崩儿。不过她倒也控制了手上的力道，就算是控制过了，我还是被弹得飞了起来，直接摔了个屁墩儿。实在是太过分啦！

玛玛艾一边笑着一边道歉"对不住啦、对不住啦"，然后就接连低声哀叹着"太麻烦啦、麻烦死啦"，随后从手袋里再次取出了魔镜。

"咚咚咻叭哩咚咻咚叭哩！魔镜啊魔镜！我怎么样才能说服委托人呢？

魔镜散发出光芒，开始回答玛玛艾的提问了。

"如此回答便可全身而退。"

嗬！我把抹布夹在自己的腋下，窥视着魔镜。玛玛艾拿起魔镜，把它稳稳地举到了我也能看清楚的高度。

魔镜中显现出了画面，展示的场景就在这间房子的客厅当中。和刚才的光景一样，玛玛艾和委托人分坐在桌子的两边，面对面，就像之前两人对坐的光景一样。

不过也不完全是刚才那副光景了。魔镜的影像之中玛玛艾说道："那么客人小姐，就让我来说明一下，我是如何推理出当您在购物中心的时候，您还有一同随行之人的吧！"

魔镜如此这般开始叙述。也就是说，这其实是一场谈话的模拟。

毕竟，使用魔镜预知未来绝对是无稽之谈。

如果是模拟谈话的话便有可能了。完全可以通过得到的各种各样的信息来分析，如此这般大概会得到何种结果，也就能得知如何回答委托人才能让其满意而归。

但是，这充其量不过是模拟谈话，如果现在的状况发生丝毫变化，玛玛艾都会应付不了。在前提条件改变了的情况下，两人的谈话也就没有模拟的意义了。所以说通过魔镜来预知未来并不是什么明智之举。话虽如此，如果能够把模拟谈话完全摆正位置的话，将之作为参考意见还是十分方便的。

和现实中的玛玛艾完全不同，画面里的玛玛艾双目放出了逼人心魄的光辉，说话掷地有声的样子看起来根本不像中学生，没有一丝一毫孩童的稚嫩感。现实中的玛玛艾，与其说每天努力扮演着侦探这一角色，倒不如说一直在作为"演员"而不懈奋斗，但是魔镜之中的"演员"玛玛艾简直可以拿奥斯卡奖了。

魔镜之中的委托人已经接过了第三杯咖啡，玛玛艾则竖起了两根手指，说道："我推测有人与您同行，主要是从两方面看出来的。这两方面皆可独立推测。如果只做一重推测的话难免被人诟病为主观臆测，双重独立推测而得到同样的结果就证明了一致性非常高且颇具可信度了。我的出发点就是'持续推敲真理的行为'，也就是说通过推理的形式展现出其中的一致性，进而强化我所推导出的结论。我作为侦探的经验也是这样命令我的理性思维进行证据推导的。"

玛玛艾脸上是一副认真诚恳的表情。看着这种比平时更进一步"装模作样"的加戏，我实在是忍不住笑出声来。

"简直神了！"

"哇！太丢人啦！"魔镜之外的玛玛艾说道。

我回过头来对着玛玛艾说道："不过这种事，其实也挺重要的呢！"

"嗯，说得也是啊，唉嘿，啊哈，如果只做一重推测的话难免被人诟病为主观臆测，双重独立推测而得到同样的结果就证明了一致性非常高且颇具可信度了，对吧？"

玛玛艾开始学起镜中的自己，但装腔作势得有些过火。

"噢哟，还真是像模像样的啊。"

"我的出发点就是'将理论联系实际'，也就是说通过推理的形式表现其中的一致性，进而强化我所推导出的结论。"

"实在是令人震撼！"

"我作为侦探的经验也是这样命令我的理性思维进！行！证！据！推！导！的！"

我赶忙鼓起掌来。

"不过，现在可不是玩儿过家家的时候哦，还得盯着魔镜呢。

要不要再从头看一遍啊？"玛玛艾如是说道。

魔镜当中，玛玛艾正在针对概率性和确定性做简单的介绍，刚好说到总结归纳的部分。

"没事，看这样子还没有说到正题呢……啊，就快说到重要的部分了。"

开场白整理了推理过程中归纳和演绎的区别。一言以蔽之，这话的意思就是"现在说的可能不太对，不过，多半应该能够猜中吧"。因为是对将要发生的对话的模拟，所以不存在对不对，到目前为止的内容其实都无所谓，真正关键的是接下来的说明。

魔镜中的玛玛艾说道："……那么我们就按照以上的方法论介绍一个实践的例子，就让我来说明一下是如何推理出'您和朋友一同前往购物中心'这个结论的吧。从这次的事件来看，就像之前所说的，有两点颇令人介怀。令人不解的第一点，您本来是打算去购买文具和参考书的，但是，为什么又去了卖网球用品的地方和卖运动装备的卖场呢？"

魔镜外的这位玛玛艾则完全不同，她低喃着："她刚才说过去了这些地方吗？"

"人家说了啊……你倒是好好听着啊！"

和魔镜外的玛玛艾不同，魔镜中的玛玛艾更加熠熠生辉了。

"不仅如此，您明明说了自己十分不擅长运动的，所以假设一下，您根本没参与过网球这类的运动也不是不能成立的。这样的话，您明明没有参加网球这类的运动，为什么还要去那些地方绕远呢？明明马上就要考试了，明明还想早点儿回家再多用功学习。"

委托人凝视着玛玛艾的脸。

"接下来，就是第二点令人不解的，ATM服务网点。"

"你的意思是说，去ATM取钱也不像一个人……独自行动？"

"虽然说平日里一个人去ATM取钱也不足为奇，不过在上述的场景中，确实和常理相违背。毕竟您要买的东西是自动铅笔芯和参考书，非要说的话，您要付的也只有一盒自动铅笔芯的钱而已。参考书的话，您已经说过了您通常会通过图书礼品卡购买书籍。

"也就是说，明明钱包里有一千元左右的现金，但是为了买区区一个自动铅笔芯却要特意去绕路取钱。我就是对这点非常耿耿于怀。

"这两点综合来看，我才得出了结论。绕路去卖网球用品的地方、运动装备的卖场、ATM服务网点——要去这些地方的并不是您本人！但是您却去了这些地方，因此我只能推断出'您和朋友一同前往购物中心'了。"

这时，委托人看着玛玛艾的目光一变，问道："但是，我没跟你说过我的钱包里有一千元以上的现金吧？虽然根据前面的叙述，确实已经厘清我当时的整个行程了……"

"之前您说过向自动贩卖机投币却被退款，不管怎么展平了都会被退款。展平就意味着您投的并不是硬币，而是纸币，而且面额一定大于等于一千日元[①]。被退款说明这钱并没有花出去。也就是说，在您到购物中心的时候，这张纸币还在您的钱包当中。以上就是我为了推理的第二条逻辑线索而用到的第一条推理的全部内容了。"

"哦！"委托人不断地颔首称是。

---

①日本银行发行的纸币面额有三种，分别是一千日元、五千日元、一万日元，所以纸币的最小面额是一千日元。

"原来是这样！虽然称不上像验证数学定理那样逻辑严谨，不过在您缜密的说明下我也觉得茅塞顿开了。真是太感谢了。"

"这就好，这就好。不过推理的逻辑当中也有概率性的要素。所以目前当务之急是先赶往购物中心，确认一下您的自行车到底是不是在那个地方比较好。"

委托人和玛玛艾一齐起立，然后双手交握。画面简直让人觉得就像是老电影一般，伴随着嘹亮的号角礼花声，影像上浮现出了"The End"这样的文字。

不过实际上既没有号角礼花的声音，也没有"The End"的题词，魔镜只是安安静静地暗淡下来。"原来如此！魔镜真是厉害啊。"我有感而发。

实际上，魔镜在上述过程中并没触及先前的结论（嫌疑人就是朋友），魔镜的"推理"过程更是并不存在。但是，魔镜却能这样东拼西凑出整个事件的流程。

玛玛艾用指尖整了整鬓角的头发，像是把刚才的对话梳理了一遍。接下来她就要表现出"这是我刚才推理出的内容"才行，所以需要充分地厘清内容。

过了几分钟后，玛玛艾终于梳理完成了，然后一手取过咖啡杯，一手向我招了招。

"那我就过去了哦。"

如此这般，事件终于解决了。

——未完待续

在不可思议之海上漂浮着的不可思议之岛上的不可思议的森林里，有一个不可思议之国，不可思议之国中不可思议的山丘上坐落着不可思议的城堡。在城堡的一隅，有一位贴着纤长得似乎会遮挡视线的假睫毛、佩戴着比耳朵更大的耳环的淑女。这位为了取回自己十五年前、二十岁妙龄女郎时期的动人美色的贵妇人，便是久居于此的戴娜·贾巴沃克·维尔东根，此时她正在与化妆品进行着一场恶战。

原本在数月前，检查香氛香气和脂粉颜色的戴娜正是装点这个房间最靓丽的风景，但她最近却开始醉心于其他要事了。她在日历上用口红做好了标记，然后就开始在日历前欢欣雀跃。如果让毫不知情的民众来看，一定会有人觉得"啊，戴娜殿下终于厌倦了在自己脸上涂脂抹粉，这次竟然要开始给日历化妆了啊"。但是事实并非如此，戴娜正在满心欢喜地期盼着某个重要日子的来临。

话虽如此，戴娜其实就像是被大人许了带去游乐园愿的小孩子，或者准备在数周后举办生日聚会的小朋友一样兴高采烈。她对日历的热情其实只是醉翁之意不在酒。也就是说，对于戴娜而言，满心欢喜期盼的那个日子，正像是小孩子满心期盼着的游乐园或者生日聚会那样，拥有令人欲罢不能的魅力。正是如此，在戴娜的心中，那一天，在某种意义上，就是将整个世界变成她一个人的"游乐园"的日子，换种说法，也是第二个戴娜即将诞生之日。

那一日便是加冕仪式举行之日。

也就是说，那一日便是"女王戴娜"的诞生之日。

要说出生在比一般市民略胜一筹的资本家家庭的戴娜，她的名字中冠上维尔东根之姓，她本人被列入皇家家系谱的原因，就要追溯到国王潘达斯奈基·维尔东根那心血来潮的罗曼史了。十五年前，这段心血来潮的罗曼史的女主人公戴娜，在出乎所有人意料的情况下，登上了皇后的宝座。

皇室维尔东根家的家风家史人尽皆知，不论往事前尘还是今时今日，含蓄地说是颇具文艺气质的，露骨一点也可以称之为家族性格相当的阴晴不定。因此，两人明明之前从未接触过，潘达斯奈基却晴天霹雳一般公开发表了和戴娜缔结婚约的消息。不过那时举国上下也早已处变不惊了，毕竟这件事对皇室维尔东根家来说不足为奇：忽然有人因为犯下罪行而遭受牢狱之灾，又或者有游手好闲的人忽然踏上说走就走之旅，再不然就是有人得了心病忽然亲手了却余生都十分常见，这样的人在维尔东根家可谓数不胜数，这样的事也如同家常便饭了。

这便是十五年前的前尘往事了。

十五载光阴，天增岁月人增寿，赋予了这个女人很多很多。

对这个女人知之甚少的人，马上就会一一列举出岁月给她的眼角画上了鱼尾纹，又或者是苹果肌松垂等细枝末节吧。不过，对她稍有了解的人则一定能够指出更多本质上的变化。也就是说，能够看出这个女人眼界的变化。十五年前，这个女人的眼中只有潘达斯奈基的身影，但是从几年前开始，她的眼中却出现了潘达斯奈基身下的王座了。这便是戴娜本质上的变化。

这个女人，在这十五载的光阴当中，终于发现了自己已经被列入了王座的继承顺位这个事实。

虽然说继承王位的一定是拥有皇家血统之人，但是拥有皇家血统之人却未必能够继承王位。首先，已经亡故之人当然会被排除出王位的继承顺位，除此之外，在世之人当中，曾经有过作奸犯科经历之人也会被排除出王位的继承顺位。由于大多数维尔东根家族的人的人生经历实在是令人啧啧称奇，所以有过牢狱之灾而被排除出继承顺位之人并不在少数。

当国王驾崩，完成国葬之后的数月，整个王国会由代理机构行使与国王同等效力的权柄运作。那之后便终于等到了新一任国王的诞生。此时，被加冕之人必然是从皇家系谱中自动选出的没有犯罪前科之人。这便是这个"不可思议之国"的"老规矩"。

早在潘达斯奈基卧病在床的时候，这个女人便不知道从什么地方翻出了皇室的家族谱系，然后又拿出写满了宫里规矩的书，纸面上随处可见她标重点的线。

"什么？竟然是我？"她吓了一跳。

"那个人死了的话，我就将登上王位的宝座了！"

上述便是那个女人眼中的映射之物——从潘达斯奈基的身影到潘达斯奈基身下坐着的王座转变的前因后果。数月前国王潘达斯奈基驾崩，终于，这个女人的双目之中只剩下了那虚位以待的王座了。

之后又经过了一个月的时间，距离新国王诞生的日子还剩下一个月之时——

今天，戴娜也如往常一般，在被略施粉黛的日历前翩翩起舞。最近几天，她终于从在脑海中描绘着的虚位以待的王座之中解脱出来，开始在脑海中幻想出形形色色的其他事，比如加冕仪式上的致辞内容，或者为自己的肖像画摆出的姿势，以及王宫舞会的选曲等。今天的戴娜，正在窗前，向着内墙，装作优雅尊贵地、矫揉造作地迈开步伐，走了几步之后，她便在悬挂镜子的墙面前停下了脚步。

她用低沉的声音呼唤起自己的全名："戴娜·贾巴沃克·维尔东根！"

"是。"然后这个女人竟然开始自问自答。这次则用了娴静高雅的声线。

"你是否从心中祈愿我国四海之中和平发展、国泰民安？"

"是。"她再次发出了娴静高雅的应答之声。

"你是否愿意为吾国万千子民恪尽职守？"她又发出了低沉的声音。

"是。"她再次发出了娴静高雅的应答。

如此这般地，这个女人在排练着加冕仪式的具体流程。其实也只是走走形式的仪式罢了，戴娜本人只要接二连三地俯首称是即可。这自发的排练演习，并不能说明戴娜多么热衷于练习这些繁文缛节，只是显示出这个女人内心无比热切的期盼。

在这之后，这个女人也不断地进行着这种形式上的自问自答，用不明所以的低沉声音发出提问，然后又用娴静高雅的嗓音回答"是"。一段时间之内，这种循环往复的无意义的问答不绝于耳。不过，最后一问却与之前大相径庭，只有这最后的提问，戴娜并不是问向自己，而是问镜子。

即便在实际的加冕仪式上，这面镜子——无所不知的、可以告知真相的、皇室代代相传的魔镜也会派上用场。戴娜这最后一问也如同加冕之前的仪式中那样，是整个流程中提纲挈领的部分。

戴娜用低沉的声音对着魔镜问道："咚咚咻叭哩咚咻咚叭

哩！魔镜啊魔镜！皇室世代相传的魔镜啊，谁将会成为这个国家的新一任国王，请报上那个人的姓名。"

当然，这个问题无外乎是加冕仪式众多流程中的一环而已。毕竟，就像前面反复提到的那样，新任国王的继承顺位，已经被法规定得万分确凿、板上钉钉了。也就是说，通过按部就班的继承公式寻找到按部就班的答案即可，因此也只会得到早就已经知道的答案——这其中并没有什么得出一鸣惊人新答案的可能性。

此时，魔镜散发出了光芒，用十分清晰明确的声音答道："玛尔加雷蒂·玛利亚·麦克安德鲁·艾略特。"

哎呀！这要是在真正的加冕仪式上，会产生多大的骚动啊！戴娜简直想都不敢想。说不好，也许在加冕仪式之前还有戴娜不知道的流程，而这个流程就是为了将这种突发情况防患于未然。

戴娜暂且思考了一番。倒不如说，她其实是因为实在无法相信这突如其来的事实，继而通过思考这种方式来逃避现实。

"咦？我的名字，难道叫玛尔加雷蒂什么什么什么的吗？"

"新国王……是谁？"

"玛尔加雷蒂·玛利亚·麦克安德鲁·艾略特。"

戴娜心无旁骛地思考着。

"嗯，我的名字叫作戴娜，戴娜·贾巴沃克·维尔东根！不管用什么形式的缩写简称，也不能被叫成玛尔加雷蒂什么什么什么的啊。啊！难道说，有些什么我自己都不知道的机缘巧合，其实我户籍上的名字就是这么……这不可能。至少，结婚以后我的姓氏就改成了维尔东根了……但是这样……这样就……"

"谁将会成为这个国家的新一任国王？"

"玛尔加雷蒂·玛利亚·麦克安德鲁·艾略特。"

戴娜回忆起自己曾经无数次用手指在皇室的系谱中指点江

山，查看皇室大树一般的家谱的日日夜夜。

"玛尔加雷蒂什么什么什么到底是为什么，我到底，怎样才能让我处于更优的王位继承顺位？那个……哎呀，等一下，这个人到底是从哪个石头缝里冒出来的？"

"到底是谁？这个人是谁？是干什么的？为什么这个人竟然能成为这个国家新一任的国王？为什么不是我？"

"玛尔加雷蒂·玛利亚·麦克安德鲁·艾略特，在异国求生，是一个做着私人侦探营生的中学生。她假借襟音玛玛艾的名字在异国他乡生活。这个女孩，玛尔加雷蒂正是上任国王与当时的使女——已故的凯莉·凯蕾·麦克安德鲁·艾略特诞下的女儿。既拥有皇家血统而又没有犯罪前科的皇室成员，目前只剩下她一个人了。

"因此，目前来看，按照法规，这女孩是最能胜任新任国王之位的人。她从呱呱坠地之后就一直在异国他乡生活，并不知道自己拥有皇室的血统，但是这一点并不影响她继承王位。

"顺带一提，您——戴娜·贾巴沃克·维尔东根，是在玛尔加雷蒂之后的王位第二顺位继承人。"

CASE Ⅲ 毒与白雪公主

于是，白雪公主终于决定买下梳子的时候，老婆婆说道："那么，就让老身来为您梳一个漂亮的发型，把梳子装饰上去吧。"

可怜的白雪公主，不知不觉中，便对老婆婆言听计从了。说时迟那时快，梳子的细齿刚刚碰到白雪公主的秀发，可怕的猛毒便渗入了白雪公主的头颅，白雪公主随即停止了呼吸，倒在了地上。

——格林兄弟《白雪公主》

与侦探事务所从始至今的业务，换个说法就是经手过的大多数的案件都有所不同，如果有个案件需要玛玛艾躬亲前往委托人处登门拜访，我就必须得给自己觅得一个藏身之处才行。不过话虽如此，毕竟我的身材这样短小精悍，只要在陪伴玛玛艾的途中，躲进她的手袋里就万事大吉了。

十二月第二个礼拜六，下午三点。就像预先计划好的一样，玛玛艾按时抵达了指定地点，也就是本次委托人国北锐二的府邸。国北府邸坐落在半山腰上，乘机动车仍旧要爬半个小时坡。为玛玛艾引路的是府邸的用人，一位看上去十分温柔的老婆婆。

由此可以看出委托人是有能力雇佣用人的富庶之人。这点鸡毛蒜皮的事即便不去特意问魔镜，凭我英格拉姆的推理也可以轻而易举地得知。不过，对于委托案件的内容我们俩至今还被蒙在鼓里，什么都不知道。

在手袋中静静地等待的我，终于盼到了汽车引擎声渐弱的那一刻。汽车停了下来，我可以感觉到玛玛艾似乎从车上走了出来。我继续在玛玛艾的手袋中老老实实地蹲着，觉得自己简直就像是古装电视剧里面坐着轿子的达官显贵一样，这种感觉可真是不错啊。

从手袋中，可以清楚听到用人婆婆和玛玛艾对话的声音。不过，对话内容也不过尔尔，并没有什么特别重要的信息。

"老爷命我将您送往接待室。"

"是吗？那就劳烦婆婆带路了。谢过婆婆。"

"您看着可真是年轻啊，年纪轻轻就出来讨生活，可真是了不起啊，姑娘。"

"嘻嘻嘻。"

霎时间，又有新的声音登场了。是一个听上去稍稍上了点年纪的男子的声音。

"啊啊，你就是襟音玛玛艾小姐啊！"

"我就是……"

由于我实在是太过介意手袋外边到底发生了什么，便对着镜子窃窃私语一般发出了提问：

"咚咚咻叭哩咚咻咚叭哩！请告诉我外边到底发生了什么啊？"

由于这面魔镜自身就可以散发出光芒，类似于一个小型的电视机，因此即使在光线昏暗的手袋当中，我也能看得一清二楚。镜子上映出了手袋之外的景象，是从房间的天花板向下望去的俯瞰视角。

此时，玛玛艾似乎已经置身于接待室之中了。接待室正中摆着一张圆桌，圆桌周围环绕着五个座位。每个座位上都已经坐上了人。

从玛玛艾开始，由左及右地观察：第一位是一个带着耳坠的老妇人，我已经见过用人的样貌，所以能够做出明确的判断——这位老妇人并不是用人；第二位是一个脸上挂着老花镜的老先生；第三位是一个长着一双柳叶眼，刘海刺向空中的男青年；第四位则是一个染着红色头发，戴着耳机的男青年。两个年轻男子看上去同龄，比起玛玛艾来稍稍年长，大致是读高中的年纪。

从我在手袋中感受到的姿势来看，玛玛艾才刚刚入座而已。不过，她马上又站起身来。

这全是因为老先生的发言——"那我就来郑重介绍一下，这位小姐就是侦探襟音玛玛艾。二位侦探要比这位小姐年长两岁。"

将玛玛艾介绍给两个青年之后（现场的声音既可以从手袋的外部传到我的耳朵里，也可以从镜子中清楚地听见。这两个声音几乎同时发出的），玛玛艾从座席上站了起来，低头致意。

"大家好，我是襟音玛玛艾。"

最先做出敏锐反应的是长着柳叶眼的男青年。"真是久仰大名、久仰大名，在下可听说过您不少的传闻。"

另一个青年也从席间站了起来，不仅如此，他还大费周章地在圆桌间迂回，伸出手想要与玛玛艾握手。他握着玛玛艾的手，然后大幅度地开始晃动着她。

"襟音小姐，这位便是侦探三途川理了！"老先生说道。

玛玛艾的手腕简直像被误认作了跳绳一样，被这个青年——三途川理疯狂摇晃着。在老先生介绍了他之后，他便忽然松开了玛玛艾的手，马上摆出了西部片中快枪浪子那样的架势，把手伸进了自己胸前的口袋里，不过他最后掏出来的只是一张名片。然后，他便像说顺口溜一样，天花乱坠地介绍自己。

"见到大家很高兴。在下就是三途川理。刚才也介绍过了，我就是吃侦探这口饭的，也就是说是在座两位的同行了。哎呀，再没有像侦探邂逅这样刺激的因缘际会了吧。作奸犯科之人总会在高墙之内相遇，而被害的冤魂总会在黄泉阴间相遇。从这一点来看，我们这些侦探，邂逅的舞台必定会是在这凡尘俗世之中！这正是侦探这一行的本源啊。实在是令人激动得两眼放光啊，这凡尘俗世可还真是充满了让人飘飘然的凡俗之务啊！

"我们侦探常常被比作放大镜，也就是凸透镜片。放大镜是能够让微小的虫子、微尘毫发毕现之物。不过，拥有多个镜片的显微镜可是因为能够看到比虫子更细微的微生物，而让那些微生物闻风丧胆呢！对镜片下的微生物来说，也算得上赫赫有名了！

"一言以蔽之，只要这城市之中还有安宁祥和之光，便能确保受害者不再增多。熠熠生辉！璀璨夺目！光芒万丈！你看看，这光芒将照射到每个角落，无论这个角落，还是那个角落，无视这光芒之人必死无疑！咯咯咯，我们便是三色之光吧。当空间之中有三个光源的时候，便可以确定一个低维平面！"

这人可真是个说话让人摸不着头脑的愣头青啊。

玛玛艾露出了职业式的招牌微笑（不过她的眼角可是气到抽搐起来了啊），和男青年交换了名片。玛玛艾的名片——这张花了大力气，设计也十分讲究时髦的名片，也算是"弥补自己年龄太小的劣势"战略的重要一环，其主要目的就是着重展示侦探从业者的"有板有眼"。顺带一提，是谁做出了这十分讲究体面的名片呢，简直就不言自明了吧（当然，就是我本人了）？

从玛玛艾手中接过名片的三途川，再次发出了鸡鸣般"咯咯咯"的笑声。

"你看看，你快看看啊，绯山同学。侦探业可是服务业啊。连个名片都没准备好就登门拜访的侦探也就只剩你一个了啊。"

三途川马上开始对红发青年恶意地搭话了。红发青年对他的行为不禁愕然，但也只是长叹一口气，随后将耳机摘了下来，与玛玛艾打了个招呼。

"您好，我是绯山。"

"这位独立侦探绯山燃，想必大家都已经知道了，最近一段时间——就在这周，因为成功解决了银行抢劫案件而变得远近驰名了。"老先生向大家补充说明道。

老先生说着便把放在圆桌上的报纸递给了玛玛艾，我也努力地眯缝着眼睛。《地方新闻晨刊》，哎呀，这不是我每天早上都在读的那份报纸嘛——是这周周三的新闻啊。我再次努力凝神细看，"关于本地企业某某物产史无前例的损害赔偿的判决"的新闻一旁，可以看到"逮捕银行抢劫犯"这样的标题。

这份晨刊上刊载着这样一个鲜为人知的案件，然而这个案件最终竟然得出了史无前例的判决结果，这可实在是让广大读者瞠目结舌（毕竟，就连每天早晨都要读书看报的我，也是自打那天开始才终于得知了"某某物产"的存在），于是在另一边银行抢劫案的报道也被这条破天荒的新闻给抢了热度。

不过我确实对于前几日甚嚣尘上的银行抢劫案的新闻有些

印象。嗯,"银行抢劫案"的新闻当中应该也印有绯山的名字吧……啊,好像是看到过啊。哎呀有了!可真是有模有样的啊。

相较之下,我们这位侦探提起电视来,除了看电视剧就是看综艺节目。提起报纸来,平时也就是看看电视节目的专栏和四格漫画。能够让她全神贯注的也只有播放天气预报的时候了。我们这位可是压根儿就不知道什么"银行抢劫案"啊。

她读着新闻,说道:"嗯嗯,还登着名字呢呀!这可真是了不起。"

也不知道这是发自真心还是一贯的演技,玛玛艾给对方回应了这么几句。这其中甚至还能感受出她的从容不迫。

绯山把全身的重量压在座椅靠背上,只是在那里静静坐着。三途川则像是强取豪夺一般从玛玛艾的手中抢走了报纸,把报纸还给了老先生。然后他坐回自己的位置,说道:"顺带一提,本人至今一直在外地工作,这可真是太令人遗憾了。如果有我在的话,警察想必能更快逮捕罪犯了,你说对吧,绯山同学?"

不知道三途川是想表示如果亲自断案的话就能比绯山先一步让犯人归案,还是想表示如果两个人联手要比单打独斗能更快逮捕犯人。从这位有能力让年轻的人才济济一堂的老先生嘴边浮现出来的神秘微笑来看,大概他解读出的是后者之意……

绯山并没有回应。取而代之的,他仅仅是用一种看污秽之物的眼神,望向了三途川。

我有一种强烈的预感。

这次的委托实在是有着弥足珍贵的意义。

原因就在玛玛艾身上,毕竟她迄今为止,还尚未跟其他的侦探同行有过任何接触。通过参与这次委托,玛玛艾便能了解同行到底是如何进行推理探案的。虽然他们解决案件的能力绝不可能与魔镜同日而语，但是他们身上也一定有值得玛玛艾学习和借鉴的地方。

委托人的介绍到了尾声阶段。

"襟音同学，这位便是内人了。我本人则是本次事件的委托人，鄙姓国北。我目前已经退休了，在这之前一直在证券公司任职。过去的二十多年里，我们夫妇一直住在旧金山。在那边的时候倒是时常举办家庭聚会，反而回到日本之后，因为熟人实在太少了，心中倍感凄凉。哈哈哈，那么办案的事就托付给诸位了。"

带着耳坠的老妇人，也就是国北夫人，点头鞠躬。老先生，也就是委托人，点头鞠躬。玛玛艾点头鞠躬。虽然谁也看不到我的身影，不过我也被气氛影响了，点头鞠躬。

这时，房间里传来了敲门的声音。给玛玛艾引路前往国北府邸的用人老婆婆，和堆满萨拉米香肠、番茄等馅料的比萨，还有铺满起司粉的沙拉一同出现在了接待室中。比萨已经被精确地分成了五等份。

用人给围坐在圆桌周围的五人一人一份地摆好菜品。先是把盛了果汁的玻璃杯放在了手边，然后将盛着沙拉的玻璃小碗摆在眼前，紧接着又放了一个空着的小碟在一旁，再将一角比萨装点上去。如此这般行事五次之后，用人便从房间中从容而退。

委托人说道："这是内人亲手做的比萨和沙拉。哎呀，不过既然都已经请了三位侦探来，可就不是办场家庭聚会这么简单的事了。有幸承蒙各位远道而来，就请让我聊表心意吧。各位不用拘谨，请用吧。"

绯山一动不动，十分规矩但是又异常明确地问道："国北先生，委托案件的内容是什么呢？你不是说等凑齐了三人之后便要讲讲个中原委了吗？"

"啊！那么就趁现在开始吧。不过在那之前，几位客人远道而来，舟车劳顿，还请让我聊表心意。尤其是今天最早赶到的三途川同学，真是让您久等了啊。实在是不好意思。"

"哪里那里，只是我自己提前到了而已，还在府上叨扰了。"

三途川低下头，点头致谢。

"接下来我要说的这件事，（轻咳两声）对于将搜集犯罪证据当成家常便饭的侦探来说，也许是一件稀松平常的事，或许并没有什么值得大惊小怪的。不过对于度过漫长而平凡人生的我来说就完全不同了。我是慎之又慎才做出了这种决定，没在电话里泄露半点儿案件信息，而是面对面地说出实情，不单单雇用一位而是请了三位侦探：我的一切行为全是出于此种考量，还请各位能够包涵谅解。

"绯山同学和三途川同学之前已经是旧识了，两位似乎也共事过。不过襟音同学可能还是第一次接到这样联合查案的委托吧。虽然你们可能对我的三重布防感到疑心重重，无法信任，不过还请你们多多见谅。总之我实在是想做些什么，内心却十分混乱又不得章法，但我绝无冒犯各位之意。"

委托人似乎想要停顿一下，休息片刻，但是绯山却立刻发起了提问："那么，委托内容是什么呢？"

"我收到了恐吓信，不，应该可以将之称为'杀人预告'了吧。"

委托人沉默下来。国北夫人低下了头。她出神地凝视着自己面前的那块比萨。当然,她眼下介怀的未必是眼前那块比萨。

三途川不知道是不是对国北夫人有所顾虑,也像国北夫人一样低着头,脸上带着沉重的表情,把视线投向了她面前的那块比萨。就连绯山也很识相,没再催促委托人夫妇,反而小心翼翼维持着这一刻的静谧。玛玛艾窥探着这两个侦探,两个小眼珠滴溜溜地四处乱转。

静谧中,三途川忽然发出了明快的声音。

"没什么大不了的,没关系。大家就都别再哭丧着脸了。迄今为止,我都已经解决过几十件带杀人预告的委托了。我并不觉得这次委托有什么特殊之处。一般而言,大多数杀人预告其实都不是认真的。"

听到他那自信满满的声音,国北夫人脸上的表情一瞬间像是被点亮了一般变得明快起来。她抬起头,说道:"请您来真是太对了,您实在是太可靠了。"

被夫人夸奖后,三途川得意扬扬,脸上流露出了止不住的笑意。他脸上的表情忽然变得有些像卖化妆品的售货员了。

"全都交给我,您就瞧好吧!不论这次委托还是今后,只要有了难处,随时欢迎您来咨询。我重新介绍一下,这就是我的联系方式。"

三途川从座位上站了起来,将名片递给国北夫人。他故意压低了嗓音说道:"如果是担心先生在外边有人了,或者有别的什么担心的事,都可以来找我商量。"

也许是三途川散发出的幽默感,接待室中的气氛不再凝重了。夫人十分郑重地接过了三途川的名片,将它放在了圆桌之上。

绯山轻咳了一声,把所有人的注意力吸引了过来。

"三途川,呹喝也呹喝够了吧。目前国北夫妇二人面临如此棘手的问题，当务之急就是把这个烫手的山芋给解决掉啊。"

"啊，你说得对，确实如此啊。"三途川低眉顺眼地坐回了座位上。

终于要开始调查了，面色凝重的绯山马上提出了一连串简洁的询问。

"恐吓是什么时候开始的？对方是如何恐吓国北先生的？您二位有什么头绪吗？具体恐吓的内容是什么呢？"

委托人抚了抚自己的鬓角，开口说道："两天前，周四的傍晚时候吧，杀人预告是邮寄过来的，装在并未署名的信封之中。从邮戳来看是本地寄出来的，寄信的时间是周三。看完内容我简直坐立不安，整晚都惊慌不已。当然了我也想过，这可能就是个恶作剧，毕竟我也不是什么值得被人盯上索命的大人物，就算以前在公司里也并非那种身处要职、举足轻重的人。

"我也算是十分享受地过完了大半辈子。其实，即使杀人通知并不是什么恶作剧，我觉得就算置之不理，好像也没有什么关系。

"不过，现在说出来也不怕你们年轻人笑话，我确实是越来越觉得不安了。一开始坐卧不宁，这种不安感就像是滚雪球一样，越积越多。于是我也就无法对'杀人预告不是恶作剧'的可能性置之不理了。这样一想，就感觉自己开始贪生怕死了。于是，我果断地做出了应该雇用各位侦探查案的判断。

"还有一点，虽然其实是鸡毛蒜皮的小事——我们夫妇没有孩子，自然也就没有孙辈。我想着趁这个机会，接触一下像各位这样的年轻人。嗯，虽然说在这个场合下这么说话不太得体，不过这样的话，内人也有机会展示一下'上得厅堂下得厨房'的功夫了。

"以上就是我从收信到报案之间事情的经过了。我收到杀人预告之后的第二天,就给在座各位分别致电,要求各位今天如约来寒舍。那个……然后,您还问了什么来着?"

委托人呈现出一种一边推进话题,一边又顾左右而言他的状态。

他眼神当中呈现出一种紧张的神色。一旦郑重其事地从口中说出自己被人盯上了,会被索命这种事,确实就会更觉得坐卧不宁吧。

虽然委托人前面也说过了,不过他真的是值得被人盯上索命的大人物吗,而且还被送出了杀人预告?

我把双臂交叉在胸前。实在有太多可疑之处了。

"您有什么头绪,还有杀人预告的内容是什么?"绯山接着问道。回答他问话的是国北夫人。

"我也没什么头绪,绞尽脑汁,一点儿想法都没有。当然了,我先生也是。虽然我们也算不上是一丁点亏心事都没做过的圣人君子,不过,实在没有理由被人盯上索命啊。你说是吧,先生?"

"杀人预告的内容其实倒是挺简单的。我当时也看了一遍,所以一字一句都记下来了。就是……"

国北夫人刚要说出口的时候,委托人紧接着说道:"好像是'国北,偿 mìng dè 时 hòu 来 le,杀 wú shè'。①"

委托人从胸前的口袋里取出了记事本,把它递给了三途川。三途川读完之后又传给了绯山。绯山读完之后,接过记事本的玛

---

① 现代日语的书写系统分为两个部分,一部分是汉字一部分则用假名,两部分混合书写。通常外来词和某些其他词语用片假名书写,而平假名则表示日语中原生的部分和早期从中文借用的部分。原文中杀人预告是平假名与汉字混杂使用的状态,为了方便中文读者的阅读习惯,译者将平假名翻译成了拼音的方式,用以区别。实际上日本的新闻杂志等出版物上,假名比汉字出现率更高,因此剪报的过程中找到假名比找到汉字容易。

玛艾开始在自己的笔记本上一笔一画地誊写上面的内容。最后，记事本被传回了委托人手中。

"就像我之前说的那样，事情的原委就是这样了。我实在不知道究竟如何是好。接下来应该怎么办呢？"

"当然是捉到这个罪魁祸首了！"三途川答道。

"啊，得快点把这个玩人丧德的东西找出来才是。"绯山向委托人问道，"已经报警了吗？"

"还没有，我们想请在座的各位决定是否有报警的需要。"国北夫人答道。

绯山下了判断："我认为还是报警比较好。"

"是吗？"国北夫人心神不宁，开始揉搓自己的手。

"确实报警比较好。不过反过来说，就算不报警也没有关系啊。毕竟已经请了三位侦探，俗话说得好，三个臭皮匠都赛过一个诸葛亮了啊！"这就是三途川的意见。到底是不是应该"反过来"说，我是没想明白。

"是这样吗？"夫人再次揉搓自己的双手，回应道。

"果然，在座诸位也觉得，这不是一般的恶作剧吧？"

绯山立刻答道："并不能排除恶作剧的可能。不过，就算是恶作剧，也应该将送杀人预告来的人绳之以法。必须给他个教训，让他知道什么事是法理不容的。"

"所以说，绯山同学啊……"三途川忽然装腔作势，十分敏捷地伸出了食指，一边用食指画着圈，一边质问绯山，"你从这些内容里，想出了什么样的剧本啊？我觉得你也应该想到了几种剧情吧？"

就绯山说话的内容来看，他对三途川的态度着实称不上友好，发问的视角也欠缺了该有的温暖。从刚才观察到的两人的态度,就能看出来绯山似乎十分厌恶三途川,不知道两人是不是因为同业相轻才会这么看不对眼。

随后,绯山谈及了几种假设——恶作剧假设、嫌疑人有精神问题的假设、好心没好报遭人怨恨的假设。三途川点了点头之后,也提出了数种假设——诈骗钱财的假设、张冠李戴认错人的假设、委托人被害妄想的假设、自编自导的假设等。在三途川提出"制订警备计划之前",两个人有针对性地对上述各种假设进行了真伪鉴别,又对谈话中派生出的各种可能性进行了讨论,并充分交换了意见。

虽然绯山可能有些厌恶三途川,不过他对三途川作为侦探的专业素质和个人风格却做了十分中肯的评价。时不时可以听到从绯山嘴里说出类似"原来如此,关于这一点确实就像你说的那样"的话。大概可以看出,绯山对案件进行分析的方式和三途川的近乎一致。从这层意义上来看,这两位似乎有些英雄所见略同的惺惺相惜。

看着这样的光景,我不禁低声赞叹了两句:"嗯嗯嗯,原来街头巷尾的侦探是这样推动案件调查进程的啊。通过逻辑推理出各种可能性,技术精湛得实在是令人刮目相看。真是受教了啊。"

另一方面,我司的侦探——

襟音玛玛艾。

她一边侧耳倾听两人的对话内容,一边好似新闻记者一般,默默地在笔记本上写着什么,但也只是记下来而已。她现在光记下来就已经十分吃力了。终于,记笔记的速度实在是跟不上两人对话内容产出的信息量了,玛玛艾好像泄气了一般,开始在笔记本的边缘轱辘轱辘画着黑漆漆的实心圆。她简直把大家忘到九霄云外去了。

不过她也不能一直在九霄云外神游太虚。终于，委托人张口点名提问了玛玛艾："襟音同学，你是怎么看的呢？"

这一问不过是为了引起身边那两位侦探的注意。两位侦探似乎已经完全顾不上身边这位少女也是侦探这件事了。很显然，这两位没能掩饰住自己脸上已经忘乎所以的表情。

在这个出其不意的时候（本来其实也并不是什么"出其不意的时候"），玛玛艾沐浴着众人直直投射过来的目光，深深地吸了一口气。说时迟那时快，空气突然凝固了，房间外隐隐约约传来了计时器鸣响的声音……

"那个……我……"

"断案方向是什么呢？"三途川问道。

玛玛艾只得苦笑着回答他："总之……那个，卫生间……"

"啊？"三途川吃惊到嘴张得像是池塘里的鲤鱼。

"以卫生间为重点展开搜查"，或者只是单纯的"想借一下用卫生间"。不管是上述哪种想法，确实是让人吃惊到惊呼"啊"的程度了。不过我可太清楚了。玛玛艾的主张就是后者，她要这么说也不是什么出人意料的事。毕竟现在玛玛艾一定想在卫生间里赶紧问问魔镜，事件的真相到底是什么，所以才提出到卫生间里去——要使用魔镜，独处是十分必要的。

如果她对工作稍微抱有那么一丁点儿热情的话，在来到委托人宅邸之前，一定会将委托内容，包括事件的真相调查一番吧？不过，昨天电视剧播放大结局，学校里又留了不少作业。因此，玛玛艾才耽搁了自己的本职工作。于是她大言不惭地说"反正明天委托人也会告诉我的"。即便昨天播出的不是电视剧的大结局，学校的作业也没留多少，想必她也并不会特意动用魔镜调查案件真相。

言归正传,原本那一声"啊"之后,将是给侦探玛玛艾职业生涯蒙上奇耻大辱的悲惨一幕。不过,这一花絮却被硬生生地剪掉了。我甚至都没来得及观察一下对于"卫生间发言",委托人夫妇二人和绯山的反应。

因为,这个时候用人忽然从天而降,闯入了接待室。

"大事不妙啊!"

最先站起来的是三途川。"发生了什么事?"

"那个……"用人嘴里刚刚倾吐出来这两个字,就开始缄口不言了,然后便在委托人的耳畔窃窃私语起来。似乎是为了让用人平心静气,委托人轻轻地拍着她的后背。这之后,委托人对三位侦探说道:"又接到新的杀人预告了!"

"还是邮寄来的吗?"站起来问话的是绯山。

"不,据说是在厨房桌子的里侧,贴在了厨房的计时器上。"

三途川皱了皱眉头。"计时器?"

"话说回来,刚才似乎听见了什么东西的电子音一直在响啊,就是那个吗?"绯山问道。

用人赶忙点了点头。

绯山紧接着说道:"还没碰过吧?劳烦您带我去看看!"

说完这些,绯山马上拿起自己的挎包,风风火火地从接待室夺门而出。用人慌慌张张地紧随其后,委托人和夫人也跟着他们走了出去。

玛玛艾似乎被突如其来的新进展震撼到了,只是在座位上东张西望,呆呆地坐着。三途川见她这个样子,实在是看不下去了,于是问道:"喂,你不用去看看?"

"咦?啊!"

"你不要去犯罪现场看看吗?"

"去，我当然要去了！"

玛玛艾从房间里出来，小步慢慢跑着。

镜子的视角也开始移动了，不过影像的内容始终是以玛玛艾的视角传达给我的。

在玛玛艾赶到厨房之前，我一直在思考事件的经过和真相。犯人作案的最终目的到底是什么？作案动机是什么？第二封预告的意义何在？结合刚才绯山和三途川提出的各种假说，我也整理了一下自己的推论。不过却没有什么明确的头绪。

委托人的府邸中房间众多，接待室在二楼，而厨房在一楼。玛玛艾接二连三地闯入了毫不相干的房间之中，因此赶到厨房还是稍稍耽搁了一些工夫。

看这样子在玛玛艾不断迷路的过程中，三途川已经赶上我们了。等到玛玛艾到达厨房的时候，三途川已经与绯山开始激烈地讨论并交换意见了。看这个架势，第二封杀人预告已经被绯山放入他手中拿着的那个信封里面了。

"这样的话，找出犯人的限定条件是……"

"对于同一个嫌疑人作案的假设来说，印证这一观点的证据都有……"

"……应该先从计时器这样的小证物着手啊……"

"……否定假设需要的材料是……如果有人趁火打劫的话应该具备的条件是……"

"……需要的警备人员的数量是……"

"……本次案件的特殊性……"

"……要利用最优、最少的资源，用尽一切手段。"

这可真是一番唇枪舌剑。我简直要被这两个人的议论远远地抛在后面了。如果我现在记笔记的话，一定也会在笔记本的边缘轱辘轱辘地画着黑漆漆的实心圆了吧。

这时候，我司的侦探正在干什么呢？

我看向镜子的边缘，那里映出她的身姿。她似乎从一开始就一直静静地呆立在厨房门口，既插不上嘴参与断案，也插不上嘴参与搜查，简直是形单影只。

我从手袋里悄悄地探出头来，打量周边的情形。呜哇！这可真是形影相吊啊。真是太不像话了！

我马上抬起头，玛玛艾也低下头来，我们的视线再次相遇了。她无力地苦笑着。我急得像热锅上的蚂蚁一样，马上把视线一转，这次我对着的可不是魔镜，而是直接看向了那边的两位侦探。

绯山从自己的挎包中取出了实验用的试管，在桌子上排了个整整齐齐。只见他用玻璃棒在计时器上涂了一些粉末。真是令人大吃一惊，原来绯山竟然连证物鉴定的操作都能亲力亲为啊。

实验终于做完了。绯山将实验套装和保存杀人预告的信封收到自己的背包中。两位侦探暂且先返回接待室中商量对策。

我马上又躲回玛玛艾的手袋当中，再度通过魔镜当中的影像观察周围的情况。玛玛艾也不方便自己一个人滞留在厨房，便和所有人一起行动。

所有人在接待室会合的同时，三途川开始了自己的案情解说。他一边大啖比萨，一边向众人汇报到目前为止的所有调查结果。

看着这番情形，我暗忖道：难道已经破案了吗？不过仔细听各自通报的情况，越来越发觉并非如此。知道得越多，越觉其实他们是想要表达"因为有各种各样的可能性，所以要严加防范"的意思。不过，这也实在是无可奈何的事。尤其是两封杀人预告出的时间间隔实在太短了。

　　此外，虽然有各种各样的可能性，但是简单思考之后可以理解为——假设邮寄第一封杀人预告的嫌疑人再次恐吓委托人，发出了第二封杀人预告。他将第一封杀人预告寄到委托人手上之后，潜入了委托人家中，把第二封杀人预告和计时器贴在了桌子的里侧。计时器在不久之前发出了鸣响，然后变成了目前这个情形（之前提到过的计时器，有提前几天定时的功能）。并且在第二封杀人预告上——不论表面还是背面都未发现残留的指纹，就连计时器上也是如此。

　　事件概略便是如此。是啊，便是如此了吧。三途川一边狼吞虎咽地吃着配料颇丰的比萨，一边对着玛玛艾提出了质问：

　　"所以说，襟音同学——"

　　"嗯？"玛玛艾慌忙走进接待室。

　　"刚才，你还有什么话没说完，对吧？"

　　"咦？"

　　"就是刚才，在用人出现在接待室之前的时候啊。"

　　"啊，那个……"玛玛艾站了起来，"那个，我那个！借用一下卫生间！"

　　"哎哟喂，实在是太让人摸不着头脑了吧！"

　　刚进卫生间，玛玛艾就开始像火山喷发一般发牢骚。她想找能让她撒气的对象，不过，卫生间里称手的东西也只有卫生纸了。所以，玛玛艾开始祸害称手程度仅次于卫生纸的我本人。她把我攥在手心里，嗖嗖嗖地抡起我的胳膊。

　　"我真是完全跟不上那两个人的对话节奏啊。"

玛玛艾发出了怒吼（一定程度上不会传到走廊的那么大声的"静音"尖叫），然后把我放在卫生纸架子上，开始对我施加暴行。

"你至少也应该提个要求，看一眼第二封杀人预告才对嘛。再怎么说，你也在和他们并肩调查啊。"我马上给玛玛艾提出了建议。

"再怎么说？"

玛玛艾马上尖刻地指摘。我实在是无话可说，只能耸了耸肩膀。玛玛艾气得腮帮子都鼓起来了。

"都怪那两个人叽叽喳喳自顾自地带话题。真是的！我到接待室的时候已经在进行计时器的证物鉴定了，杀人预告都已经放进保管用的信封里了。怎么可能给我看一眼呢？之后，两个人也不知道在说些什么，总之就陶醉在讨论当中，根本不是我能够介入的状态啊。算了算了，管不了这么多了，反正我只要问问魔镜就知道了。"

说着，她从手袋中取出了魔镜。

"咚咚咻叭哩咚咻咚叭哩！魔镜啊魔镜！让我看看第二封杀人预告到底长什么样子！"

魔镜上现出一张纸。用报纸上剪下来的字贴出来了一连串文字："国北，zhǔn bèi hǎo le ma[①]？"

"嗯，原来如此。"

我没多加思考就直率地说出了自己的感想，然后被玛玛艾揪住不放了。

"咦，怎么就'原来如此'了呀？你少装出一副自以为是的样子。"

[①] 在第二则杀人预告当中，除去委托人姓名外，所有的字皆为平假名，为了方便中文读者的阅读习惯，译者将其翻译成了拼音的方式，用以区分。

不知道是不是因为接连被两位侦探的重拳出击打得颜面扫地，玛玛艾的心情糟透了。

"虽然我也不是发现了什么才说'原来如此'，不过，果然百闻不如一见，看到了证物以后——严格来说也不是证物，而是魔镜映现出来的，也比什么都没看到更加深了我的认知啊。"

"咦，这样啊，比方说呢？"

"那个，你看嘛，'zhǔn bèi'这个词，犯人当时一定是没有时间寻找相应的汉字了，所以才会用拼音拼了出来啊。再比如说，从纸的颜色可以看得出来，这是从报纸上剪下来的。"

"所以说，这又怎么了？"

"所以说，如果第一封杀人预告也是用剪报的形式做成的，那么汉字'国北'就已经是第二次使用了，也就是说第二次再去找'国北'二字的时间完全可以省下来，直接使用之前已经找到的部分。"

"所以说——"

"所以说，假设已经知道第一封杀人预告是使用剪报制作的，进一步说，第一封杀人预告当中的汉字'国北'和第二封杀人预告当中的'国北'两个字是从同样的地方剪下来的，那么在这种情况下，犯人就需要买两份相同的报纸了。当然也有可能是捡到了两份同样的报纸。"

"所以，也就是说——"

"顺便问一下，第一封杀人预告也是剪报做成的吗？你不是做了笔记吗？"

"我也不知道啊。委托人是在记事本上写的，而且是根据第一封杀人预告誊抄下来的内容。到底是根据剪报做出的预告誊抄的，还是根据亲手写出来的预告誊抄的我就不知道了。也许根本就不是剪报，说不定是从打印的纸上剪下来做的，也不知道到底是用汉字还是用拼音拼出来的。事情就是这样了……"

玛玛艾拿出了自己的笔记本给我看。"国北，偿 mìng dè 时 hoù 来 le，杀 wú shè。"

"那结论呢？"

"就是这样了啊……"

"哈哈哈哈。"

玛玛艾露出了一脸的讥讽。虽然她是在嘲笑我，不过她也许透过认真思考的我联想到绯山和三途川的样子了吧……

"好了，你的推理要就此落下帷幕了，接下来就轮到我登场了！咚咚咻叭哩咚咻咚叭哩！魔镜啊魔镜！嫌疑人到底是谁？"

这可真是射人先射马、擒贼先擒王啊。玛玛艾单刀直入地就问了出来。

"是、是，在下输得心服口服。我可赢不了魔镜的神奇力量。"我说。

"乖啦乖啦，你真是勇气可嘉啊。"玛玛艾说。

玛玛艾用手指尖轻抚我的头，但是，她马上就停下了手上的动作。她的喉咙里传出了"呃"的粗厚声音。我马上看向魔镜，也发出了同样的惊诧声。

毕竟，此时魔镜之中映现出来的可是一张我们两个都见过的脸。在魔镜当中，这个人的脸上洋溢着微笑。从这微笑当中甚至能够看见他那像野兽一般的犬齿，那柳叶眼也眯得比平时更加细长了。不仅如此，那个人的瞳孔深处似乎有什么东西在闪烁着光芒。先前一直看着他本人喋喋不休的样子，我甚至生出了一种魔镜中映现出来的这个人也要跟我侃侃而谈的错觉。

魔镜中映现出来的不是别人，正是侦探三途川理。

玛玛艾困惑地抱着头，说道："果然，真是令人摸不着头脑啊！"

我也是，英雄所见略同。

直到刚才为止，我一直认为这两位年轻的侦探，从某种程度上都给人留下了正面的、出类拔萃的印象。不过事到如今，对这二人，至少是三途川，我已经从完全正面的印象转变成了完全负面的印象了。

哦哦哦，真是忘了个精光啊！眼下亟待解决的问题是什么，已经全都忘了个精光吗？英格拉姆呀，眼前的首要问题可是解决杀人预告啊！

如果是平时，我说不定就会认为"这只是简单的恶作剧而已"。不过今时不同往日了，这可真是不容乐观了吧。事件简直消极得不同寻常了啊！一定要做最坏的打算才行。我一边思考，一边有意识地，也许是无意识地被吓到浑身发抖了。

"现在可不是抱着头发愁的时候啊。"

"啊？"玛玛艾把自己的手从头上放了下来。

我对着魔镜问道："咚咚咻叭哩咚咻咚叭哩！魔镜啊魔镜！请告诉我，这个人到底又打了什么鬼主意？"

魔镜回答道："三途川理的鬼主意就是自导自演地实施犯罪，通过解决自己犯下的罪案，既可以提升他作为侦探的口碑和业绩，还可以获得委托人支付的酬劳。等到委托人的妻子被毒害之后，他就有机会提出'想要杀害委托人的便是委托人的夫人，不过夫人在投毒谋害亲夫的时候慌不择手，最后把自己毒死'的推论了。"

假设最坏的情况已经发生——

我马上又问魔镜："咚咚咻叭哩咚咻咚叭哩！魔镜啊魔镜！

请告诉我，嫌疑人已经投毒了吗？！投了还是没投？！"

玛玛艾再度将我攥在了手心里。不过这次玛玛艾并不是为了拿我撒气，而是因为她感到了恐惧。她的手正在微微颤抖着。

虽说委托的事件当中也出现过有人离世的情况，不过那也是几年之前发生的事了，而且侦办过程也十分错综复杂，是个迟迟无法了结的陈年旧案。但是，在玛玛艾的事务所，有人刚去世委托人就来拜托查案，或者是正在进行的杀人案件，从事务所开张以来都还未曾有过先例。

在魔镜回答完问题之后，玛玛艾以迅雷不及掩耳之势做出了反应。不知道是不是因为巨大的精神冲击影响到了她的身体，她简直像是被电击了一样，浑身上下都在颤抖。玛玛艾将我塞进了自己的手袋里，然后从卫生间飞奔而出。我在玛玛艾的手袋当中感到了她奔跑带来的摇晃。我也跟着在手袋当中左摇右晃、前颠后簸，甚至还随着这颠簸翻了个个儿。

玛玛艾之所以这样全力以赴，是因为魔镜道出了如下真相：

"嫌疑人已经投毒了，已经在国北夫人身边投过毒了。"

我条件反射一般地大喊了出来："比萨，是那个比萨啊！"

我在手袋中通过魔镜窥探着外边的动静。玛玛艾听完魔镜的陈情，从卫生间中飞奔而出，旋即进入接待室中，她坚决要求把夫人的比萨处理掉。

虽说是命悬一线，不过也成功救下了夫人。玛玛艾飞奔进入接待室的时候，正好是国北夫人拿起比萨的一刹那。但是她其实也只是刚刚用手触到了比萨而已，还没把比萨送进口中。如果再稍迟一步的话，说不定国北夫人就已经品尝那块比萨了。这个结果算得上差强人意了。

由于玛玛艾表现得实在太过坚决，强烈主张扔掉比萨，使得绯山开始对比萨进行了十分严谨的物证分析。

他从自己的斜挎包当中拿出了烧杯和装着试剂的瓶子，再次把它们整整齐齐地排列在桌子上，又将曾经属于国北夫人的那块比萨放入了烧杯当中，然后将液态的试剂从瓶口附近满满地倾入烧杯。绯山手持玻璃棒，将烧杯中的内容物充分均匀地搅拌，乍一看，像是比萨被试剂溶解了一般。不过并非这么简单，毕竟这实验过程就是审判本身！

在玻璃棒充分均匀地搅拌之际，试剂呈现出令人印象深刻的红色。

"是阳性。"

说着，绯山放下了手中的玻璃棒。

"她说的是真的。"

国北夫人在盥洗室中十分认真地洗净了双手，再次回到接待室的时候，她与委托人一起深深地低下了头，用言语对玛玛艾——甚至可以说是不厌其烦地——表达了自己的感激之意。简直就像拿着列满了表示敬意之词的单子照着念一样，两个人口中不断流淌出表示感激的话语。

"啧！"三途川咂咂嘴，十分认真地说道，"这样就能证明，本次事件不是单纯的恶作剧了。现在抓捕犯人一事已经迫在眉睫了。"

他就说了这么多。不过，作案的不正是他三途川本人吗？！此刻，我全身上下不由得战栗起来。

玛玛艾马上言归正传,指着三途川的鼻子尖。三途川却两眼直直地看着她的手指,做出了斗鸡眼的滑稽样子。

"哎呀,襟音同学,你这手在指着什么啊?"

"就是你!"

玛玛艾十分果断地下了结论。不过其他人却花了几秒钟的时间消化玛玛艾这寥寥数语。在场的所有人都倒吸了一口凉气。不过绯山在倒吸了一口凉气之后,十分慌张地再次将双手伸向了实验器具。除了夫人的那一份,其他四份比萨也被绯山列入了检测名单。

三途川仍旧扮着滑稽的怪相。

"这根手指可不是'你'哦。你伸出来的这根是食指,食指代表的是妈妈[①]哦。"

"嫌犯就是你。"

委托人的喉结大幅度地上下翻滚,国北夫人也在大口大口地喘息着。绯山一面倾听着三途川和玛玛艾的对话,一面把实验器具鼓捣得叮当作响,继续验毒。此刻,我只能在心中默默地激励玛玛艾。

玛玛艾马上声称,三途川就是那个在比萨里投毒的罪魁祸首。她开始说明三途川事前设计好的虚假案情:"想要杀害委托人的便是委托人的夫人,不过夫人在投毒谋害亲夫的时候,因为慌不择手,最后把自己毒死了",还说明了三途川想要收取报酬并赢得声誉的双重作案动机。委托人夫妇难以置信地打量着三途川和玛玛艾,并检查放入实验试剂后呈现阳性反应的烧杯。

完成说明的玛玛艾激动得满脸通红。

[①]在日本幼儿启蒙阶段的儿歌中,常用食指来代替母亲,除此之外,拇指指代父亲、中指指代哥哥、无名指指代姐姐、小拇指指代小宝宝,以方便儿童建立家庭的顺位观念。

三途川用舌头舔了舔自己的嘴唇，说了一句："您可真是巧舌如簧啊，襟音同学。"

在说出反对意见前的开场白的同时，三途川的眼神中充满了攻击性，简直轻而易举就能预见他接下来的举动。

"虽然说反驳你显得实在是幼稚到无可救药了，不过算了，我姑且斗胆来反驳你一下吧。我想要质问你的主要有以下两点：其一，我这个大名鼎鼎的侦探三途川理（这个大言不惭的男人竟然敢如此自称）投毒害人的证据在哪里；其二，你主张的这个嫁祸国北夫人的说法，以及具体的作案流程能不能解释说明一下。尤其是在第一点都没说清楚的情况下，无论如何也没办法服众吧。好歹你也算是个职业侦探啊，如果不能掌握确切的证据，推理出具体的犯案流程，你怎么独当一面啊？我说得没错吧，大家难道不这样认为吗？"

三途川一边呼吁，一边狐假虎威地发动一旁的三人为他造势。

绯山盯着玛玛艾。"此言极是！关于上述两点，正如那小子提出的疑问，你还没解释过到底是怎么回事。除此之外，除此之外啊……"

"除此之外……还有什么啊，绯山同学？"玛玛艾小心翼翼地问绯山。

四个并没发生变色的烧杯摆在绯山面前。

"除此之外……除国北夫人的比萨之外，其余四个比萨都没有被投毒的迹象。"

"所以说呢……"玛玛艾应声道。这可不行啊，这可实在是太不像话了。刚刚被三途川指出了逻辑上的破绽，现在玛玛艾马上又被绯山夹击了。这可真是漏洞百出啊。

"你难道已经忘记了吗，襟音同学？给大家送来比萨的可是用人哦。如果你把我这个名侦探看作嫌疑人的话，那我万一要是弄出岔子，自己把自己毒死了可怎么办啊？这可是你做出的推论啊，你到底是怎么想的呢？还要麻烦你给大家解释说明一下。

"不仅如此，你所说的嫁祸国北夫人、自导自演的假设，以及这个投毒出差错的说法可还真是迂回曲折啊。说起来，你根本就不知道为什么有毒的比萨会分给国北夫人，你还想说些什么啊？嗯，这可不是绞尽脑汁想出来个颠倒是非黑白的说法就能解决的案件，毕竟这不是拧麻花，就算七拐八拐你也拧不出个所以然啊。"

就算心不在焉如玛玛艾，被三途川咄咄逼人到这种程度，也已经能发现自己思虑不周之处了。她一脸局促不安地看向委托人夫妇。

国北夫人也感到十分为难，问了一句："是啊，小姑娘，你为什么认为三途川同学是嫌疑人呢？"

玛玛艾撇撇嘴。三途川这时候以一副从容的口吻说道："如果你再出言不逊，襟音同学，可别怪我没警告你，还有'损害他人名誉权'这一说，请你可千万别忘了啊。"

"呃、呃、呃……"

房间里当然没混进叫声奇怪的散养鸡，发出这个声音的其实是玛玛艾。三途川皱着眉头看着她。

"嗯？"

"卫生间，我去去就回。"

"你怎么又要去卫生间？"三途川说着，脸上透出了不怀好意的笑容。

夫人脸色一暗，关切地问玛玛艾："你没事吧？难道你的比萨里也混进去什么可疑的东西了吗？"

"我没关系的。我只是一紧张,就需要相对频繁地借用府上的卫生间而已。虽然大家紧张的时候或多或少都会这样,不过我会特别容易……"

因此,我们又回到了卫生间里。

"失败了……"玛玛艾垂头丧气地说。

面对这样的她,我不得不安抚道:"这也是没办法的事啊。以当时的情况来看,把比萨扔掉确实是最优先要做的事情嘛。你并没有失败,这是成功啊。而且,而且啊……"

玛玛艾轻抚我的头,对着魔镜说道:"咚咚咻叭哩咚咻咚叭哩!魔镜啊魔镜!怎样才能将三途川理捉拿归案呢?"

魔镜给出了它的回答:"三途川理目前正在防范有人将自己的罪证公之于众。所以,证明三途川是凶手这一点比较困难。不过把他捉拿归案相对来说就比较简单了。

"他胸前的那个口袋里存放着他的名片,其中有几张已经涂上了毒。首先将这些名片收集起来,可以作为有力的证据,这样即可证明有必要先将他划为重点嫌疑对象来观察。"

"呃。"玛玛艾的喉咙里再次挤出了粗厚的声音。她从自己的钱包里找出了刚才从三途川那里接过的名片。

"咚咚咻叭哩咚咻咚叭哩!魔镜啊魔镜!那么这张名片上也有毒吗?"

魔镜说道:"不,这张名片上并没有涂毒。三途川分别持有涂毒的名片和没涂毒的名片,按照不同的场合分发使用。今天他递出的名片当中,涂过毒的名片只有国北夫人收到的那一张而已。"

我脑海中浮现出了两个画面——三途川向国北夫人递出名片的画面和国北夫人用手拿着比萨的画面。

前者，长方形的名片，下半部分已经涂了毒。三途川十分灵巧地拿着名片的上半部分，自己没接触带毒的部分，向对方递出了名片，而且那确实是用人为大家分比萨之后的事了！

这不就是看准了为大家分配比萨的时机，"按照不同的场合"将有毒的名片递了出去吗！

比萨上原本没有一丁点有毒物质，但是接过名片之后，夫人的手指上便沾染了有毒物质。因此，当她用手拿起比萨的那一瞬间，比萨也就被有毒物质侵染了。原来将有毒物质从名片上转移到手指上，才是下毒的目的啊。那么这种毒就应该具有接触之后容易侵染传播的特性了。

除此之外，我还想到了绯山随身带来的试剂。他把国北夫人的比萨溶解了之后，开始鉴别样品有无毒性。也就是说，比萨具体哪个部分有毒，溶解后就无从得知了。如果通过其他的鉴别方法，说不定就能知道刚好在夫人手指接触的地方侵染了有毒物质。

我马上将自己想到的这些跟玛玛艾解释说明，顺便告诉她："除此之外，三途川和绯山在接受本次事件委托之前就是旧相识，因此三途川极有可能预想到绯山会根据需要对有毒物质进行检测。他甚至预估出了绯山的鉴定手法，预测出绯山无法当场检测出有毒物质呈现手指接触的形状。虽然这些事情可能对推动案情侦查无足轻重。

"除此之外，还有必要提到第二封杀人预告。毕竟三个侦探当中，三途川到国北府邸比绯山早，所以说他有的是机会在国北的府邸中设置机关。"

"那个人，真是越看越让人觉得他坏得无可救药啊！"

玛玛艾气得把三途川的名片撕了个粉碎，随后便扬进了便器中。名片没花多大的工夫就马上溶解在了便器当中。然后她继续向魔镜提问。

"咚咚咻叭哩咚咻咚叭哩！魔镜啊魔镜！三途川理接下来将提出的伪造断案的具体方法到底是什么？"

魔镜中又呈现出了影像。黑色的背景下，在一个较大的圆上点缀着几个红色的小圆。这其中，较大的圆使用白色的线描绘出来，并且已经被分成了五等份。

玛玛艾发出了一声疑问："这是什么啊？"

"应该是……比萨吧？"

"这就是刚才被端上来的比萨的模拟图……"魔镜答道。我马上就接过话茬儿说道："你看看！没错吧！"

然后，魔镜开始陈述事实真相了。虽说如此，不过这模拟图看上去可真是令人又惊诧又眼花缭乱啊。

我一边听魔镜陈述的事实，一边打量四周。魔镜这还是头一次做出如此复杂精巧的回答。还没听到一半，我就察觉出玛玛艾精神已经涣散了，这可真是难为她了啊。

魔镜用毫无感情的声音，做出了如下说明。

"……如图所示，这五个以72度为圆心角的扇形，是用来指代比萨的，其中点缀着的分散的红色小圆则用来指代铺在比萨上的萨拉米香肠。伪造断案的具体方法由A阶段'国北夫人即是凶手'的说法和B阶段'夫人在投毒谋害亲夫的过程中，不慎自己中毒'的说法——两个阶段性设计构成。首先，就A阶段

'国北夫人即是凶手'这个说法进行说明。

"三途川提出的主张是'有毒物质被抹在了萨拉米香肠上'。就此来看，三途川极有可能辩解称在比萨上点缀的萨拉米香肠当中，只有一片被夫人涂上了有毒物质，但是，这片萨拉米香肠是通过一种不同的刀工来进行标记的，并可通过将标记过的萨拉米香肠的特征进行强化记忆来区分，且一旦看到这片标记过的香肠，马上就能区分出其不同之处；但如果没进行特殊的记忆强化训练，这些细微的刀功区别一般人是没有办法察觉到的。

"除此之外，他还将主张，夫人将计时器设定在了晚于下午三点的时间，即三点半。因为下午三点正是您，襟音玛玛艾预定到达国北府邸的时间，也就是说他提前想到了下午三点半的这个时间点已经是在比萨分给众人之后了。因为一直在府邸的室内，国北夫人可以观察比萨分餐给每个人的时间节点，并有能力在一定程度上进行调整。她可以通过控制用人工作节奏来调整为所有人分比萨的时间节点，甚至可以通过与在场人员进行对话、提出问题来适当拖延时间。虽然实际上并没有这种必要，不过这就是三途川理之后会提出的伪造断案的方法了。

"在比萨刚刚分给众人之后，计时器便开始报时鸣响了。计时器是为了进行犯罪通知加设的，但是它也能在这个设置当中发挥其他的作用。这个作用就是将所有人的注意力从接待室当中引开，并让众人离开房间一段时间。

"计时器突然鸣响引起的混乱告一段落后，夫人便可以先人一步返回接待室当中，将标记过的萨拉米香肠与自己丈夫的比萨上点缀的萨拉米香肠进行交换。在计划当中，亦可以通过最后离开事发地点，或者途中悄悄回到事发地点等几种方式完成投毒计划。

"如此便可以完成整个投毒过程的前期准备了。通过这种作案方法，不论比萨如何分配，沾染有毒物质的香肠一定会被分配到其丈夫手中。

"虽然不通过萨拉米香肠，而直接通过向固定的比萨投毒也能达到同样的效果，但是在此种情境之下，就必须要通过交换整块比萨的方式进行投毒，这种方法被人发觉的风险更大。

"同时理所当然的，如果点缀了有毒萨拉米香肠的比萨在分餐的起始阶段就已经分配到了其丈夫的餐位上的话，夫人也就没有做出任何举动的必要了。除此之外，只要用没调换过萨拉米香肠的那只手，国北夫人大可以安心吃掉自己的比萨……"

此时，魔镜的影像呈现出的模拟图中的说明也应声而变。

首先，五个扇形当中的一个旁边浮现出了"国北锐二"的名字。这之后，另一个扇形中的一个红色圆形发生了变化。变化的小圆形旁边浮现出了"骷髅"标记表示有毒。标注着委托人名字的扇形中的一个红色的小圆，与沾染有毒物质的红色小圆一闪一闪地开始移动，交换了位置（参照图一）。

上图当中，国北锐二相邻的左侧餐位被分配到了点缀着有毒

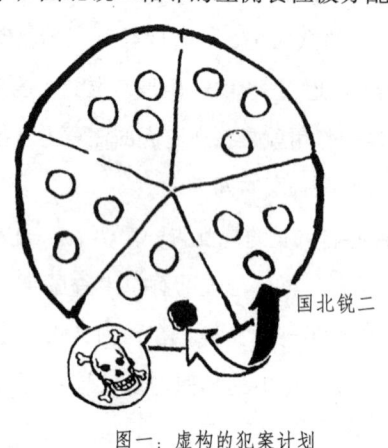

图一：虚构的犯案计划

萨拉米香肠的比萨。但是按照实际情况，无论这块有毒的比萨被分配到任何位置，都可以按照计划实施犯罪。

然后，委托人的姓名被画上了巨大的叉！

"……实际上，虽然计时器是经由三途川之手设置的，但是在设置计时器的时候，他还未想出计时器在整个犯罪计划当中承担的具体作用和详细用法。不过，他的犯罪计划在所有人都齐聚一堂之时就开始了。总之，他当时暂且将计时器设置成了三点半的时候开始鸣响。然后针对'当计时器鸣响并吸引所有人注意力的时候，如何利用这个空当实施自己的计划'进行了构思。

"紧接着，是关于B阶段'夫人在投毒谋害亲夫过程中，不慎自己中毒'的说法的说明。

"这是基于'盛放着沾染有毒物质的萨拉米香肠的比萨正好摆放在了夫人面前'的假设。当然，这不能说是错误的，投毒这件事本身并非'不慎'，而是在进一步执行A阶段之后的计划而已。

"真正的'不慎'之处其实在于'当用人切分比萨的时候，或者在将比萨运送到接待室的途中，比萨上的萨拉米香肠不小心被弄翻个儿了'这一点。

"萨拉米香肠是直接放置在比萨的面团上的，所以不小心被弄翻这种说法几乎不可能成立。但是按照现在的情况来说，比萨上面堆满了馅料，因此萨拉米香肠也堆得有些角度，不论是在切分比萨的时候还是在运输的途中，都有可能使萨拉米香肠翻转。厨房的位置在一楼，而接待室却在二楼，当通过楼梯等高低起伏的地方时，在运送的过程中比萨也会一定程度上上下摇摆。

"由于被翻转，沾染在萨拉米香肠上的有毒物质便会侵染萨拉米香肠下面的馅料。也可以说这个过程是对比萨的再次投毒，甚至可以说沾染在萨拉米香肠上的有毒物质其实只有微量了。因此，萨拉米香肠也就丧失了毒性。

"对此并不知情的国北夫人将萨拉米香肠交换后，误认为有毒物质已经被换到自己丈夫的位置上了。然后她就把自己面前的比萨吃了——其实有毒物质已经从萨拉米香肠转移到了自己的比萨上，因此夫人就吃了自己投下的毒。上述这一整套推理便是三途川预想出的诡辩了。

"在上述内容当中，A 阶段和 B 阶段的假说就是三途川将要提出的诡辩内容。这些内容全都是虚构的。实际的情况却是，三途川通过自己亲手递出去的沾染了有毒物质的名片进行投毒。不过，两者都利用了这种有毒物质的一个特性——对接触物有比较强的毒性侵染。

"除此之外，比萨上盛放的馅料确实发生了位置的翻转。当比萨被运送到接待室的时候，夫人分到的那块比萨上确实留下了那样的痕迹。三途川将自己的名片分给夫人之前，也定睛仔细观察了夫人分到的那块比萨。那个时候，他就注意到了这个细节，于是决定通过这个细节巧立名目，栽赃嫁祸。"

魔镜当中显现出了代表着沾染有毒物质的萨拉米香肠的模拟图，画面上下摇动。其后，代表着萨拉米香肠的圆形翻了个儿（参考图二）。这之后画面出现了变暗渐隐的效果。即便是大惊失色的我，也能通过这个示意图将刚才的一连串推理过程在脑中整理清楚了。

呼。魔镜啊魔镜，真是辛苦您了。

快被气得丧失知觉的玛玛艾东倒西歪的，就这样一只手抓着魔镜，另一只手开始抓耳挠腮。"唉哟喂！真是太麻烦啦！"

这会儿，就算是我也深有同感，实在是棘手啊……不过，现在可不是灰心丧气的时候。于是我鼓励玛玛艾道："这可得加把劲儿了啊!"

她咬牙切齿地说:"刚才说的那一大堆虚构的犯罪手法实在是太麻烦了,实际上三途川的作案手法也太麻烦了。所以说,过会儿要在大家面前解释说明这个事也实在是太麻烦啦!哎呀,怎么会有这种人!这可不是拧麻花,就算他七扭八拐也拧不出个所以然啊。"

"不过话说回来啊……"眼看着接下来又是一场恶战,我也

有毒物质→
萨拉米香肠→

图二:虚构的突发事件

不能不给点忠告就让玛玛艾应战,"那个叫什么三途川的家伙,这套七扭八拐招人烦的阴招可是从他的脑袋瓜子里想出来的。你要是因为这点事就哇哇大哭,可是要吃苦头的。"

"这还用你说吗?我正要开始整理思绪呢!"

玛玛艾把魔镜收回到手袋当中。然后她在笔记本上奋笔疾书,嘴里还念念有词,开始复习刚才的那段虚构作案的内容。面对眼下这种情况,玛玛艾表现得踏实起来,对自己要做的事情应当有始有终。

看着玛玛艾念念有词的样子,我不禁思索起三途川的那些事。那个混账东西最大的武器就是头脑灵活——这就是我对他的评价了。虽然还有很多没掌握的信息,不过将之前的所见所闻综合处理得出的印象,应该也没什么太大的偏差了。魔镜之前已经

开宗明义地提到过:"三途川理目前正在防范有人将自己的罪证公之于众。所以,证明三途川是犯人这一点比较困难。"这个大前提,确实有一定的道理。即便我们想尽办法证明他图谋不轨,他也一定会当场找到各种机会,想出应对之策的。

不过针对现在这个"招人烦"的话题,手上没了笔记本和笔完全无法招架的玛玛艾,真的能克敌制胜、见招拆招吗?我内心蒙上了一小片阴影。这阴影不是别的,正是"不安"的情绪,是我对玛玛艾即将在众人面前失态的预感。我实在是担心她。不过,又有光芒照到了我心中的这个小小的角落,驱散了阴霾。那束光芒的源头,不用说,便是这个强大的魔镜。

只要魔镜在手,便可高枕无忧。从一定意义上来讲,我们甚至可以一步跨越到终点线直接获胜。不论三途川头脑如何灵活,即便他绞尽脑汁,也无法和"一步到位"的魔镜相抗衡。于是我提醒自己不要再担心玛玛艾了。

玛玛艾在追寻真相的过程当中可谓跌跌撞撞。每当这时候,我便善为人师地教导她,我们简直就像家庭教师和学生一样。玛玛艾整理完思路已经用掉了五分钟,当然也不能光整理思绪,必须要把它写入记忆当中,记忆过程又用掉了五分钟。

终于背诵完所有内容,玛玛艾把双臂交叉在胸前。

"好!我去去就回。"

一雪前耻的大戏即将上演。

"……情况便是我刚才所说的那样了。"玛玛艾做完整体的事件说明,呼吸急促,甚至肩膀也一耸一耸的,整个人大汗淋漓。明明是玛玛艾对大家展开说明论述,但她却是最难厘清论述逻辑的那个。

出人意料的是，对玛玛艾这一番话触动最深的人竟然是绯山。当玛玛艾回到接待室的时候，绯山正饶有兴致地看着那份印有"银行抢劫犯被逮捕"的报纸，玛玛艾刚要发言的时候，他便把报纸夹在了自己的腋下，用那种饶有兴致的表情听着玛玛艾接下来要说的话。当玛玛艾的叙述逐渐成形的时候，绯山脸上若隐若现的血色逐渐消失了。

如此这般，玛玛艾要说的终于说完了。绯山就这样半张着嘴，默默思考着什么。瞠目结舌的不仅绯山一人，就连委托人国北夫妇也是一样，这两个人与其说是大吃一惊，倒不如说完全是一副呆若木鸡的样子。

从玛玛艾开口到叙述完成，整个过程当中三途川的脸上始终浮现着一抹笑意。

玛玛艾对三途川打出了决定性的一记重拳。她反复说道："所以说，就请三途川先生，把您胸前口袋里的名片拿出来吧。请现在马上当场拿出来——绯山先生，请您对名片进行物证鉴定。"

绯山将自己半张的嘴闭了起来。然后，他再次张开嘴说："就算证物鉴定过程当中检测出了有毒的成分，也没有确凿的直接证据，无法证明这小子便是真凶。但是，整个事件的情况会发生很大的变化——非常大，翻天覆地。你说的这番话将通过间接证据从无凭无据的状态中摆脱出来。如果有毒物质的成分相同的话那更是……"

我甚至觉得，绯山一定程度上是在声援玛玛艾。我喜不自禁。不过他话锋一转，"但是……"他说着说着又端起了架子。

绯山瞥了三途川一眼。"但是……"他又说了一遍。

不论如何，他还是按照玛玛艾的要求执行了操作。三途川将自己的上衣脱了下来，抛给玛玛艾。玛玛艾从那件上衣胸前的口袋里取出了名片夹，十分慎重地将之交给绯山。绯山便再次让他的实验器具大展身手。

绯山的工作做得可是比玛玛艾更加彻底，就连国北夫人放在圆桌上的那张名片也是这次证物鉴定的实验对象。

在等待化学反应结果的时间里，绯山甚至对三途川的口袋和随身物品都进行了检查，多半是考虑到三途川也有可能将可疑的名片藏匿起来。关于这一点，绯山做得可真是有模有样，跟玛玛艾截然相反。

当进行化学反应所需的必要时间终于熬过去之后——

试剂却背叛了玛玛艾。绯山似乎十分可怜玛玛艾一样，摇了摇头，然后他的目光落在了手边的那份报纸上。

所有的名片上都没检测出有毒物质。

就连国北夫人面前的那张名片上，也没检测出有毒物质。

三途川向玛玛艾抛了个媚眼。

"那么，你还有什么好说的吗？"

"我……我想借用一下洗手间……"

"又去啊？"

"实在是不好意思了。"

"个人问题要在课外时间解决好啊，同学。"

"实在是不好意思。"

玛玛艾一边狂吠，一边像摇沙锤那样将我甩来甩去。我又变成了一个小受气包。

"为什么？！怎么会这样？！"

"也不是没有头绪……"我仰头看着玛玛艾的脸庞，开始为她解释说明。

"……三途川当时注意到什么了吧？一定是那样的。大概在我们都撤出接待室的那段时间里，三途川在那里搞了什么鬼，目的就是毁灭证据。"

"咚咚咻叭哩咚咻咚叭哩！魔镜啊魔镜！是这样吗？请告诉我具体的细节是什么！"

镜子回答道："正是如此。三途川在你们各位离开接待室的同时……"

"在我们离开接待室的同时，干了什么？！"玛玛艾狂叫着。我忽然感觉自己的神经变得敏感起来。

魔镜以十分平淡的口吻说出了事实真相。

"……他借用了卫生间。"

我情不自禁地笑了出来。毕竟我们也数次借用了卫生间啊，又不能阻止他用一次卫生间。那小子倒也真是在"课外时间"解决好个人问题了啊！

魔镜接着说："他所使用的名片材质易溶于水。因此，即便将这些名片扔到便器当中冲走，也不用担心堵塞下水系统。"

说到这里，我回想起了方才玛玛艾将三途川的名片扔到便器当中的情景，我确实看到名片很快就溶解在水中了。

"除此之外，没在国北夫人面前放的那张名片上检测出有毒物质的原因在于，当计时器引起骚动的时候，三途川用并未染毒的替代品偷梁换柱。在发现第二封杀人预告的时候，他趁着所有人手忙脚乱，最后一个从接待室离开。因此，他才能有机会避开所有人的耳目，交换名片。以上便是回答了。"

目前的情形其实也和这面魔镜无法预言未来的性质有着一定的关系。恐怕，当玛玛艾向魔镜问出"为了缉拿真凶归案如何是好"的时候，三途川还没到卫生间中消灭罪证。如果更进一步大胆猜想的话，说不定三途川那小子当时压根儿还没想出要到卫生间里想个对策吧。

所以说，就那个时间点的具体事实来说，"将三途川胸口口袋里的名片当作证物保管起来"确实是标准答案。同时，如果更进一步缜密思考的话，这个标准答案当中甚至包含了对"在国北夫人面前放着的那张名片，在当时已经被调包了，而那张名片并没有涂着有毒物质"这样的更深层的暗示。

在这之后，玛玛艾听着那些冗长复杂的 A 阶段、B 阶段的案情分析，除此之外，还要费工夫整理事情发展的逻辑并且牢牢记住这一连串的前因后果。在这个节骨眼儿上，三途川就已经想出了自己的应对之策并按照计划实施了。既然这样，也就没什么补救的办法了。一旦事件发展的前提条件改变，答案也将理所当然地发生变化。如果在情况发生转变之后，再次借助魔镜的力量的话，那么我们一定会听到不同的解答，但是这种想法也只是知道事实真相的人得出的"事后诸葛亮"似的结论罢了。

当我把上述想法告诉玛玛艾的时候，她鼓起小脸，气呼呼地说道："真是的！就是因为磨磨蹭蹭的才会这样啊！"然后就像运动员投篮那样把我丢进了她的手袋当中。当我惊慌失措地想让玛玛艾再多等上一会儿的时候，她就以迅雷不及掩耳之势把手袋的拉链拉上了。我在玛玛艾的手袋当中剧烈摇晃着，想必此时她正在走廊里奔跑吧。当我终于能够让自己勉强站起来的时候，透过手袋都能听到外边传来了门扉开阖的声音。看来她已经顺利回到接待室了。

这孩子可真是太让人操心了啊！

"……就是这么一回事了。"玛玛艾发出了致命的一击。

委托人夫妇似乎心中受到了她的感召，但绯山和三途川又是另一番心绪了。这两个人正在等待玛玛艾接下来的发言。二人脸上呈现出了"玛玛艾所说的这一番话还不能解释清楚目前状况"的表情。

不过，玛玛艾关于整件事情的解说就到此为止了。所以说，这孩子可真是让人操心啊！

"不过，即便如此……"三途川像是要劝诫玛玛艾一样，开始了自己的诡辩。

"……你当然可以公布你针对案情的推论，即便没办法保证推论当中的确定性，我也勉强可以接受。但是你自己也知道的吧，啊不，或许你还并不太清楚，不管怎么说侦探大致就是这样的一种职业。我们各自有各自的立场，我当然会洗清自己的不白之冤，但你也应该先弄明白，如果我们两个人之间根本没办法同台竞技的话，那就什么事儿都不用干了。你主张的这种推论好歹也要有个证据来证明才说得通吧，难道只能用我去过卫生间这样简单的事实来证明吗？这可不能说你的推论可以和我的专业同台竞技啊。

"听完你的这一番话，我只能感受到你无论如何都要给我这个名侦探三途川理加上莫须有的罪名，除此之外我实在是没听出其他意思……"

三途川朝着委托人夫妇继续问道："难道二位不是这样认为的吗？"

委托人听完这番话,也不得不点了点头。

玛玛艾并不擅长处理这种情况,在既没有证据又没有头绪的时候继续按照自己的想法推动话题。顺带一提,按理说三途川已经实施过伪造的推理过程,也像玛玛艾的推理一般没有触及证据这一层面。不过很有可能三途川在当时的情况下,只是还没准备好充分的证据而已。毕竟狡诈如斯,当他开始侃侃而谈的时候,谁又能知道他都已经做过什么手脚了。在"事前准备"这方面,玛玛艾就远不及三途川能意识到其重要性。

玛玛艾抓住了个好时机。"那个……"

"你说吧。"

"还要借用一下卫生间……"

"又要去!"三途川噘起了嘴。

"襟音同学,你啊,到底借用多少次卫生间才能解决好你的个人问题?麻烦你适可而止哦!如果你坚持的话,那么以后再见到你,我就叫你'厕所侦探'了!不,不对,说句实在话,你做的这些推理实在是没办法让人将你看成一个侦探啊。所以说都没法叫你'厕所侦探'了,去掉'侦探',只能叫'厕所'了!"

"呜……"

"你这个……厕所!"

"好了好了……"

这时候,绯山也加入了话题。

"毕竟是女孩子啊……"

"女孩子怎么了?"

"就是,各种事情都不方便啊……"

三途川就这么继续坐着,然后向后靠着摆起了架子,对玛玛艾说道:"如果不想当'厕所',想当'厕所侦探'的话,麻烦您屈尊好歹也动动脑子再说话吧。比方说，提出'这里沾上了你的指纹实在是太可疑了，难道你就是真正的嫌犯吗'这类证据。绯山同学不也是这样不辞辛劳，还特意带着用于检测指纹的各种实验用品呢吗？

"如果通过这种方式跟我争辩的话，我也能做出合理的反驳了，'不不不，这个地方沾上的指纹其实是……'我也就能这么洗清自己的不白之冤了。唉，做侦探这行，说得更进一步就是要成为一位著名的侦探啊，其实要通过将理论结合实际的犯罪现场的物证……"

说着上述一堆话，三途川开始了自己的"名侦探课堂"。理所当然的，对他那副颐指气使的样子，玛玛艾一点都不服气。玛玛艾为了能尽快去卫生间，适当调整着谈话的节奏，但是尝试了两三次都以失败告终。看样子她终于要把三途川晾到一边强行突袭卫生间了。正当她准备这样做的时候，忽然皱起了眉头，似乎发现了什么引人注意的细节。

玛玛艾翻开了自己的笔记本，看着记事本上的一页，反复对照三途川侃侃而谈的脸。此时玛玛艾脸上的表情就像是罕见地想要自食其力完成作业的时候一样。看这个架势，她似乎因为自己作为侦探被贬得一文不值，便想通过自己的力量解决问题了。

"说不定……"她小声嘟嚷道。

"绯山同学。第二封杀人预告上的剪贴字背面，是不是还没检测过指纹啊？"

"嗯？"绯山眨眨眼睛回应道。

"杀人预告上面的字，是通过剪报做成的对吧？如果剪贴字背面有指纹的话，情况又如何呢？如果真有的话，简直就是铁证如山了吧？"

"啊，你这么一说确实还没检测过……"

"是吧，你看看！"玛玛艾将笔记本收进了自己的手袋里，挺起了胸膛。

"啊……"

"就算是我，也能想到这种事情的。请务必检测一下剪贴字背面有没有指纹。虽说可能没有，不过如果找到了的话……"

在这个时候，接待室中响起了奇怪的声响。

这奇怪的声响像是充满了恐惧的惊声尖叫，又像是歇斯底里的切割金属一般的愤怒声音，像鸟类的鸣叫，又像是电脑发出的电子音效。

不过，这声音实际上是一种笑声，是三途川理发出的笑声。

"襟音玛玛艾，你可真是个可爱的小傻瓜啊！"

好不容易玛玛艾才鼓起勇气，有模有样地做出了一点侦探的分内之事。但不出我所料，她气得摆出了一副臭脸。

"你这人真是太没礼貌了。你到底想说什么？"

"我才想问你到底想说什么呢。第二封杀人预告是通过剪贴字做成的，这件事，你到底是怎么知道的啊？"

"啊，那个……"话说到这里，玛玛艾简直如鲠在喉。就像要保护好怀中的小宝宝一样，玛玛艾悄悄用手遮住了自己的手袋。把这个装着我和魔镜的手袋护了起来。

"那当然是……在现场看到了啊……"

"你可真是巧舌如簧啊！这可绝对逃不出我名侦探三途川理的火眼金睛！我可没忘记这一点哦！你踏入现场的那一刻，已经是在绯山同学将第二封杀人预告封入信封之后了！"

这么一说，玛玛艾刚才似乎提过这么一回事……当然了，我们两个实际上是通过魔镜看到的第二封杀人预告。不过，这种事情就算把嘴撕烂了也不能说啊……

玛玛艾低下头，冲着地板辩解道："才没有……这回事呢……"

"绯山同学，当时是什么情形？"

人们的注意力本都集中在玛玛艾小小的身躯上，三途川这么一问，大家的注意力又转向了绯山这一边。绯山面露苦色，就连他说出的话也十分忧愁。

"我想尽量客观公正地提供意见。开门见山地说，这小子刚才说的话没有问题，是对的。当你进入房间的时候，我确实已经将第二封杀人预告封进信封当中了。"

三途川又发出了那种并不像是笑声的笑声，说道："襟音同学，这回你听明白了没有啊？这才是真正的名侦探啊！我们名侦探的眼睛和你那双眼睛可是有着天壤之别啊，我们可是会像摄影机一样，把这些细枝末节通过视网膜忠实、客观地记录下来的。

"来来来，让我听听，你想怎么给自己辩解啊？确实，虽说这种一不小心露出来的破绽不是那种能把你送进监狱的有力证据，不过却足以影响你在大家面前的信誉了吧，这简直可以说是我向你不停发出提问攻击的最正当的理由了。行了，看看你怎么为自己辩解吧！"

"你这么一说，其实我也并不是直接看到的。"

"不是直接看到的？"

"嗯……"

"说啊，说吧！"

"这……"

事情发展到现在这种地步，不容置疑，这简直就是玛玛艾侦探生涯当中最大的危机了。我烦恼地抱起了头。

但是，真正让我烦恼得抓耳挠腮的，却是接下来发生的事情。

"话说回来，襟音同学啊……"

三途川从自己的座位上站起来，向玛玛艾走了过来，然后就像老鹰捉小鸡一样钳住了玛玛艾纤细的手腕。玛玛艾本来就已经十分苍白的面色，变得毫无血色。她十分柔弱地盯着三途川，时不时地瞥一眼自己的手袋。

看到玛玛艾这副样子，三途川似乎更确信自己的直觉一样，说出了一句骇人听闻的话："从刚才开始，你就一直很在意这个包包啊！难道你这包包里面藏着什么见不得人的东西吗？"

玛玛艾如同丧失了生机一般。她简直站都站不稳了。钳着玛玛艾手腕的三途川又增加了力道。

我在手袋当中，屏气凝神，按兵不动。

手袋当中隐藏的东西——也就是魔镜（以及，我这个小矮人）被公之于众这件事，实在是玛玛艾避之不及的。退一万步说，即便我们现身于"这边的世界"，被什么人得知，那也一定要谨慎选择才能确定。理所当然的，像三途川这样的家伙根本连排队摇号都不够格。但是，有了三途川之前被搜身这样的先例，玛玛艾就算被检查了手袋，也实在没人能说过分。虽说只要魔镜这不可思议的魔力不被发现，便也算是逃过一劫……

先前，三途川说过"比方说，'这里沾上了你的指纹实在是太可疑了，难道你就是真正的犯人吗'"这类暗藏深意的话，说不定这小子其实已经起了疑心，怀疑玛玛艾通过某种特殊的方法，先人一步得到某些消息。（话是这么说，不过我们也确实很可疑啊……）因此，他才借这个机会故意说出这种诱人上钩的话吧。

以防万一，我开始思考强行突破三途川威胁的方法。总之，先将完美解决案件的选项放在一边，首先要处理的是眼前的突发状况。不过，我又该如何是好啊？我是不是应该从手袋里飞奔而出，拿着镜子一溜烟地逃到什么地方去呢？不过即使这么做，实际上也并不会解决任何问题……

我思来想去。真是不幸中的万幸，当我在做出这种疯狂举动之前，竟然有人伸出了援手。

那便是绯山。

"你给我适可而止吧，三途川！"

"你这话说的。绯山同学，这家伙才要适可而止啊，刚才就不自然地频繁想要去卫生间，明明都不知道自己要比别人可疑多少倍呢，却还要将莫须有的罪名强加在别人头上。而且还这么理直气壮，简直理直气壮到令人费解。我一定要把犯罪嫌疑原封不动地还给她！"

"你能预料到第二封杀人预告是通过剪贴字的形式做出来的，多半是……托这东西的福吧？"

绯山说着，把什么东西扔在了地板上。

那堆七零八落、堆成小山的东西到底暗含着怎样的深意，我实在是丈二和尚摸不着头脑。除了绯山之外，看着大家脸上的表情，似乎也并没有人懂得这堆东西的含义。就连那个三途川也不解其意。

绯山扔出来的东西，就是刚才放在他手边的那一沓报纸。

三途川眯缝着眼，用十分不可思议的目光打量着它。扔出去那沓报纸的绯山，这次又像是想要把这些报纸所包含的深意一字一句倾吐出来一般，开始诉说自己的想法。

"这份就是刊载过我名字的报纸，不过同时，这份报纸也是知道了'杀人预告是通过剪贴字形式做出来的'咱们搜查小组最应该注意的报纸。为什么呢？因为第一封杀人预告写的是'国北，偿 mìng dè 时 hoù 来 le, 杀 wú shè'，从中可以看到，除去用拼音和标点符号标注的部分，剩下的汉字就只有'国''北''偿''时''来''杀'这几个汉字了。而这些字当中，'偿'字相对来说在新闻当中出现的频率更低，更难找到——按照一般的情况是这样。毕竟，我们现在看到这些字的时候，最先会联想到一条新闻。

"'关于某某物产史无前例的损害赔偿的判决'，这么一提的话大家就都能明白了吧？'赔偿'的'偿'字和'偿 mìng'的'偿'字是同一个字。

"除此之外，大家还需要注意的就是这份报纸的出版日期。第一封杀人预告的邮戳所标记的时间是周三；另一方面'关于某某物产史无前例的损害赔偿的判决'这则新闻最初被刊登也是在周三这天。也就是说，第一封杀人预告当中的剪贴字，有极大的可能性是通过剪切周三这份报纸上的印刷字而做成的。除此之外，也可以假设，除去'偿'字外，其他字也有可能是通过剪切同一份报纸得到的。在这份报纸上寻找这些字的话，会有什么地方有违常理呢？

"厘清了上述逻辑之后，假设已知第一封杀人预告是通过剪切报纸上的印刷字的方法做成的，那么自然而然就会联想到，应该检查周三报纸上出现过的且杀人预告中也含有的文字。按照这种思路逆向思考，只要注意到我一直在执着于查看周三的报纸，反复检查的情况，就会产生'绯山可能通过某种方式得知了第一封杀人预告是通过剪报的形式制作而成的，他可能是通过检查报纸正在寻找杀人预告上出现过的重复的字'的想法。

"这样想绝对是十分自然、合乎情理的。梳理到这里的时候，还希望大家回忆起一件事，就是当时我们侦探三人，没有任何一个人看过第一封杀人预告。因此，我们三人当中并没有任何一个人亲眼见过第一封杀人预告上使用过的剪报字。

"因此，玛玛艾才会进一步产生了'明明谁都没亲眼看过，为什么他会觉得第一封杀人预告是通过剪报字的形式做的呢'这样的疑问。于是她按照这个思路，继而得到了'原来如此，是因为第二封杀人预告是剪报字做的'这种假设。

"当然，假设就是假设，并不能确定其正确性。但如果以这个假设为前提进行推理的话，也说不定一不小心就会搞混，说出自己曾经看到第二封杀人预告这样的话了。尤其是，她可是……"

说到这里绯山特意停顿了一下，用一种暗含讽刺的声音，强调了下面的话：

"……她可是名侦探啊。"

这可真是强词夺理。不过，这是我们现在最迫切需要的"强词夺理"了。

在三途川刚要张嘴说话的时候，玛玛艾就接上了绯山的话茬儿，大声说道："就是他说的这样啊！"

面色铁青的玛玛艾勉强挤出一抹微笑，接着说道："哎呀，我这个人可真是的啊，一不小心把自己做过的推理都忘得一干二净了,嘿嘿。"

三途川虽然松开了钳着玛玛艾手腕的手,但是又强势地说:"襟音同学,刚才的那一番推理,你能用你自己的话再复述一遍吗?好像你还没……"

这简直又要成为玛玛艾的另一场职业危机了!不过,有人出声打断了三人的对话。实际上,就跟抱着头发愁的我一样,这位说话的人甚至比我还要焦虑——委托人刚才也一直发愁地抱着自己的脑袋。

"够了,适可而止吧。"委托人说出了这么一句话。三个侦探都非常有默契地探查着委托人的脸色。委托人重复了一句:"够了,适可而止吧。

"十分衷心地感谢各位表现出来的对工作的热忱。不过,恕我直言,我现在只能感受到,各位侦探在进行的案件调查这个行为,简直成了某些纷争的导火索。这一切不和谐的现象可能全都要怪我实在是太贪心,一口气雇用了三位侦探。不,一定都是因我而起的,全部都应该怪罪我一个人。

"请允许我再次向各位郑重致歉。在座的各位侦探,如果各自进行调查断案的话,一定能够向我交出满意的答卷吧。但是一国三公,人多手杂。原本想要置之不理的事件如今却变成了这个样子,我当初就应该尽早拨打一一〇报警。虽然委托的案件还没告一段落,但是此时此刻我还是希望,三位就此高抬贵手,不要再调查了。当然了,我会如约支付委托费用。如果有必要的话,取消委托的违约金也愿意一并奉上。"

说着说着,委托人低下了头,夫人也跟着他一起低头恳求。三位侦探当中没有一个人敢再说半句话,只见三途川独自一人十分懊恼地把牙齿咬得咯吱咯吱响。

就这样，三位侦探全部退出了调查工作。

有那么一小会儿，接待室中只剩下绯山和玛玛艾二人。这时，绯山小声地给了玛玛艾一个忠告，就连我都听见了。

"你这家伙，虽然不知道你在背地里干着什么见不得人的勾当，不过这回可是自食其果了吧。你还是趁这个机会好好反省一下，好自为之吧。"

——未完待续

如果最初就无缘王座的话，那么戴娜的命运也就另当别论了吧。即便身为皇族的一员，但如果没有"我就是下一位登上王座之人"这样的非分之想的话，事情便不会落得如今这步田地了。这些发生在戴娜身上的不幸，全都是这种萌发了数月之久的痴心妄想变本加厉地侵蚀她内心的必然结果。可真是个不幸的人啊……不过，戴娜可是个雁过拔毛、兽走留皮的狠角色。

她穿着刚刚买回来的红色高跟鞋，站在了魔镜面前，然后面向魔镜，问道："咚咚咻叭哩咚咻咚叭哩！魔镜啊魔镜！作壁上观的魔镜啊！是谁买回了红色的高跟鞋？"

"是城堡的看守人。"魔镜说着说着，显现出了城堡看守人的姿态。

"哈哈。对，并不是我买的对吧？"

"并不是您买的。"

戴娜把鞋跟踩得嘎嘎作响，然后开始跳起舞来。

"行得通，行得通啊！"

暗杀玛尔加雷蒂！

她脑海中浮现的便是这个骇人听闻的计划！

暗杀计划要由戴娜一手促成。一方面，这件事绝对不能经她之手；另一方面，这个计划又必须由她来一手操办。这便是其中的奥妙。就在这个时候，始作俑者戴娜已经无法回头了，对王位和权力的渴望日渐变本加厉，一发不可收拾。戴娜万分自然、毫不迟疑地想："用什么样的办法，才能让自己，而不是玛尔加雷蒂登上王位呢？"结果，戴娜思来想去得到的结果就是——暗杀玛尔加雷蒂。

这个计划的重中之重就在于，戴娜本人并不直接对玛尔加雷蒂痛下毒手，而是采用借刀杀人的方式。原本戴娜也曾经计划过，亲自给玛尔加雷蒂下毒，加个双保险。但是，实际上这种方法是行不通的。其理由就是，如果亲自动手的话，就相当于戴娜犯下了杀人的罪行，那么她就将被从王位的继承顺位中排除出去。即便通过不为人知的神机妙算给玛玛艾下毒，结果也会大同小异。

毕竟登基仪式上还有询问魔镜王位继承人是否称职的环节。当问到"咚咚咻叭哩咚咻咚叭哩！魔镜啊魔镜！皇室代代相传的魔镜啊！是谁最能胜任新王的宝座，报上他的名字"的时候，戴娜就会被魔镜从继承顺位中排除出去。毕竟魔镜可有一眼看穿任何人过去犯下的罪孽的神通。

当然了，做到何种程度才能称得上犯罪，如何才能撇清自己身上的犯罪嫌疑，这才是真正棘手的地方。不过，现在真正需要注意的是"被排除王位继承顺位程度的犯罪"到底是什么。戴娜的着眼点也在这里。为此，她查阅了各种文献资料，并通过询问魔镜来进行事无巨细的调查。也就是说，她通过试验的方式，心中大致有了那么点头绪，弄清楚了这其中的机制。

结论如下：只要不直接实施犯罪行为，便可保万全。

就像她之前使唤别人去买鞋一样——这和戴娜得出的结论并不矛盾——购买鞋子的人确确实实就是城堡的看守人。不过，把购鞋款项转交给看守人，使唤他买鞋的却是戴娜。尽管如此，魔镜在面对"是谁买回了鞋子"这样的提问时，给出的回答却是"城堡的看守人"。试验圆满成功。戴娜为此高兴得手舞足蹈。

确实，如果被问到"他真的是出于自己的意志购买的吗"，又或者"买鞋的钱是谁付的",再或者"更加详细的情形是什么",一旦问到诸如此类的细节,魔镜给出的回答里说不定就会带出戴娜的名字了。

但是,诸如此类的细节,实在是不足挂齿。

只要能通过王位加冕仪式上的例行提问,便可全身而退了。加冕仪式上魔镜出场的戏份也只有在提问之时的昙花一现罢了。加冕仪式过后,魔镜马上就会被雪藏回房间当中。那以后,除了戴娜,任何人都不会有机会使用魔镜。也就是说,只要能够顺利通过加冕仪式上的例行提问,所有难题都将迎刃而解。

只要假借他人实施杀人计划,便万无一失了。这些事情只要查阅文献就可以知道得一清二楚,实际上,之前试验的时候魔镜也给出了同样的回答。只要依照计划行事,戴娜就不会在加冕仪式上露出马脚。

接下来又如何是好呢?

全都是小菜一碟嘛!

"难题就只剩下该把这个重任交给谁来完成了!"戴娜如是想道。

戴娜用纤长的手指抵着自己的下巴,目光望向了房间的一隅。然后,她的视线又扫回了魔镜。

戴娜问道:"咚咚咻叭哩咚咻咚叭哩!魔镜啊魔镜!作壁上观的魔镜啊!除了我本人之外,还有谁会对玛尔加雷蒂之死心生愉悦?"

魔镜散发出了灿烂的光芒,显现出了一个人的身影……

第二部——请用苹果

"我认为,"阿伯纳回答道,"实在是难以置信,神明怎么会有这种需要呢?又怎么会通过'理性'这种原始而幼稚的本事来判断事物呢?如果真的经过深思熟虑,很容易就能明白'理性'这种本事,不过是人类特有的一种本能罢了。而'理性'本身,其实对愚昧无知的人类来说,只是一种步步为营的手段,一种通过循序渐进接近真相的手段而已。"

——梅里维尔·戴维森·卜斯特《稻草人》

"白雪公主这家伙!为什么没有办法将她置于死地!就算要我一命偿一命也在所不惜!一定要把她弄死!"女王大声嘶吼着。说完这番话,女王陛下就进入了没有其他人涉足过的、隔得很远的密室当中。在这个无人知晓的秘密房间里,炮制出了一个五毒俱全的苹果。

——格林兄弟《白雪公主》

第一幕 我杀死的少女

……虽说所有的犯罪者都有一定的虚荣心,但是对于毒杀者而言,他们的虚荣心更是一种由高涨的自尊心组成的奇怪产物。毒杀者可以因着自身的聪明才智、形容相貌、行为举止,甚至是欺骗他人的手段而感到自满,这虚荣心使他们傲睨一切、不可一世。除此之外,毒杀者更是天生的演员,甚至可以说他们就是自己的推销员和经纪人。

——约翰·迪克森·卡尔《绿胶囊之谜》

突然造访了玛尔加雷蒂·玛利亚·麦克安德鲁·艾略特,也就是襟音玛玛艾所在的世界的戴娜,直接在襟音侦探事务所附近的宾馆预订了客房(由于戴娜所在的世界,即"那边的世界",与三途川所在的世界,即"这边的世界"之间,是由不可思议的通路连接起来的,只要知道这个通路,便可以在两个世界穿梭自如)。随后,戴娜便拨通了三途川侦探事务所的电话,召唤了"会对玛尔加雷蒂之死心生愉悦的人",即私人侦探三途川理。

三途川与戴娜一样,操着一口十分流利的英语,两人也是通过英语来进行交流的。

"她竟然敢耍这样的花招骗人!这个小丫头片子!"

三途川轻蔑地看着魔镜。

此时的三途川，看上去就像是在对着镜子中的自己露出睥睨的神情。

从戴娜那里得知了"无所不知的魔镜"的三途川，当然不会马上就接受这个令他难以置信的真相。不过，三途川在与玛尔加雷蒂一同查案的过程中，就已经确信玛玛艾背后"一定有什么见不得人的猫腻"了。因此，戴娜比想象中更轻而易举地证明了自己所言非虚，也为此省下了一番口舌。她将从"那边的世界"带来的魔镜展示给三途川之后，又煞有介事地对魔镜进行了几次操作和演示。做完了这些之后，三途川就被戴娜打动了。

魔镜的大小刚好是可以映出胸部以上半身像的尺寸。搬运到"这边的世界"也费了一番周章。不过，对戴娜而言，把魔镜带来却也是一大幸事。毕竟魔镜马上就在取得三途川的信任这一点上发挥了奇效，接下来在计划中似乎也能派上很大的用场。不管怎么说，最令人吃惊的就是玛尔加雷蒂也持有"无所不知的魔镜"这个事实了。

顺道一提，为了让三途川相信自己，戴娜进行的实际操作如下：

"咚咚咻叭哩咚咻咚叭哩！魔镜啊魔镜！请显现出三途川理现在正在思考的事情！"

就是这么一个提问。

魔镜上显现出来的首先便是戴娜的模样，然后是戴娜提出委托后马上给三途川看的支票，支票上并排写着的一串"零"。这之后又出现了玛尔加雷蒂的身影，几天之前进行共同调查的情景，在卫生间中将名片如数清理掉的三途川自己的模样，还有通过试剂进行毒性探查的红色头发青年的模样。

三途川十分懊悔地在魔镜面前嘶吼着。

"这可真是将脑中所想一览无余啊！开什么国际玩笑啊！混账东西！"

就在这个瞬间，魔镜中三途川的身影分裂成了两个。其中一个人对着另一个人开始不断地进行忠告："被窥探内心所想可真是太羞耻了吧！""你什么都别想了行不行！""赶紧放空大脑！"现实中的三途川，不知道从什么时候开始就盘腿坐在地板上静坐息虑，他在闭目凝神的过程中，还把牙齿咬得咯咯响。

不过，三途川显然并未达到心无旁骛的境界。魔镜当中不时出现他记忆当中形形色色的人的姿态和千奇百怪的宅邸的模样。除此之外，还有不知所谓的自然风光、不知所谓的几何图形、不知所谓的符号、不知所谓的乐谱——想必这一切都是三途川脑海中浮现出来的内容。

三途川只得哭哭啼啼地哀求戴娜："我已经知道魔镜的神奇力量了，快收起来吧！"

戴娜对年轻侦探这副慌张得大喊大叫的滑稽相十分感兴趣，一时间就这么放任自流地看着三途川。但是没费多大工夫，三途川似乎就适应了现状，并掌握了控制魔镜显像的方法。

紧接着，就听见魔镜中的三途川发出了十分具有恫吓力的叫喊："哎哟喂！让我吃了这么多苦头，可真有你的啊，现在让你尝尝我的厉害！"

随后，魔镜的画面当中出现了令人毛骨悚然的场景。杀人案的现场，尸体、器官、断头——不论哪个场景，都是三途川在头脑中有意浮现出的骇人景象（但是并不能分辨出这是他的想象还是实际的记忆)。

这回可轮到戴娜变得慌张失措了。戴娜大喊道:"咚咚咻叭哩咚咻咚叭哩!"

话音一落,魔镜上不断变化的骇人画面便消失了。

房间中恢复了往昔的平静。三途川的笑声不绝于耳。惊魂未定的戴娜费了好大劲儿才平复了自己的情绪。

"你给我看的都是些什么鬼东西啊!实在是太吓人了!"

"咯咯咯,这就叫以彼之道还施彼身。谁让你先随随便便窥探别人的内心。"

事情的来龙去脉便是如此,三途川通过这一遭经历,开始对魔镜不可思议的能力深信不疑。

不可思议魔镜的存在。

不可思议世界的存在。

新任国王的加冕仪式还有一周即将举行。

襟音玛玛艾即玛尔加雷蒂的真实身份。

不得不将玛玛艾置于死地的理由。

城堡当中并没有人知道玛玛艾的身世。

如果能暗中稳妥行事,便不会造成世间的骚动。

襟音玛玛艾也同样持有不可思议的魔镜。

但是,她本人却不知道自己身上流淌着皇室血脉。

三途川侦探事务所收到了暗杀襟音玛玛艾的委托。

他获知了上述所提及的全部内容。

"……综上所述,这位名侦探,一切就托付给你了。我一定出手大方,绝不会亏待你的。"

戴娜坐在沙发上，而三途川则坐在了椅子上。侦探将自己的手肘搭在桌子上，就在这张桌子上，放着戴娜送来的那张支票，以及侦探的笔记本和铅笔。

侦探靠在椅背上，伸展着四肢，嘟嘟囔囔道："这原本应该是委托给杀手的工作……"

说完，他便开始搔着自己的下巴，俯视戴娜送来的那张支票。

"……话虽如此，也不是不可为之，是大有可为……不过，这张支票上，是不是少写零了啊？"

戴娜马上参透了侦探话中的深意。她咬了咬自己的嘴唇，从沙发上站了起来，心想：我难道不能去委托杀手做这个事吗……

戴娜走向那张桌子，用宾馆提供的圆珠笔在支票上画了一个圆圈。金额攀升了十倍。

"您少写的，可不止一个零吧？"

"呜……"

即便是戴娜，可以自由支配的金钱也是有限度的。所以她选择用另一种方式来回应三途川提出的要求。她并没有直接回答侦探的质问，而是向魔镜发出了提问："玛尔加雷蒂与三途川理，哪个才是真正的名侦探？"

魔镜只说了一句话："是玛尔加雷蒂。"

毋庸置疑，魔镜当然是考虑到了玛尔加雷蒂同样持有不可思议的魔镜，才做出了如此回答。但是，三途川对这个回答的反应却格外敏感。

他猛地站起身来，甚至将刚才身下的椅子掀翻在地。三途川满脸通红，头顶上简直是火冒三丈，像是烧开水的容器一般蒸腾着怒气，他伸手拿起了一只放在桌子上的茶杯。但是，三途川可并不是为了要把水倒进这个杯子里，只见他挥动着紧握茶杯的那只拳头。

注意到侦探似乎是想要将手中紧握的杯子朝魔镜砸过去，戴娜慌慌张张地紧紧攥住了他的手腕。

"不可以，绝对不可以！如果这面魔镜被打破的话，它就会变成平平无奇的镜子了。"

侦探并没有负隅顽抗，只是将那个茶杯放回了桌子上，然后扶起倒在地上的椅子，坐下了。他一只手上轱辘轱辘地转着铅笔，嗫嚅道："明明就是个小丫头片子……还在我眼皮子底下耍花招……"

说完之后，侦探就把铅笔叼在了嘴里，嘎吱嘎吱用牙齿恶狠狠地咬着。然后他抬起头，目光与戴娜不期而遇，他斩钉截铁地说了一句："好吧。那我就奉陪到底了！"

戴娜抚了抚自己的胸口，顺了一口气，心想可真是没白让魔镜举荐"会对玛尔加雷蒂之死心生愉悦之人"啊。虽然说通过魔镜寻找杀手委托处理的方案也颇具可行性，不过比起那种方式，这种方式才正中戴娜的下怀。比起有钱能使鬼推磨，现在这种方式更能让戴娜得心应手。

"你终于鼓起干劲了啊？"

"嗯！别管什么玛玛艾还是玛尔加雷蒂！那个小丫头片子确实是我的眼中钉、肉中刺！"

"就是说啊，眼中钉、肉中刺！"

"真是岂有此理了！"

不过用了这种激将法，三途川变得着实有些敏感了啊……戴娜反而稍稍有些担忧了。话虽如此，目前姑且也能说是和戴娜谋划的如出一辙了。

戴娜坐回沙发上。侦探把自己口中的铅笔碎片"呸呸呸"地吐在了地板上。如此这般，借侦探三途川之手，暗杀玛尔加雷蒂的计划徐徐拉开了大幕。

最初开始进行的，就是侦探对于魔镜功能的解析。

"刚才你说的，咚咚什么来咚咚什么去的，是什么意思？"侦探首先发出了这样的提问。

刚刚被戴娜激怒，变得像烧开的热水壶一样蒸腾着怒气的侦探，现在已经完全恢复了常态，不见一丝恼怒。对于魔镜的解析，侦探也没拖泥带水，只是十分淡然地推动着进程——简直就如同魔镜在回答提问时那般淡然。

面对侦探热心的提问，戴娜自然十分乐于为他答疑解惑。

"你说的是'咚咚咻叭哩咚咻咚咚叭哩'这段咒语吧。这段咒语是为了让魔镜恢复初始状态而念诵的咒语。即便是在魔镜回答任何问题的过程中，只要念出这串咒语，魔镜也会恢复初始的状态。"

"如果不念咒语的话，就会持续回答之前的问题吗？"

"当然不是了。通常，魔镜在判断'如此回答便能充分地解释问题'的时候，就会自动终止回答了。但是当提出新问题的时候，必须要在之前的回答说完之后才可以进行。所以，可以说是以防万一，也可以称之为约定俗成，在向魔镜提出问题的时候都会先咏唱咒语。而且，需要中断魔镜回答的情况可以说是少之又少。"

侦探用变短了的铅笔记下了笔记，说着"嗯，原来如此。那么，接下来我比较介意的还有……"然后话题便移到了下一个提问。侦探对于魔镜的解析，就在这样的节奏中有条不紊地进行着。他发出的所有提问都是为了让在"这边的世界"不存在的魔镜的神通能够得到一个合理的解释。

举例而言。

提问：通过何种方式可以判断发出的提问是问向魔镜的？

回答：魔镜直接从提问者的头脑中读取提问，提问的意义也在提问者的脑中进行补充完成。顺道一提，通过电话也可以向魔镜提问，即便在这种情形下，魔镜也是通过提问者的大脑读取问题的。

提问：对魔镜所使用的语言限制是什么？

回答：在这个世界上存在的任何语言都可以。魔镜将使用提问者提问时所用的同种语言进行回答。

提问：能否通过魔镜对未来进行预言？

回答：不是说不能预言未来，不过得到的回答也只是对现实情况的模拟。回答时并不会根据提问者产生的新判断而进一步对情形模拟。因此对此种回答应当谨慎参考，不可偏听盲信。

提问：为什么玛尔加雷蒂·玛利亚·麦克安德鲁·艾略特即襟音玛玛艾也持有魔镜呢？

此时，戴娜赞同地点了点头。

"嗯，我也是通过询问魔镜她的近况才得知此事的，真是吓人一跳呢。她竟然持有和这面魔镜有同样神通的镜子！"

侦探口中似乎仍残余着先前咬的铅笔碎片，他"呸呸呸"地向地板吐着唾沫，继续发问："和那面魔镜具有同样法力的魔镜，在你的世界里还有一面。明明只有这一面才对啊？为什么那个小丫头片子竟然还有一面？"

这件事，其实与玛尔加雷蒂继承了皇家血脉一事有很深的关系。直截了当地说，就是因为她的母亲——那位在城堡中各种各样的房间进行清扫的女性，将那面镜子的一部分打破了，作为自己的遗物传给了玛尔加雷蒂。

如同先前戴娜所说的，平时如果魔镜被打破之后便会失去原有的魔力，也就是真的将魔镜损毁了。但是，经过特别的仪式之后，被打破的镜子将各自保有原来的机能（上述所有的内容，都是魔镜透露的）。

"也就是说，通过特定的仪式，这面魔镜可以变成两面，甚至三面了？"

"可以是可以，不过行不通。仪式要经过几周的时间。现在已经没有那个工夫等新的魔镜生成了。毕竟再过一周就是加冕仪式正式开始的时候了。

"如果有必要的话，授权你使用这面魔镜也无妨。就用这面魔镜做个了结吧，以你的才智完全可以胜任吧？我通过魔镜做过许多调查，看到了你至今为止大展身手的种种事迹。你这个人这么聪明伶俐，这次也一定能手到擒来。"

在这个节骨眼上，戴娜不断地给侦探戴高帽。但是侦探却像是怄气一般地说道："但是，作为侦探，那个小丫头片子可比我更技高一筹啊！"

"那充其量不过是因为玛尔加雷蒂拥有魔镜这个强大的助力啊。这你自己也已经心知肚明了。而且就目前的情况而论，你现在也可以借助魔镜的一臂之力，这可就一改之前的劣势了。现在你可以利用魔镜的力量,当然了,你可以利用的还有你那聪明绝顶的小脑瓜。那你简直是要所向披靡了啊!"

侦探斜视着魔镜,嘟起了嘴。戴娜从沙发上站起身来,温柔地轻抚他的手。

"一旦完成了这次的计划,襟音玛玛艾这个本来就不应该出现在这个世界的、有违常理的名侦探,也要顺应天理,从这个世界上消失了。为了这一点也要……你说是吧?"

身上穿着租来的长袖和服的名侦探襟音玛玛艾,对着镜子小声询问道:"现在抽签的话,能抽到什么样的神签啊?"

"可以抽到中吉。"

"嗯,还是不尽如人意啊。"

在她的手袋里,我大模大样地盘腿坐着,随后探出头来问了一句:"你要是这样作弊的话,抽神签的意义何在啊?"

"当然有意义了!"玛玛艾答道。

坐在桌子对面的巫女对玛玛艾搭腔问道:"那个,您还抽不抽神签啊?"

虽然并没有看到我,巫女还是露出一脸狐疑的表情(当然如果看到我的话,那她就更要吃惊了)。玛玛艾摆摆手。

"啊,要的,不过现在抽的话就有点……"

"啊,那下一位,后边的那位请您先抽吧!"

巫女把下一张神签递给了排在玛玛艾身后的一对高中生模样的情侣。

可真有你的啊,玛玛艾。

"现在抽签的话,能抽到什么样的神签啊?"

魔镜说："可抽到大吉。"

得到了这样的回答，玛玛艾看向巫女。

"下一位，请抽签！"

她赶忙飞身向前制止道："稍等一下，请稍等一下啊！我还排着队呢，应该我先抽啊！我要抽签的！"

"那好吧……"

"可以抽了吧？"

"好的，给您。"

玛玛艾从巫女手上接过了下一张神签——这可真是，难道是真的吗？让人大吃一惊，实在是让人难以预料，这可如何是好，要不要打开它——竟然是大吉！

"真是愚蠢至极！"我一边骚头一边说道。

不过，玛玛艾却是一副兴高采烈的样子。

"愿望会实现，学业有进步，身体很健康，恋爱会甜美，东西丢了会失而复得，等待的人会来临。真是万事俱备只欠东风了。只要保持自信，积极地迎接新的挑战就好了。这可真是太棒啦！"

"什么就可真是太棒了？明明就是作弊了啊！"

玛玛艾就像没觉得自己作弊了一样，哼着小曲儿，然后把神签绑在了树枝上。

"什么嘛？这不就是那个什么来着……尽人事听天命啊！"

回到侦探事务所后，我们马上就接到了三个业务委托的电话。其中两个电话委托是拜托我们寻找失物，另外一个电话则是希望我们寻找离家出走的小宠物。毋庸置疑，玛玛艾三下五除二，就直接对魔镜一顿咚咚咻叭哩咚咻咚叭哩地提问，三件委托就都干净利落地处理好了。传达好了遗失物品的所在地，又通知了迷路宠物的所在地，三个委托人都不是吹毛求疵深究推理过程的那种类型，工作很快就完成了。委托的酬劳也将会在几天之后打到银行账户上。

玛玛艾一边处理三份委托，一边做起了饭。锅中的纯白奶油浓汤咕嘟咕嘟地冒着泡终于上桌的时候，我们围坐在餐桌旁边准备一起吃晚餐。随后我们双手合十，齐声说道："那就不客气啦！"

也就是说，就像平常一样，我们两个又度过了平凡、安宁祥和的一日。

一天早晨，襟音侦探事务所收到了一个送货上门的快递……

戴娜决定，在暗杀玛尔加雷蒂计划成功之前都滞留在"这边的世界"，为自己雇用的侦探提供一些力所能及的帮助。

接受了戴娜委托的三途川，以迅雷不及掩耳之势在戴娜下榻的宾馆预订了一个房间。房费自然要算在戴娜的头上。随后，两人在戴娜的房间中正经八百地开起了暗杀战略会议。

戴娜对侦探由衷地感到钦佩。对她来说，让三途川加入暗杀玛尔加雷蒂这一计划简直是明智之举。她在把三途川招揽到宾馆之后马上就明白了，这个侦探拥有一种独特的思维模式。

这种思维模式，即便是在三途川本人都觉得不可思议的魔镜前，也绝对不会胆怯。更不如说他做出了一种十分新鲜的反应，甚至令人感受到了他如鱼得水一般的活跃干劲儿。

三途川将问询戴娜和魔镜得到的答案满满当当地记录下来，把笔记本填得黑压压的一片。之后他又翻开了新的篇章，将空白的一整页摊开在面前的桌子上，提议道："就使用毒杀的方法吧！"

"毒杀……"戴娜凝视着面前的侦探，无声地催促他赶紧将毒杀计划详细说明。

三途川将自己带来的手提箱平放在地板上打开，手提箱中塞满了名片、无线电对讲机等众多杂物。三途川从中取出一个小小的药瓶拿在手里。

"这瓶就是前几天我在与襟音玛玛艾一同调查的时候使用过的毒药。这种药立竿见影，简直让我爱不释手。用这种毒药的话，嗯，应该这样……放进仙贝当中……嗯，投毒的时候不得不打开袋子，这可真是令人头疼啊。当下这个时令适合吃什么来着……年糕，但是有可能吃的时候会被加热啊……那就，苹果，苹果的话，嗯嗯嗯……

"嗯，苹果。苹果是个好选项啊！那选苹果好了。苹果可以成箱购买，然后往箱子里其中的几个注射毒药就行得通了！"

戴娜不由得点点头。

"然后你就亲手把那些东西交给她！"

"胡说什么呢！"

三途川的鼻子里发出了嗤笑，用手指弹了一下放在桌上的铅笔。铅笔轱辘轱辘地滚动起来。

"毕竟你还可以远走高飞，回到你原来属于的世界啊，那个时候就眼不见为净了。不过，我和你可是站在完全不同的立场上啊！"

"好吧，那真的要我交给她吗？确实，因为下毒的罪魁祸首是你，所以我并不是真正实施犯罪之人，这样一来说不定就可以在眼里不揉沙子的魔镜面前蒙混过关。也只是把东西交给她，所以说并不是我直接杀死了她……咦？但是，这样一来，我看上去可比你更像真正实施犯罪的人啊。真是让人捏把冷汗啊，你这个办法当真万无一失吗？"

"不对头啊。"

"哪里不对啊？"

"只要通过快递送货上门就好了啊。"

"很有道理啊。只要快件不记名就好了吧。"

"不行……"

铅笔再次轱辘轱辘地转了起来。戴娜感觉自己仿佛被侦探当成猴耍了一般。

"……如果快件不记名的话，襟音玛玛艾很有可能会觉得可疑。"

"嗯，确实有这种可能性。如果是这样的话，她也很可能不会轻易去吃的吧？"

铅笔再度被手指弹了出去，滚落桌下。

侦探压低声音说道："简直天真[①]！"

"甜什么？"

"简直比苹果还天真可爱。你可给我听好了。一旦对方怀疑的话，就代表着我们已经开始铤而走险、孤注一掷了，懂吗？你明白我的意思吧？"

"如果襟音玛玛艾那个小丫头片子念起咒语'咚咚咻叭哩咚咻咚叭哩! 魔镜啊魔镜！请不吝赐教，这些苹果是谁送来给我的啊？'她要是问出诸如此类的问题，我们可如何是好啊？"

由于三途川的脑中并没有对魔镜发出提问的想法，在这个大

[①]原文为"甘い"，既有甘甜之意，也有天真之意。此处三途川用一语双关形容戴娜的天真与无谋。

前提下，宾馆房间里悬挂的镜子并没有做出任何的反应。

似乎有一种有生以来从未萌发过的情感，又有一种有生以来没感受过的情绪，在戴娜的心中渐渐成型了。这些未知的情绪好似发出了令人嫌恶的强烈味道一般，使戴娜的内心不断呼喊着："意识到了没有！这就是因对方也有不可思议的魔镜而产生的威胁！"戴娜咽下了自己的口水，振作精神，给自己打气。这也是无可奈何的情况，毕竟现在已经是箭在弦上不得不发了！

侦探继续着自己的说明，说话的声音也恢复了往常的音量。

"理所当然地，魔镜会将我三途川理的事情告诉对方吧。从另一层面上来说，魔镜说不定也会十分爽快地说出关于你戴娜的事情。不论何种情况，襟音玛玛艾都会知道自己已经被人盯上了，会被索取性命这件事。因此，就算她欠缺作为侦探的使命感和行动力，是个乳臭未干的小丫头片子，一旦人身安全受到了威胁，她也不可能听之任之。

"她一定会顺藤摸瓜把一切查个水落石出的。虽然说在'这边的世界'，魔镜提供的证言根本不能用作呈堂证供，但是在你'那边的世界'可就完全不同了吧？如果襟音玛玛艾动身前往'那边的世界'，然后将你的所作所为公之于众的话，到时候你该怎么办呢？虽然我也是一知半解的，不过在'那边的世界'可不像在这边这样行得通吧？"

"这可不妙啊……大事不妙……"

如果回到"那边的世界"，魔镜提供的证词可谓铁证如山。要是那样的话，别说继承王位了，戴娜本人都将自身难保。

只要能让整件事在"这边的世界"顺利地落下帷幕，"那边世界"的警察机构或者司法机构就毫无用武之地了。虽然针对本次的委托来说，整个事件的发生地恰好是在"这边的世界"，但是由于和"那边的世界"的原住民戴娜牵连甚深，所以魔镜的证言也会被一视同仁地采信（关于这一点，戴娜与三途川和玛尔加雷蒂的结识成为整个事件的分水岭）。

"话说回来，如果说玛玛艾问出'咚咚咻叭哩咚咻咚叭哩！魔镜啊魔镜！请不吝赐教吧，为什么我会被人盯上了'这样的提问，一旦出现这种情况，我们就直接出局了吧？玛玛艾会得知，自己身上流淌着皇家的血脉，然后又一来二去知道了前因后果。你难道还不懂吗？只要玛玛艾没发现自己的身世，就不会意识到自己是王位继承这部大戏的领衔主演，现在我们拥有多么优厚的有利条件啊。一旦这个得天独厚的优势消失，我们简直就像失去了地基的房子一样了。"

"这可真是不妙啊！"

"对，这才是大事不妙，简直比下了毒的苹果还有杀伤力。所以说，我是不会通过匿名快递的方式下手的。"

"那我们要怎么办？"

三途川扭过脸去……

"咚咚咻叭哩咚咻咚叭哩！合情合理地给玛玛艾送苹果而不受怀疑，同时，直到现节点我三途川理并不认识、没有交集的人有谁，举个例子出来。"三途川放声询问道。他视线的尽头，便是悬挂着魔镜的那面墙。

魔镜做出了回答："比方说，有一个叫绿川俊夫的人，他的故乡在青森县[①]……"

[①]青森县，位于日本本州岛的最北端，属于日本的东北地方，苹果的产量和市场占有率位居日本第一，是富士苹果的发源地。可以说，苹果是青森县的一张物产名片。

三途川打断了魔镜的回答："咚咚咻叭哩咚咻咚叭哩！这个人跟玛玛艾是什么关系？"

"绿川任职于某高中，是一名教师。以前，他曾造访襟音侦探事务所，并对玛玛艾提出了'希望夺回自己手表'的侦查委托。当时玛玛艾顺利地完成了委托，他兴高采烈。今年年初，他还给襟音事务所邮寄了贺年卡……"

"咚咚咻叭哩咚咻咚叭哩！这个人和襟音玛玛艾，两个人之中有没有人走漏风声，把绿川提出委托的这件事告诉任何人啊？"

"目前没有。这件事是他们两个人的秘密……"

"咚咚咻叭哩咚咻咚叭哩！显示一下那个人的住处！"

魔镜中显现出一个住所，就在隔壁街区。

戴娜终于把这一连串流程的逻辑关系厘清了。她甚至陷入一种错觉，仿佛自己在闲庭信步、优哉游哉的时候，三途川早就已经环绕宇宙一大圈了。

大体上来说，侦探询问魔镜的方法真是令她瞠目结舌。打断魔镜之前的回答后，像是连珠炮一般发出质问，这些都是戴娜闻所未闻，更从未做出过的行为。戴娜之前想都没想过还可以这样。这个侦探是如此蛮横无理，但是他这种方式却又是如此精明强干。

戴娜张开嘴，准备向侦探确认一下这一连串举动的深意。

但是在她提问之前，侦探便对着魔镜确认道："咚咚咻叭哩咚咻咚叭哩！那个人是青森县出身，如今定居在隔壁街区对吧？"

魔镜回答道："是。"

哼——侦探用鼻子哼出声音来，扬扬得意。

戴娜出声问道："那个人,那个叫绿川的人,要用他的地址和名字送货……"

"所言极是。"

"可真亏得你才能想出这样的坏主意啊……"

"劝你嘴上积点德吧。明明是你自己主动求我助你一臂之力。"

"我可不是这个意思啊。你这本事真是令人赞叹。不过,你到底是怎么想到假借绿川之手给玛玛艾寄苹果又不会怀疑到我们的啊?"

侦探抬起一边的眉毛,用一副感到十分麻烦的表情,对魔镜颐指气使地说道:"咚咚咻叭哩咚咻咚叭哩!告诉她我的良苦用心,说明一下!"

魔镜回答道:"三途川内心所想的内容如下——即便以第三者的名义邮寄有毒的苹果,但实际上并不是本人送去的,因此并不能推测出警察会断错案而将第三者缉拿归案。即便警察特意前往这个伪造的寄件人地址,调查距离发件地址最近的快递网点也无济于事。而且,即便警察展开搜查,最终也只会查出'除了伪造的寄件地址之外,就连伪造的寄件人跟襟音玛玛艾之间的关系也不明不白的'。虽说他只是这世上不知情的芸芸众生之一罢了,不过这个人便会被扣上犯罪嫌疑人的帽子了吧——三途川理认为,像这样的情况并不少见。

"三途川想到,警方接下来会着重搜索'知道伪造寄件人与襟音玛玛艾之间社会关系的人',但会因为踏破铁鞋无觅处而心灰意冷。不管早晚,最后说不定警察会误以为伪造出的寄件人就是真凶,又或者得出与事实真相大相径庭的调查结论,或者因进入难以破解的困局而告终。也就是说,警察会得出无法独立解决整个案件,调查陷入僵局的结论。

"顺便一提,如果本次三途川理通过偷偷潜入襟音玛玛艾侦探事务所的方式窃取伪造寄件人的住址的话,那么情况就应该另当别论了。万一'偷偷潜入侦探事务所'的蛛丝马迹被警方的调查组发现了的话,三途川理这个名字也会被列在犯罪嫌疑人名单上,他就有重大的犯罪嫌疑了。不过,本次由于使用了魔镜,警方不会发现构成犯罪证据的任何蛛丝马迹。因此,三途川认为自己计出万全,万无一失——以上便是三途川理内心所想的内容。"

"原来……原来如此。"戴娜说道。侦探默不作声地点了点头。

"……不知道该怎么说,你这个人比我还会使唤魔镜呢啊。"

"托您的福!"侦探脸上露出了微笑,给戴娜以肯定而积极的答复。

戴娜接着问道:"那接下来,我们该炮制'快件'了吧?毕竟寄件需要时间,不是马上就能送到的,而此事宜早不宜迟——啊,如果手写填单的话可大事不妙了,会留下笔迹,那就要找到能印刷活字的东西了……"

啧、啧、啧,侦探发出了咋舌的声音。

"咚咚咻叭哩咚咻咚叭哩!魔镜,把委托人亲笔写下的住址笔记,用模拟影像显示出来!"

魔镜上出现了手写体的文字。侦探从自己带来的手提箱里拿出笔记本的时候,魔镜上的影像消失了。

侦探把笔记本当中的一页撕了下来,把那张空白的纸展示给戴娜看,然后进行说明。

"用这张空白的纸将魔镜给出的答案透写下来,然后将透写出来的内容当成'字帖',参照'字帖'的内容模仿笔迹进行练习。

"这样一来,就可以再现绿川的笔迹了。通过练习可以忠实临摹出笔迹的话，便算得上万事大吉了。就算办不到也没关系，在发件的快递单据下面铺上'字帖'，通过在下方用强光照射的方式做成描字帖，便可以再现绿川的笔迹了。毕竟一般寄件人地址一栏都是用复写纸复写的，只要拿来快递单据的复写纸就可以蒙混过关了。"

戴娜拿着空白的纸，将之与暗淡下来的魔镜对比着端详起来。

"只是为了让玛尔加雷蒂麻痹大意而已……我绝不是要将罪名嫁祸给他人，让别人蒙受不白之冤……"

"只是将罪名转嫁给他而已，你不要太介意了。我们的主要目的是让警察的调查陷入全面混乱的状态。不过，如果做得天衣无缝的话，那些吃着公粮的警察说不定真的会把姓绿川的缉拿归案。

"但是，这样对我们来说才算是正中下怀。毕竟如果案件进入难以破解的谜局，我们就更不能掉以轻心了——话虽这么说，不过总归也不会查到我这三途川侦探事务所的头上来。这样一来，我们就可以撇清自己的嫌疑，高枕无忧了——只要将罪名嫁祸给别人。有了替罪羔羊，我们才更能撇清嫌疑高枕无忧啊。"

戴娜口中涌出了叹息之声。

侦探面向镜子。"咚咚咻叭哩咚咻咚叭哩！把绿川亲笔写下自己住址的笔迹模拟呈现出来吧，要让模拟影像持续展示一个小时是什么样的啊？"

在侦探提问的同时，魔镜中出现了同刚才一样的手写体文字。侦探把自己的脸凑近魔镜，十分轻蔑地打量着显现出来的文字，随后便把白纸覆盖在魔镜上，将铅笔拿在手中……

戴娜担心自己碍手碍脚的，会坏了三途川的大计，于是压低了声音，才敢向侦探提出问题："你刚才提的那个奇怪的问题，是什么意思啊？持续一个小时什么什么的问题……"

侦探继续把自己的脸紧紧贴在白纸上，回答道："如果不这样问的话，镜子上的影像没一会儿就消失了啊。刚才不就马上消失了吗？这对制造'字帖'的工作来说，简直就是一大障碍。所以我就稍微改变了一下提问的方式。

"刚才魔镜上出现的是委托人亲笔写下的自己住址的笔记模拟影像。而现在魔镜上呈现出来的是——将'委托人亲笔写下自己住址的笔记模拟影像'持续展示一个小时的影像。虽然两者看上去极为相似，却有本质上的不同。在没有人吟诵咒语的情况下，现在镜子上呈现的影像在一小时之内是绝对不会消失的。比起不停向魔镜提出问题，这样做不是更加省时省力吗？"

"说得也是。年轻真是好啊，年轻人真是头脑灵活啊……咦？不过，哈哈……"

戴娜看着简直像是要对一张白纸一亲芳泽一样紧贴着纸面的侦探，但是他手中的铅笔却停滞不前，引得她不由自主地笑出声来。

"……以这张纸的厚度，根本就没法透出魔镜显现的文字嘛。不买更薄的纸，根本没办法继续啊。"

这可真是天真幼稚到漏洞百出嘛。果然嘴上没毛，办事不牢啊——戴娜脸上呈现出了讥讽的笑意。但是，侦探却把自己紧贴着白纸的脸抬了起来，然后瞪着戴娜。

"做那么多费力不讨好的事情干什么啊……咚咚咻叭哩咚咻咚叭哩！魔镜，把这个影像显示出来的亮度增强一些！听好了没有，持续增强一个小时那么长时间哦。"

由于魔镜的亮度增强了，文字变得清晰可见，侦探的铅笔也开始在纸上游刃有余地慢慢移动着。他十分慎重地描摹，时不时扭过脸去,深呼吸、缓口气,又继续进行制作"字帖"的工作……

戴娜为此惊叹不已,甚至觉得有些头晕目眩了。

当戴娜得知玛尔加雷蒂使用魔镜开创了自己的侦探事业的时候,她便十分吃惊,"做侦探却使用魔镜什么的"!毕竟戴娜自己也只能意识到,可以把魔镜当成知情者用来询问实情。她不禁因为两种方式的差距而感到惊叹不已。

不过,天外有天、人外有人。

风声鹤唳、草木皆兵的戴娜,凝视着侦探忙着手中活计的背影……仔细看看这个人吧!明明这个侦探也才刚刚知道魔镜的存在而已,但他竟然能够如此轻而易举地掌握这么复杂的使用方法……说不定,对魔镜问出如此心思缜密的问题,这算得上是前无古人后无来者了。

"这就是……侦探这种人吗?"

阴狠毒辣的青年侦探花费了半小时左右的时间就把"字帖"做好了。

但是魔镜的画面,就像他计划好的,整整持续了一个小时才消失不见。

随后,不只是寄件人地址,侦探还开始摹写起了简短的信件。毋庸置疑,这次也是借用魔镜之力,如法炮制。这可真是名副其实的模仿笔记,伪造证据,让无辜者被警察缉拿归案并蒙上牢狱之灾的罪魁祸首啊。

侦探把宾馆的毛巾当成头巾一般缠在头上,一心一意地扑在桌上摊开的纸张上,那模样好似某种手工艺人一般。

这个手工艺人一边专注于手头工作,一边像是自言自语般地说道:"好像哪里不太对劲啊。"

如果插手侦探手头的工作，就有可能被魔镜视作实施犯罪之人——因为有这个可能性，束手无策、爱莫能助的戴娜在沙发上伸长了自己的双腿。她优哉地放松自己，同时又微微颔首，问道："哪里不对劲啊？"

"就是襟音玛玛艾对自己的身世之谜并不知情这件事啊！就算是她那样愚蠢的小丫头片子，也能想到问问魔镜吧。'咚咚咻叭哩咚咻咚叭哩！魔镜啊魔镜！为什么我会拥有如此不可思议的魔镜啊？'难道她至今为止都没问过魔镜这种事情吗？这么一问的话，就能知道自己的身世之谜了啊！不过话说回来，她到底是怎么看待自己拥有如此不可思议的魔镜的这件事呢？"

"你这么一说，确实是这样啊……"

三途川做出一副自己要中场休息的样子，从桌子旁走开，走向沙发上还空着的位置，坐了下来。然后又把头巾摘了下来，吭哧吭哧地擦了擦自己的脸，对着墙上悬挂的镜子。

他提高声调发问道："咚咚咻叭哩咚咻咚叭哩！喂！魔镜，回答一下我刚才问过的问题吧。"

"实际上，到目前为止她并没有向魔镜提出过诸如此类的问题。她从小就被灌输了自己的故乡是'那边的世界'，作为'那边世界'的人才会拥有如此神通广大的魔镜的想法。灌输这种思想给她的，便是她的亲生母亲凯莉·凯蕾·麦克安德鲁·艾略特与凯莉朋友的儿子——小矮人格兰比·英格拉姆。

"她只听到这些消息便心满意足了，除此之外也不想多加打听。正因如此，对世界上绝无仅有的魔镜——实际上是世界上唯二的神奇魔镜——这件事也是毫不知情的。同时她也并不知道拥有魔镜的皇室的存在。

"并且，在玛尔加雷蒂八岁那一年，凯莉罹患重病不治身亡。

所以玛尔加雷蒂对自己的亲生母亲凯莉，以及凯莉告诉她的相关事情只有一些朦朦胧胧的模糊记忆而已。故而，实际上可以说是英格拉姆把这些思想灌输给玛尔加雷蒂的。

"英格拉姆在凯莉弥留人世的最后五个月赶到'这边的世界'来，从那时开始，他便替代凯莉照顾玛尔加雷蒂了。英格拉姆要比玛尔加雷蒂年长五岁。"

"咚咚咻叭哩咚咻咚叭哩！把那个叫什么英格拉姆的人的照片给我看看。还有，那家伙现在在什么地方，干什么呢？"

魔镜上出现了照片。因为人像旁边还出现了盆栽的花盆，所以马上就能辨识出画中人物大概只有手掌大小。如果将这个人捧在手心的话，说不定会因为他的微小精致而误认为这是个稚嫩的小孩。不过听完刚才魔镜说的那番话，这个小矮人要比玛尔加雷蒂年长五岁——也就是说，他已经十九岁了。把照片放大来看的话，确确实实是个十九岁青年的模样。

"此人目前正在襟音侦探事务所担任助手一职。"魔镜回答道。

三途川在沙发上伸了个懒腰。"哎哟……原来世上还有这样的小东西啊。等我们收拾完了襟音玛玛艾之后，就要多注意这个家伙了……接下来，我就再忙一会儿吧……"

说完，三途川又把头巾裹在了头上，重新回到桌子前。

玛玛艾怀中抱着一个箱子，说道："锵锵锵！您有一个快递已签收！"

她兴高采烈地从玄关走了进来。对我来说，箱子的大小刚好有置物架那么高。

"是谁送来的啊？"

"哎呀，是谁来着……那个人是谁来着？"

"都不知道是哪儿来的就这么高兴啦？"

玛玛艾将箱子放在桌子上之后，又把我放在了箱子上面。根据箱子上贴着的运单上的地址和人名来看——"啊，这个人啊，就是去年来过的委托人啊！"

"咦？"

"你回忆一下啊，在高中当老师的那个人。我们不是收到了他寄来的贺年卡吗？"

"啊，你这么一说，确实有这么一回事啊。"

"当时还担心如果给他家地址邮寄回信的明信片的话，要是被他的妻子发现，自己的丈夫竟然做过雇用侦探这样的事，会不会对他来说不太方便解释。我还特意把明信片塞进信封里，寄到了贺年卡上的地址礼尚往来呢。要说起这个人啊，贺年卡上还写了'今年也请您多多提携'，难道说新的一年也想要麻烦缠身吗？真是令人捧腹啊。啊，对了，当时你不是也笑得很开心吗？"

"是啊是啊，给侦探写什么'今年也请您多多提携'可真是奇怪。"

两个人异口同声地捧腹大笑。

为了每年年末的年度财务申报，坚持记录每月的收支簿是我的分内之事。玛玛艾让委托人填写的委托申请书等诸多文件最终也是由我本人进行统一管理的。也正因如此，在某种意义上来说，襟音侦探事务所中的诸多事务，并不是侦探，而是侦探的助手一手掌握的……毕竟很多时候，玛玛艾这家伙连委托人的名字还没念完，就把委托三下五除二地解决了，这种情况可不在少数。

玛玛艾兴冲冲地把包裹拆开，打开了箱子。箱中整齐排列着八个跟我差不多大小的苹果。玛玛艾瞥了一眼时间，提议道："真是不错啊，就把它们当成饭后的甜点吧。一天吃一个也能吃一周了呢。"

现在是中午十一点。就是说，她计划今天中午也要吃一个苹果了吧。

"但是还多出来一个啊。还有，难道没有我的份吗？"

"多出来那一个就是英格拉姆你的啊。把那个苹果分成七份不就行了嘛！对于我来说一个的分量，和对于英格拉姆来说七分之一个的分量，怎么看起来都是我的比较少呢。所以说，右上角这个就是英格拉姆的了哦。"

"我倒是无所谓啦……你的意思是，把一个苹果切开以后，然后一周的时间都放在冰箱里面吗？苹果切开之后可是要赶紧吃才行，不然就会氧化变黑了啊，放一周还能吃吗？哎呀，至少别让我把一个苹果按七等份每天吃一点，我可以每天跟玛玛艾的苹果一起吃啊，我们两个人每天吃掉七分之八个苹果的话，那么每天切完的苹果都只在冰箱里放一天而已。这样才比较合理啊。"

"你在说什么，我怎么没弄明白啊？"

"不对，倒不如说，比起从一个苹果当中拿出来七分之一，从七分之八个苹果当中给你七分之七更合理啊，这才是合理吃苹果的节奏嘛！"

"咦？你不会认为我数学学得真那么好吧？"

"这算哪门子数学啊？这只是算数而已啊！"

算了，就算是玛玛艾，也不能说她是连分数加减法也算不出来的小糊涂虫啊。别管是提起数字还是提起逻辑推论，这简直就是稀松平常的日常光景，玛玛艾也只是对逻辑思考这种方式不够驾轻就熟而已（我平时就很留心她这一点了）。就因为她是这么一个小家伙，所以平常对委托事件进行调查的过程当中逃避推理也就无可厚非了。不过，不好好动动脑筋推理一下的话，只怕她早晚种因得果反受其害啊。确切地说，这之前接受的委托就是这样……

当我刚想提起绯山燃和三途川理的时候，玄关的门铃再次响了起来。

"又响了啊，真是麻烦死人了，就不能一起来敲门吗？"

玛玛艾抬起了她那万金之躯，一边十分不耐烦地嘟嘟囔囔，一边走出了房间。紧接着在玄关处，又听到了玛玛艾的声音。"哎呀！"

怎么了，发生了什么事啊？

"请进，请进，您请进啊！"

玛玛艾的声音大到令人震耳欲聋，其实她口中喊出来的那句"您请进啊"的实际意思是"客人上门来了，英格拉姆啊，你快点给我消失一会儿"。实在是拿她没办法，我只好选择消失一会儿了。我呼哧呼哧地爬上了书架背后的小梯子，在平时的那个花盆附近歇了脚。

这样子看来，可真是说曹操，曹操就到了。

确切地说还没提起曹操，这曹操就不请自来了。

接待室中出现的便是日前因为委托案件与玛玛艾进行共同调查的侦探——绯山燃。

绯山燃环视房间。"嗯，真是间像模像样的侦探事务所啊。资料也都整理归档，收拾得井井有条的。可真是比我那边正规多了啊。"

"哪有的事啊，您真是抬举我了。嘿嘿嘿。"

"外面的招牌也立得规规矩矩，我可真应该向你学习学习了啊。"

"嘿嘿嘿……那个，上衣您就挂在这里吧。您请进，您请进。坐下说吧。"

"那我就承您美意，不客气了。"

玛玛艾接过脖子周围用软扑扑的毛皮做的毛领子的夹克衫，把它挂在了墙上。绯山燃坐在椅子上，搔了搔他满是红发的头。

"这次冒昧前来也不是有什么十分要紧的事，正好到了附近就来看看。大家同吃侦探这碗饭，总觉得应该趁新年这个机会来探望您一下。"

"啊呀，您真是客气，本来也应该是我去探望您才对呢。没想到您光临寒舍，真是劳您辛苦这一趟了。"

"您客气了。我这就是打发打发时间而已。"

"实在是客气了，太客气了。要是有时间的话还请您一定光临寒舍。"

这家伙还真是个大闲人啊——我心里偷偷地这么想。

"近况如何，最近工作还顺利吗？"

"嗯，还挺顺利的呢。"

"是吗，那可真不错啊。我这边最近都没见过委托人的影子。时好时坏，反复无常啊。时而有委托人来，时而又没有。照这个样子下去，还不如去把报纸上刊载过的犯罪事件全部大包大揽下来算了，比方说啊……"

东拉西扯地话家常，玛玛艾和绯山开始聊起了无穷无尽的闲天。

话题包括：绯山就报纸上甚嚣尘上、惹人眼球的杀人事件发表了意见，玛玛艾就哼哼唧唧地含糊其词一带而过；绯山就报纸上甚嚣尘上、惹人眼球的拐卖妇女儿童事件发表了意见，玛玛艾又哼哼唧唧地含糊其词一带而过；绯山就报纸上甚嚣尘上、惹人眼球的匿名信恐吓事件发表了意见，玛玛艾还是哼哼唧唧地含糊其词一带而过；绯山就报纸上刊载的四格漫画发表了意见，玛玛艾就捧腹大笑；玛玛艾就昨天抽出大吉的神签发表意见，绯山就哼哼唧唧地含糊其词一带而过……

听完了上述这些对话内容的我，隐隐约约发觉绯山说出的各种内容全都是话里有话。而且我果然未卜先知，判断无误。

"……不过，绯山同学可是十分有实力的侦探。我看着你这样的青年才俊只觉得望尘莫及。上次查案的时候也是，如果没有绯山同学在的话，我可真是不知道如何是好了……"

听见玛玛艾说出了这样的话，绯山的表情逐渐变得严峻起来。

当玛玛艾说完之后，绯山马上接着说道："就是那个，其实就是想说那件事来着。"

"想说哪件事来着？"

玛玛艾一如往常地，用就像在谈着四格漫画一样的声调接着说。不过，绯山还是维持着一脸的严峻神情，说道："虽说来府上叨扰并没有什么要紧的事，但实际上有一点担心。"

"担心？"

"上次共同调查的时候，从各种意义上来说，你参与调查的方式都有些不合常理啊。虽说是因为你跟那个家伙——三途川结下了梁子才会这样。也不是，本来跟那家伙结下梁子这件事倒是没什么新鲜的，就连我也经常被那家伙因为各种莫须有的理由找不痛快，简直是烦到让人想胖揍他一顿。"

哎，虽然说隐隐约约也感觉到了两个人水火不容的关系，绯山看三途川的时候那个眼神就有些不太正常，但我也算是心里有数了。

"我只是因为这事有点担心你罢了。很有可能从那件事之后，三途川在背后作梗，因此侦探这碗饭变得更难捞到油水了。不知道他会不会对你怀恨在心，暗中打击报复什么的。"

可能是因为绯山说完之后突然沉默，两人之间的气氛变得有些紧张。

玛玛艾依旧怡然自得地回答道："没有，没那回事啦。上次见面的时候，我确实是身体稍有不适。而且从那之后就再也没见过三途川同学了。当时真的是承蒙你的照顾了。真的万分感激你，能把我自己都忘了的推理过程推理出来。"

"自己都忘了的推理啊……呵呵。"绯山苦笑了起来，"不过话说回来，可真是太好了。你看上去意气风发、生龙活虎的。这样一看生意兴隆也所言非虚。"

"是啊是啊，确实是生意兴隆啊。"

两人之间的气氛再度变得柔和起来。不过，我的头脑里响起了警报，必须要重新写一遍注意事项了。

侦探三途川、侦探绯山，这两个人一定要重点观察。

出于我个人的考量，不只是三途川，就连绯山也不得不多留心。毕竟绯山这个人，对于侦探襟音玛玛艾这个同行，不论出于何种目的，都保持了或多或少的好奇心。特别是今天，这件事简直是一目了然。

要是这家伙动了心思对我们展开调查的话，别说我了，就连魔镜都会暴露在大庭广众之下。暂且不论此人是不是心存歹念，这样下去很有可能会导致悲剧的发生。所以说一定不可对此人掉以轻心，他是个危险人物。

我在仔细思考应对危险人物的对策，绯山和玛玛艾聊得更加热火朝天了。不知道怎么回事,玛玛艾竟然还奉上了红茶和水果待客。

他们现在聊的话题,听上去正好与绯山着迷的射击游戏有关。这样一来,玛玛艾也表现出了极大的兴趣。

"买买买,买买买啊!"

"不过,还要好好学习才行呢。"

"说得你好像不买游戏就会学习了一样。"

绯山不怀好意地笑了起来。至少从他脸上那兴致盎然的笑意来看,他刚才说的打发时间是确有其事了。而且他自己也说了委托人不上门,生意惨淡。

玛玛艾把茶杯捧在手心里,笑着回答:"那我也不学习啊。"

"你看嘛,买买买啊!"绯山说完,就把手伸向了他身旁盛放水果的盘子中。

玛玛艾喝了一小口红茶:"话是这么说。虽然不买游戏我可能也不会学习,不过买了就一定不会学习了呀,对吧?果然还是不能买啊。我还想为学习留下那么一点可能性呢,虽然也只是可能性而已。"

玛玛艾说着让人摸不着头脑的话,忽然就把茶杯放在了桌子上,简直像是要把茶杯摔碎一样。

她从椅子上站起身来,瞠目结舌地叫道:"绯山同学?!"

我心里一惊,赶紧从花盆里飞奔出来,简直像是从书架上跌落悬崖一般挺身而出。

不知道的人,还以为这是什么风格突变的自杀现场呢。

绯山正在用自己的双手,紧紧地扼住自己的喉咙!

这是怎么回事?这到底是怎么回事?

几秒钟过后,我的理智才做出了回答——他似乎正在痛苦挣扎！

这是怎么回事——难道有毒？

玛玛艾好像在向谁求助一般大声疾呼："绯山同学！绯山同学！"

我的目光扫到了玛玛艾招待绯山端出来的那盘水果，就是刚才送货上门的邮件寄来的苹果啊，难道说……

"哎哟喂！"

三途川发出了震耳欲聋的吼叫声，简直比镜子中嘶吼的玛尔加雷蒂发出的声音还要大。不管是向着镜中之人发出吼叫，还是呼唤着自己身边的戴娜，又或者是对着自己发出吼叫——不论从何种情况来看，当下事态的发展对于三途川来说，全都是出其不意、攻其不备啊。

"哎哟！哎哟……哎哟喂！"

三途川凝视着魔镜中呈现的光景。

带着两个明确的目的——送玛尔加雷蒂走完人生最后一程和了解小矮人助手的相关动向，今天，戴娜他们两个人一直在监视襟音侦探事务所中发生的事情。不用说，提出这个想法的人便是三途川。为了通过魔镜进行监视，三途川对魔镜发出了如下的质问："假设已经在襟音事务所安装了隐蔽的监控摄像机，从现在开始持续二十四小时地监控，把录像的画面和声音结果展示给我。"

虽然从玛尔加雷蒂睡得迷迷糊糊，之后起来刷牙的时候起就一直在偷偷监视着他们了，但是任谁也不会料想到竟然能看到刚刚这幅光景。

根据戴娜的观察,绯山吃下毒苹果那具有戏剧性的高潮一幕,正是让戴娜与三途川两人同时感受到了来自成功亢奋的原因。不过,这种亢奋马上又表现出了各自的区别。三途川因此得出了几个结论,而戴娜则沐浴在这种异常的兴奋当中无法自拔。

但实际上,戴娜对绯山这个人知之甚少。戴娜对绯山的了解仅限于当他到襟音事务所拜访的时候,三途川曾经向戴娜说明过,"这个人就是整天当绊脚石的三流侦探"。而戴娜无法像三途川那样感同身受的原因,就是两个人的出发点并非建立在统一阵线之上。

随便怎么样都行,总之目标是玛尔加雷蒂!一定要杀死玛尔加雷蒂!戴娜心中又确认了一次自己目前的头等大事,然后向身边战战兢兢的侦探说道:"喂!"

"啊啊啊啊……"

"喂!喊你呢!"

无视戴娜发言的侦探开始絮絮叨叨地自言自语起来。戴娜观察着三途川脸上的表情,继续向他发问:"我说,这到底是怎么回事啊?这样没问题吗?那个苹果应该是用来送玛玛艾最后一程的才对。但是她现在可并没有一命归西,接下来该怎么办啊!"

"我正在思考呢!"

"咦?"

"好你个……绯山……"

只见三途川瞠目结舌、怒目圆睁,抬起头凝视着魔镜。三途川简直像要对着魔镜当中的绯山投出恫吓的标枪一般,发出致命一击。戴娜信口说道:"这人可真是绊脚石……作为对他的惩罚,赶紧死掉一了百了就最好了……"

如同舞台落幕时缓缓降下的帷幕一般,三途川慢慢闭上了双眼。

那紧闭着的双眼眼皮之上，出现了像阵阵波涛一般的轻微痉挛。应该是眼睑之下的眼球忽然滴溜溜地转了起来。戴娜的脑海中只能浮现出"原来是这样，他为了不让自己惊掉眼珠，就只能闭上眼了"这种荒诞不经的想法。

随后，三途川鼻孔大张，开始急促地喘息。不一会儿，他紧闭的双唇忽然裂开了一道缝隙。戴娜耳畔也飘来了气若游丝般的窃窃私语。

舞台又重新恢宏地拉开了帷幕——侦探睁开了双眼。

那眼神中没有一丝迟疑与踌躇。

"现在的情况喜忧参半，可以说是既令人欢喜又令人愁……"

三途川目光镇定地看着魔镜，开始了自己的说明。

"……令人欢喜的是，绊脚石绯山已经被我们一举击破、无力招架了。同时，警察应该十分顺理成章地卷入了整个事件当中，不知道那帮家伙会不会制造一些不必要的麻烦，我比较担心的就是这一点。虽说三流侦探绯山会抓获一流侦探三途川这种事情简直是无稽之谈，但是也不可对他掉以轻心，以防止我将来名誉受损。但是就在刚才，这个绊脚石终于没了，可喜可贺！"

"原来、原来如此。但是这些事情对我来说无关紧要啊，我要你杀死的人是玛……"

"另一方面，令人愁的是……"

由于三途川仍旧要继续进行自己的说明，并没给她插嘴的机会，所以戴娜也无从置喙。不过，关于"令人愁"的说明十分简单扼要。只用寥寥数语，戴娜就对其中暗藏的危机心领神会了。

"令人愁的就是……襟音侦探事务所里的这群人……初生牛犊的侦探和初生牛犊的侦探助手这两个人，将会察觉到'是谁在背后下毒'这件事。"

"哎呀！"

目光短浅的戴娜甚至都没察觉到，"玛尔加雷蒂一无所知"这个得天独厚的优渥条件已经消失了。不仅如此，戴娜也没能料想到自己的阴谋诡计即将漂洋过海，在"那边的世界"公之于众了。

戴娜屏气凝神，再度望向魔镜当中呈现的光景。

绯山蹲在地上，衣服也被呕吐物玷污了。玛尔加雷蒂揉搓着绯山的后背，她的目光在绯山和桌上的电话之间游走。电话听筒已经被拿了起来，定睛一看，听筒旁边站着小矮人英格拉姆，似乎正在紧急呼叫救护车。因为场面十分混乱，他停在了报上侦探事务所地址这一步。

戴娜的注意力并没有集中在三个人身上，而是望向更加重要的东西。那就是英格拉姆脚下的那张桌子最上方的那个抽屉。戴娜一伙通过一大早就开始进行的监视得知——玛尔加雷蒂的魔镜，连带装着魔镜的手袋一起就藏在那个抽屉当中。

那个抽屉带锁，但是却并没锁上，想打开的话轻而易举。也正因如此，如果想要问魔镜任何问题，马上就可以听到魔镜给出的解答。

戴娜的口中自然而然地发出了担忧的声音。这声音，正是对侦探的质问。

"这可……如何是好呢？"

冷眼旁观的侦探谄笑着说道："哎呀哎呀，这可怎么办才好啊？！"

我躲进了玛玛艾放在玄关的鞋子里，只露出一张脸观望。从门户大开的玄关望出去，可以看到室外的景色（襟音侦探事务所开在商住两用大厦的一层。从略显宽敞的玄关进门来，便可以看到门口陈设的鞋柜、伞架、灭火器等物什了。如果打开玄关处的大门，外边直接通着马路）。

在侦探事务所玄关的外面，绯山被运上了救护车。玛玛艾虽然不及绯山那样脸色惨淡，也面如死灰，正直勾勾地望着救护车出神。看玛玛艾的样子，似乎除了凝神望着之外，也没有其他地方可以帮得上忙了。

事已至此，就连我都觉得，用手忙脚乱这个形容词来描述现在的景象简直太恰如其分了。这可真是让人羞愧难当，明明我平时已经很留心多进行理性思考了。呜呜……

我能灵机一动想到叫救护车来，这可真是不幸中的万幸了。如果呆头呆脑的，恐怕就要和玛玛艾一样，只能急得像是热锅上的蚂蚁团团转了。

虽说总算是急中生智想起来给医院打电话了，不过说明患者情况却费了不少工夫。

现在回想起来，当时只要告诉对方，有人因为吃坏了肚子，生死未卜，然后再报上事务所的详细地址就好了。不过，不知道为什么，我十分努力地传达给对方的却是有毒物质的种类还没确定这件事。说到报住址，明明只要把门牌号说清楚就完事大吉了，我却告诉对方要在第几个十字路口转弯，通过附近哪一家店的小路可以抄近道过来，简直就像在给对方指路一般。

本来，我现身于绯山面前，还忙着打电话，已经可以说是吉凶未卜了。虽然说那家伙当时已经意识不清了……但当我感觉到大事不妙的时候，已经将电话的话筒拿起来了。我发现自己进退维谷，又不能打退堂鼓，就只好硬着头皮打了电话……

顺带一说，在我和玛玛艾手忙脚乱的时候，绯山用尽了最后的一点力气挣扎喘息着，把自己的手指伸进了喉咙里，哇哇地干呕，想让自己的消化器官蠕动起来。虽说身体只剩下了最后一丝力气，不过说不定他的精神和意识当时还十分清醒。

如果是这样的话，我还是不要现身比较好……不过，情急之下也没办法……毕竟覆水难收，现在再后悔也为时已晚了……

总之，救护车就这么叫来了，终于把绯山接走急救去了（当时想着当然没有必要让救护车上的人发现我的存在，于是我慌慌张张地藏进了鞋子里）。虽说人被救护车接走急救，但也并不保证能够捡回一命。不过，那也要比待在手忙脚乱的中学生和小矮人身边让人放心多了，这两种情况简直就是天差地别。

我茫然地望着天花板，头脑中千思万绪。毕竟也不能一直这样惊慌失措、坐立不安的。现在情况已经不像绯山把自己的手指头伸进喉咙里哇哇干呕时那样的狼狈不堪了。在绯山被安置到医院之后，事态不是都已经平复，整体趋于平稳了吗？现在正是挖掘事件真相的大好机会。

我为了回顾当时事件发生的全过程，在实际行动上，也开始进行"回顾"。

我从玄关回过头来，朝着事务所出神地望了过去，回忆起事件发生的一连串过程。

通过绯山当时独立判断，将手指伸进自己喉咙里的行为可以看出，他虽然没办法断定在自己身上发生的异常情况是因中毒引起的，不过却大体上可以确定就是那么一回事了。当然，这其中也包括了食物中毒的可能性。

假设这一连串事件的原因是毒物，那么就一定要找到有毒物质的来源。

到底是什么东西包含了有毒物质呢？

绯山吃到嘴里的东西吗……

是苹果啊。

果然，除了苹果也没别的了。

由于我现在在桌子下面仰望桌面，所以从我所在的位置，实际上并不能看到放在桌子上的苹果。于是，我便茫然地望着应该放苹果的方向。

发现绯山身上发生了异常情况不久，我下意识地注视了一下苹果，当事件暂时平息下来之后，通过理性分析着眼点又回到了这个地方，所以说，这苹果简直是显而易见的有问题。除此之外，我已经透过苹果那新鲜的光泽做出了判断，现阶段来说，应该排除食物中毒的可能性……因此，今天早上送来的那个苹果里混入了有毒物质。这就是我得出的结论。

不过为防万一，即便是些微的可能性，我也不能掉以轻心，一定要小心谨慎地重视起来。比方说并非苹果，而是装着苹果的器皿上沾染了有毒物质的可能性；或者是切过苹果的厨具；又或者是用来扎过苹果的牙签。当然，也有可能在来这儿以前绯山吃下了胶囊式的有毒物质，恰好在那个时间点胶囊溶解了……

我逐渐回过神来。

刚才,我是在镇定地思考前因后果吗?这算哪门子镇定!

你这明明还沉浸在激动的余韵当中无法自拔啊。这股余温还没消退呢。我赶忙拽了拽自己的脸蛋。现在可不是机智问答的时间,也不是接受考验的时候。现在和往常"安静祥和"的事件委托可大不相同,必须马上就能对答如流才行啊。

获悉真相的方式非常简单。

直接询问魔镜就可以了!

我马上调整了一下情绪。原本我正一脸茫然地望着苹果,现在我把视线转向了桌子的抽屉。最上面的那个抽屉,就是玛玛艾平时存放魔镜的地方了。

好吧!那我就来问问魔镜,一连串事件的真相到底是什么——不过,为了完成这个使命(当然也为了保住绯山的性命!)一定要等到救护车上的人赶紧返回医院才行。于是我再度望向玄关之外。

急救队员当中的一个人正在跟玛玛艾说着什么。和救护车赶来之前一样,玛玛艾还是一副手足无措的样子。急救队员又说了些什么,这次,玛玛艾手足无措地点了点头,然后两个人亦步亦趋地冲着救护车走去。看样子,仍旧惊慌失措的玛玛艾认为自己应该陪同绯山前往医院。

所有人的注意力都已经从事务所转移。我从鞋子中爬了出来。

为了赶紧向魔镜讨教真相,我准备回到事务所中去……

"襟音同学,这到底是……怎么回事啊?"

我条件反射一般,再次躲进了鞋子当中。

这个声音似曾相识。

我从鞋子中战战兢兢地伸出头来看了一眼……

哎哟,果然是这个人来了呀。

另外一个重点注意对象现身了,这身影不就是侦探三途川理吗?他脖子上裹着围巾,身着一件有很大口袋的大衣,敞着怀登场了。

三途川说道:"我刚巧到附近,看见了救护车,心想这是发生了什么事啊,然后就发现襟音同学,这不正巧是您的侦探事务所嘛。到底发生了什么事啊?"

玛玛艾听见这番话,眼里噙满了泪水。她不断地摇着头,估计是无法判断应该以什么样的态度来接待突然造访的侦探三途川吧。

我对待三途川的态度十分果决——这种人,就应该赶紧把他赶出去,给他吃个闭门羹啊。

不过,我在心里犯起了嘀咕。

再怎么说,在这个节骨眼来登门拜访,实在是太蹊跷了吧?且不论眼下投毒的骚动,前不久的联合调查那件事可是……

难道说……

玛玛艾用蚊子一样细小的声音说道:"绯山同学……口吐白沫。"

玛玛艾对三途川做了说明。不过,她从说明的中途就开始发现三途川来者不善。虽然玛玛艾仍惊魂未定、面色铁青,不过她十分明显地表现出了警戒心。

"三途川同学,你为什么会在这里?"

"刚刚跟你说过了呀,我刚巧路过附近嘛。"

"你家就住在附近吗？"

"没有没有，想着新年来烧炷香，就稍微绕了点路来这边了。"

"特意这么远过来？"

"是啊。"

就在两个人进行上述对话的过程中，救护车驶向了远方，把玛玛艾留了下来。虽然救护车是走了，不过三途川又出现了，即使想要借用魔镜之力也没有办法，哎呀……

我望着飞速开远的救护车，三途川却还在面前。

"我刚才好像瞥见了绯山同学，看他那副样子，该不会是往嘴里塞了什么有毒的东西吧？如果再仔细观察一下周围的情况，这个事件，应该是发生在你的侦探事务所里的吧？"

"嗯……哎，话是这么说，不过……"

"我那个博学多才的同行——绯山同学身上竟然发生了这种事情啊，这可不是什么能坐视不理的小事了。事不宜迟，要赶紧开始事件的调查了！"

"调、调查？"对于玛玛艾的疑问，他并没进行任何解释。

正巧事务所的玄关门户洞开，三途川这个不速之客就这么大摇大摆地乘虚而入、不请自来了！

还要到人家的事务所里来，这家伙打的什么鬼主意啊？！

三途川经过时，为了不被他发现，我马上把头缩了回来。我在鞋子里气得咬牙切齿。

赶紧给他吃个闭门羹啊！

玛玛艾！快把这个惹人嫌的家伙轰出去！

"现在时刻十一点四十九分。桌子上放着的是，让我看看……这是红茶啊，还有苹果。嗯嗯嗯，这就是他穿来的夹克衫吧。口袋里有什么啊……哎呀，什么都没有啊。他带了什么东西来啊……什么也没带嘛……呀，让我看看房间里是个什么情况……"

过了一阵子以后，我再次从鞋子里探出头来，朝事务所里望去。三途川在接待室里游手好闲地乱逛，然后拿出笔记本开始记录。

玛玛艾只得跟在他的身后。我虽然不知道玛玛艾是不是也想借魔镜一臂之力，不过她应该也在衷心期盼着三途川赶紧从事务所里滚出去吧。如果做个假设，三途川跟今天发生的投毒事件有着某种联系的话，那我还完全没摸清楚，这跟他在事务所里东瞧西看给人带来的不便之间到底有什么样的联系。除此之外，我只是非常希望三途川赶紧从事务所里滚出去才好。我心里就是这样想的。

我的直觉正在警铃大作。

但是，玛玛艾看上去完全没有能力阻止这个举手投足间洋溢着自信，敏捷利落地来回乱窜的三途川。原本在绯山中毒倒下的时候开始，她就已经受到惊吓而紧张得快要倒地不起了，现在更没有力气把三途川扫地出门，这也是无可奈何的事。

她几次三番试着向三途川搭话："三途川同学……"但是三途川充耳不闻。

三途川反客为主地提出了"绯山同学除了这间接待室之外，还有没有进过别的房间啊"之类的问题。

"除了苹果和红茶，你还招待他吃了什么啊？"

面对这些连珠炮一样的提问，玛玛艾也只好点点头或者摇摇头做出回应。三途川那打破砂锅问到底的眼神，正在不容分说地迫使玛玛艾配合他。

随后，三途川从桌子那里移动到了附近的书柜边上。

"嗯、嗯。这边这样就行了吧……接下来……这里有什么可疑的东西没有啊……"

喂喂喂……

这可真是大事不妙了啊！

霎时间，我只觉得一个激灵，浑身汗毛直立。

这样下去的话……这样下去的话可……

桌子上的抽屉要是被他给拉开了，那他不就发现魔镜的藏身之处了？

那个抽屉现在可没上锁啊！

戴娜只身一人在宾馆的房间当中，出神眺望着魔镜当中的光景，提心吊胆地看着发生的一切，想着"这态度也太强硬了"。她没有办法抹除心中的那一丝不安。毕竟从宾馆夺门而出的三途川，并不知道这之后发生了什么情况。当魔镜中出现三途川身影的时候，戴娜才意识到，原来是这么一回事啊……

"看来魔镜登场发挥效力暂时告一段落了……接下来该怎么办才好呢？拜托三途川可要靠谱一点才行啊！"

戴娜除了关注支配命运的闹剧——在襟音侦探事务所这个舞台上上演的侦探三途川的闹剧——的发展之外，无能为力。她除了直勾勾地望着魔镜，也没什么能做的了。

大事不妙啊!

"轰出去!玛玛艾啊,你赶快把那家伙轰出去啊!"

我用三途川无法听到的音量吼叫着。不过这样一来,既然三途川都无法听到我的声音,玛玛艾也就听不到了。这一连串的应对简直是竹篮打水、徒劳无功。

不能说抽屉被拉开就意味着魔镜那不可思议的神奇力量将被人发现。但更进一步来说,也不可一概而论——认为魔镜那不可思议的神奇力量被他人发现绝对是一件可怕的事情。

不过,如果发现魔镜神通的人是三途川的话,情况就不同了。绝对不能让这个企图自导自演设计投毒杀人事件的穷凶极恶之徒发现魔镜那不可思议的神奇力量。不仅如此,还有一件不容忽视的事情。三途川在之前的共同调查中,可是曾对玛玛艾的手袋产生过强烈好奇的。

三途川这家伙,在这个节骨眼上趁人不备,难道是打着揭开玛玛艾手袋秘密的鬼主意吗?甚至极有可能从绯山被投毒开始,这件事情就已经被计划好了。这可不是能够一笑置之的情况了。

现在,假设玛玛艾的手袋被什么人打开了。那么,这之后就会产生四种可能性。

其一,魔镜只被看作普通的镜子,三途川忽然失去了好奇心。(安全)

其二,魔镜的神奇力量当场就被发现了。(完蛋)

其三,三途川认为"虽然看上去只是一个平平无奇的镜子,但是回忆起这之前发生的种种情形,认为这不可能只是一个普通的镜子而已"。

然后这家伙通过这样那样的强词夺理,强行将魔镜带走,之后进行详细的调查,却以魔镜的神奇力量并未暴露告终。(安全？）

其四，三途川认为"虽然看上去只是一个平平无奇的镜子，但是回忆起这之前发生的种种情形，认为这不可能只是一个普通的镜子而已"。然后这家伙通过这样那样的强词夺理，强行将魔镜带走，之后进行详细的调查，魔镜的神奇力量被发现了。（完蛋）

当然了，如果事情发展成第一种情况的话就万事大吉了……然而真的能如我所愿吗？

第三种情况也可以说是差强人意了。但是那样的话，关于魔镜的后续问题也会让人心存不安。三途川直觉敏锐，已经对手袋产生了怀疑，真的能按照第一或第三种情况来思考问题吗？

他真的会这样想吗？

不可能啊，虽然并不是没有这种可能性，不过我实在是没办法如此乐观。

大概等到三途川看到魔镜的时候，玛玛艾这家伙才会如梦初醒一般发现事情已经火烧眉毛了吧。然后，她就会老老实实地，把心里想的全都写在脸上，简直就一目了然了吧？她自己也不会想到，这些表现会成为第二或第四种情况发生的导火索。

事到如今……这可如何是好啊……

"玛玛艾！提高警惕啊！他要去开咱们家的抽屉了啊！"

果然，玛玛艾现在仍旧坐立不安。可真是的，这样下去，我司侦探是难当大任了！没了魔镜，这家伙就变回普普通通的中学生了！

我开始憎恨自己，憎恨自己只能躲在鞋子里，无能为力。

只能躲在鞋子里？

真的只是这样吗？

好好想想啊！小心谨慎！

急中生智！

好好看着眼前发生的一切吧！等到悲剧即将发生的时候，你还能把错加到谁的头上去呢？

如果，三途川那家伙真的是在探寻手袋下落的话，那我们岂不是被这小子看扁了吗？因为，事实就是这样啊。你看看，这小子的态度也实在太强硬了吧！

这简直跟被人强行闯入家门进行搜查没什么两样了。如果不是玛玛艾这种"普普通通"的，比自己岁数还小的女孩子，而是绯山在这里的话，说不定就能让三途川滚蛋了吧！

这样的话，我们也不能再客气了，态度强硬起来就是了！

看这个架势，三途川终于翻完了书柜，接下来……

桌子！

这小子！终于朝着桌子的方向迈开了步子！哎哟喂！格兰比·英格拉姆……你小子……我当然知道如果这样对三途川听之任之，事情将一发不可收拾了！那么就算做一些粗暴蛮横的事情也在所不惜，一定要让整个局势扭转才行啊！你心里清楚吧。

没时间给你瞎耽误工夫了，既然已经想明白了，就赶紧先下手为强！

"哎呀！"

戴娜的目光转向魔镜的一角。

魔镜当中，是从斜上角窥视襟音侦探事务所接待室的画面。由于玄关在近前，所以魔镜基本无法呈现那里的情景。不过，由于玄关与接待室连成一条直线，两者之间几乎没有任何墙壁遮挡，所以在镜子的左下方，可以看到玄关的一部分。

在那个地方，似乎有什么东西正在蠢蠢欲动。

"那是什么？"

就像在观察自己脸上长的斑是不是十分完美地被粉底遮住了一样，戴娜就差把脸贴在魔镜上了。这个蠢动的……红色的……是什么东西？

正当她这样想的时候，意想不到的事情发生了。

戴娜被这突如其来的意外吓得人仰马翻。

玻璃被打碎的声音！

然后，就是咻咻咻的呼啸声！

咻咻咻！咻咻咻！咻咻咻！

从魔镜的左下方可见，镜中逐渐冒出了白色的烟雾。

"这是怎么了？发生了什么事？"

戴娜把脸贴在了镜子上，然后向左边看去。就像眼前的魔镜是一扇窗户一样，她似乎产生了一种错觉，只要把自己的脸朝向那里，就能看到自己想看的风景了。

不过，理所当然地，魔镜上呈现的景色，并没有发生任何改变。

"哎！"

一边叹息一边把脸颊咯吱咯吱地挤在魔镜上的戴娜，终于面红耳赤地发出了吃力的声音。

"这样下去可不行。如果接着干这些费力不讨好的事，又要被那个年轻的侦探嘲笑我愚昧无知了。"

她退后一步,对着魔镜命令道:"咚咚咻叭哩咚咻咚叭哩!魔镜啊魔镜,作壁上观的魔镜啊!玄关发生了什么,呈现出来!"

魔镜上呈现出的是从襟音侦探事务所的接待室望向玄关的光景。玄关门上的玻璃被打破了,不知道为什么,灭火器喷发出白色的烟雾。

玛玛艾发出了十分高亢的尖叫声。

"怎么了?怎么了!"

她躲到了三途川的身后,简直就像是对三途川发出求助一般的模样。可真是个可恶的家伙!就是因为她总是这个样子,才被对方小看了啊。我真希望玛玛艾稍微有点觉悟,发愤图强一下。

三途川脸上的表情变得一本正经,他看向了玄关——也就是我所在的方向。他停下了调查的脚步,转而向我这边走了过来。

正合我意。

不用说,打破了玄关大门上的玻璃,使用了灭火器的,都是在下。

我将灭火器的保险销拔下来,跳到上面,骑着灭火器。因为没找好平衡,灭火器朝着玻璃倒了下去。玻璃被撞破了。随后,我按下了灭火器的提把。但是由于我身材实在是过于袖珍,于是马上就被灭火器的提把弹了回来。经过数次挣扎,我试图用身体冲撞灭火器。

随后,我一直努力到白色的烟雾充满房间才停手。

由于跟三途川之间的距离实在是太近了,我就躲进了鞋柜的阴影当中。本来我就不太容易被人发现，加上现在玄关烟雾弥漫，就算不小心翼翼地藏身也能够蒙混过关吧。不过以防万一，我还是藏了起来。

"喂！是谁藏在那里啊！"

当三途川把注意力转移到玄关附近的时候，我马上展开了下一步行动。我朝接待室拔腿就跑。

三途川的注意力被玄关的异状吸引。自不用说，玄关当中发生的种种异状，全部都是我为了分散他的注意力，声东击西的应对策略。

三途川在现场观察着，说出了这么一堆显而易见的话："白色的烟雾是灭火器发出的。这里并没任何燃烧过的痕迹或者是焦糊的味道。刚才听到的破碎的声音是玄关门上的玻璃被打碎发出来的。从目前的状况看来，毫无疑问，应该是由这个灭火器造成的。"

就趁现在这个机会！事不宜迟！

我拔腿飞奔，终于到了桌子腿附近。

这次要往上爬了！

我拼了命一样向桌子上爬。

爬到了一半的时候，还在接待室里的玛玛艾发了话。

"这看上去像是自己倒了啊，风吹的吗？"

真是的，玛玛艾，你可别再跟他搭话了啊。你一跟他搭话，他不就要朝着接待室扭过头来了吗？你这么一说，我岂不是会被他注意到了啊？我就这样抓着从上往下数的第二个抽屉，回头看了一眼。

"虽然说确实是有这种可能性，不过实话实说，目前的状况跟你得出的结论有些不太吻合啊。灭火器是向着外侧倒下去的，如果风是从外边吹进房间内的话，被吹倒的灭火器应该向着门内的方向倒下去才对。这个方向正好是相反的。"

不幸中的万幸是，三途川并没有看向玛玛艾，而是继续在玄关附近观察，回答了她的提问。这样比较合我心意！

终于，我攀登到了桌子最顶上，然后蜷缩进了小物品收纳盒里面，寻找锁上抽屉的钥匙，快点！快点……

找到了！

就是这个。用这个钥匙就能把抽屉给锁起来啦！

这样一来，所有的问题就可以迎刃而解啦！

我抱着钥匙，走到了桌子边。

三途川呢……还在玄关进行探查呢！OK！

只要不在桌边悬崖失足就好了，一定要小心谨慎，然后在抽屉上……把钥匙……

够、够不着啊……

我灰心丧气了。不过，我又马上振作起来。不论如何，都得做点什么才行啊，又不能指望着玛玛艾伸出援手。看样子她还不能靠自己理解事态的严重性呢。就算她发现了事态的严重性，只要她一朝我这边轻举妄动，三途川的关注重点也会被引到我这边。

冷静下来沉着思考，我开始深呼吸。对了，如果这样的话……嗯，如果这样的话，说不定就能够到了啊！

我用双手扒着桌子的边沿，悬在桌子边上，同时用双脚夹着钥匙，维持着这个姿势，缓慢向下……小心谨慎地……

顺便看了一眼，三途川现在正在干什么呢？

"如果把这个情况看作是人为造成的话，这个始作俑者是直接使用了倒在地上的灭火器呢,还是说恰好当灭火器倒下的时候喷出了烟雾呢?就算是这种情况,这个操作也是断断续续的啊。"

三途川正在发表高论。这正合我意。你就按着这个节奏继续进行推理吧。

哦哦!成功了,钥匙插进去了。

我一度将脚从钥匙上收了回来,然后就像要踹钥匙一脚一样,让钥匙转动起来。为了不让钥匙弹出来,动作还要轻柔一些。

咔嚓。锁上了。

大功告成!

另外一边,三途川在令人费解的现场十分狼狈。

他用手指抵着头,微微歪着头思考。

"哎呀,这个人到底是从什么地方冒出来的,又是从什么地方消失的呢?这个人真的是吹入了侦探事务所的一阵旋风吗?对着一个纠缠不清的侦探,刮了一阵小旋风。难道有如此巨大的旋风可以吹倒一个灭火器吗?

"这得是多么猛烈的、狂烈的、剧烈的旋风啊!

"那这不是就像杀人事件一样意义深刻的大事件了吗。这么大的事件可不能一笑置之了,既没有深红的血迹,又没有look上去眉清目秀的神秘少女……哎呀,真是对不住了,襟音同学……果然这一点还是有的啊。

"巨大的旋风,又有look上去眉清目秀的少女。付诸笑谈。没有深红的血迹。巨大的。眉清目秀的少女。笑谈。深红。哎呀,哎呀哎呀,这到底是怎么一回事啊!

"巨大的……look上去眉清目秀的少女。笑谈。深红……"

由于现场状况过于令人费解,看上去三途川的精神已然陷入了混乱。

如果是年轻人，在这种情况下，一定会直截了当地借魔镜一臂之力吧。我也这么做好了——于是戴娜对魔镜发出问询："咚咚咻叭哩咚咻咚叭哩！刚刚到底发生了什么事啊？"

魔镜给出了回答："这一连串骚动的始作俑者，就是格兰比·英格拉姆。他把桌子最上方的那个抽屉锁上了。上锁的动机就在于那个抽屉当中存放着装有魔镜的手袋。因为他推测，如果魔镜被三途川发现的话，事态就会进一步恶化。因此，十分有必要将三途川的注意力从桌子上转移到别的地方去。英格拉姆转移三途川注意力的手段便是制造了这一连串的骚动。"

——原来是这样啊。

"咚咚咻叭哩咚咻咚叭哩！钥匙呢？"

"抽屉已经锁上了。钥匙已经被英格拉姆抱走了。他锁上抽屉之后，马上就下到地面，藏在了桌子底下。"

抱着钥匙的英格拉姆的身影被魔镜特写放大，呈现出来。戴娜咬了咬自己的嘴唇。

"咚咚咻叭哩咚咻咚叭哩！那好吧，让我看看刚才发生了什么。"

魔镜上再度呈现出玄关上的景象。三途川正疑惑地歪着头。戴娜用自己的食指弹向魔镜当中的三途川。她的指甲接触到魔镜的表面，发出了指尖碰撞魔镜的声音。

"这家伙真的靠得住吗？！"

无论如何，总算把抽屉锁好了，而且钥匙就在我的手里。

只要不发生什么特别出格的事，魔镜就不会被三途川发现了。这下也算姑且放心了。

不过，我的对手可是那个三途川，这可不是能掉以轻心的对象。

接下来要做的事情有什么来着？我用手指揉着自己的太阳穴，陷入了沉思。这就要看三途川接下来的态度了。毕竟我的行动也有可能招致不利的后果。

三途川在接下来的一段时间里，像我一样用手指揉着自己的太阳穴，煞有介事地在思考着什么。但和我不同的是，他一边思考，还一边滔滔不绝地念念有词。我看着他这副模样，不由得想起来之前共同调查的时候他也是这副德行，不知道是对谁说着这种颠三倒四、驴唇不对马嘴的话。这可能是他平时养成的毛病吧。

巨大的龙卷风、look 上去眉清目秀的少女、没法付诸笑谈的诡异事件、深红的血迹……他开始十分慷慨激昂地做起了说明（除此之外，可能是因为精神错乱，虽然平时他也是这副样子，不过现在的三途川说起话来已经没法顾及日语的语法了，就连发音都十分奇怪）。三途川的注意力已经离桌子越来越远了，这真是正合我意啊。

对于我进行的抽屉大冒险一无所知的玛玛艾，一如往常地给人一种一脸困惑的印象。不过，此时此刻，因为三途川也在玄关处摆出一脸困惑的神情，所以玛玛艾并不像往常那样显得那么没出息了。

和三途川不同，她脸上的困顿神情并不仅仅是因为玄关发生的怪事，还因为牵挂着此时在医院接受治疗的绯山吧。她时不时出神地望向电话，也表现出了那份担心。估计这时候玛玛艾还在想着是不是应该给医院打个电话问问情况吧……就在玄关发生诡异事件之后的五分钟左右，电话真的响了。

玛玛艾被电话铃声吓得心惊胆战。

"啊！"

玛玛艾脸上露出了期待的神情，想要去接电话。不过，在她拿起电话听筒之前，电话铃声戛然而止。玛玛艾挠着头。

马上挂断的电话，意味着这个电话并不是从医院打过来的。一定是谁拨错了电话号码，要不然就是谁心血来潮想委托案件，但是中途又变卦了吧。我们家的电话是便宜的老古董，没法查看来电显示，也就没法给对方回电话了。不过，这些都是无伤大雅的小事而已。

不久之后，三途川和玛玛艾就去清理一片狼藉的玄关了。虽然这么说，其实也只是把碎落一地的玻璃片清扫一下而已。即便是在扫除的时候，玛玛艾也挂念着电话的事。既然这么介意的话，还不如打个电话过去，或者直接去趟医院更省事呢。

而三途川——我当然把这个家伙列为重点关注对象，持续观察着他的一举一动——这家伙似乎仍在锲而不舍地思考着什么。虽说他停止了滔滔不绝的自言自语，但还在一边挥舞着扫帚，一边进行思考。可真是个精明强干的家伙。

玛玛艾拿着扫帚，而三途川端着簸箕，将玻璃的碎片收拾得干干净净。三途川一站起身，一边说道："门上开了个大口子啊，你不如找个海报或者什么东西贴上挡挡风吧。"

当他提出建议的时候，事务所对面一侧——也就是从厨房的方向传来了女性的尖叫声。厨房的窗户正好对着一个小胡同。

"着火了！着火了！"

我一边继续藏身于桌子下面，一边朝发出尖叫的方向看了过去。着火了,哪里着火了?附近吗,刚来了救护车,马上又要来消防车了?

三途川十分敏锐地做出了反应。

"有人说着火了!"

他像是将呆立的玛玛艾抛诸脑后一样,直接闯进了接待室,打开了尖叫声传来方向的那扇门——厨房的那扇门,然后直接一头扎进了厨房里。

我气得浑身发抖。

都说了,这可不是你想来就来的地方啊!

他在厨房停留的时间不过短短几秒而已。就像他闯进厨房的时候一样,一副慌慌张张的神情,看上去就像是被门挤了一样。

"大、大、大、大事不妙啊!"

他语无伦次,手忙脚乱,再次返回玄关处,拿起了灭火器,随后又返回厨房。他穿过接待室,把厨房的门打开,再度闯进去。由于刚才厨房的门被快速地开开阖阖,我也没看真切,不知道厨房当中到底发生了什么事。现在门户大开一目了然……

这怎么可能呢?!

怎么会有黑烟从厨房的灶具中冒出来?

这是怎么回事?

我和玛玛艾难道把什么东西落在灶上了吗?难道我们忘记关掉炉灶了吗?那个……最后用过炉灶的是……

我在弹指一挥间就开始思考这场火灾的成因到底是什么,但是又马上对自己说:"现在可不是想这个的时候啊!"

这可不妙。我头脑又开始混乱起来。像最后用炉灶是什么时候这种小事以后再想也不迟。这个房间里可是放着十分珍贵的资料啊!如果这些资料付之一炬,对侦探事务所的营生来说可是巨大的损失……哎呀哎呀，这也不对！关于经济层面的担心以后再想也不迟。

当务之急是灭火才对啊！

对对对，这才是优先要考虑的事！

不幸中的万幸是目前只有炉灶上有什么东西燃烧着，火势并不大，只要交给三途川来——刚这么想着的时候，再度观察厨房的景象，我简直被震慑到魂飞魄散了。

咦！

怎么窗帘上也着起火来了！

我简直不敢相信自己的眼睛。这一切都是骗人的吧？

快来人啊！告诉我一切都是假象！

厨房当中，有一股白烟和一股黑烟在缠斗。

白色的烟雾来自干粉灭火器，指挥官就是三途川。黑色烟雾的指挥官便是厨房当中令人大惊失色的熊熊烈焰。虽然这场火灾的规模并不算大，却已经从着火初期发展起来，势头更烈，形成了一定的规模。

三途川大声嚷嚷道："看这样子，已经不行了！"他退后几步，在接待室中继续使用灭火器。我在地面附近，周围的烟并不是很大。不过，对于三途川的那个身高来说，就不这么轻松了吧。他多次发出咳咳咔咔、咔咔咳咳的剧烈咳嗽声。

痛苦还在持续。只听哐啷一声，三途川把灭火器扔在了地上。灭火器滚了几圈。

"阿弥陀佛！还是三十六计走为上策吧！"

这说的是什么话啊！

随着白色烟雾的指挥官打起退堂鼓，夹着尾巴逃跑了，黑色烟雾的指挥官马上就杀到了接待室。火势在接待室中蔓延起来，这可不是开玩笑的!

如果火势再继续蔓延下去的话,那可真是要酿成大祸了啊……

这里的易燃物品可是随处可见啊!

虽说原来的白色烟雾指挥官三途川打着退堂鼓逃跑了,不过他仍在反反复复咳嗽。说不定,他已经被黑色的烟雾迷了眼睛,看不清现状了。因为我一直躲在桌子下面抬头观察着,所以外面的情况我也不是十分清楚。

我得赶紧从这里逃出去……打电话给消防局叫消防车才行。不对,应该先叫消防车啊……

如果街坊四邻已经有人打过电话,那可就帮了大忙了……

随后,我大惊失色,毛骨悚然。我意识到一件十分重要的事情……

魔镜!

虽然事情已经变得万分棘手了,不过现在魔镜仍旧保管在抽屉里,如果这东西遭到了火焰的无情吞噬,那可就真的无法挽回了!

工作文件可比不上那个!我绝不能置魔镜于不顾,只身一人逃出生天。

当然了,镜子是不可能烧着的……不过,不怕一万就怕万一,说不定被火烧过的魔镜将丧失它那种神奇的力量呢。

除了火势直接给魔镜以重创之外,还有其他可能。如果由于火灾,家中的物品遭到损坏,有什么东西坍塌掉落在魔镜上面,也有可能把魔镜打破啊。

并且令我大惊失色、毛骨悚然的,还不止这些。

就算是纵火犯罪,也要把桌子上的抽屉打开看看——这才是三途川的真正目的吧？我一想到这种可能性，顿时觉得自己背脊上汗毛直立。毕竟，这不就是三途川这种穷凶极恶之徒才会想出来的歪点子吗！

也就是说，这场火灾的罪魁祸首就是三途川……估计他就是刚才闯入厨房的时候才开始放火的吧，等一下……

但是，在此之前我似乎听到有人发出了悲鸣……因为这声悲鸣，他才闯入了厨房啊。不管了，这种事情一旦有人共同犯罪就能……

不，不对！

如果罪魁祸首是三途川的话，事情就太蹊跷了。假设三途川的主要目的就是找出那个手袋，这种情况下，他不应该在别人家态度强硬地搜查，直到找出手袋才对吗？但是这个办法没有成功，毕竟我在背后也紧急救场了一番。这可不是从一开始就能预料到的情况啊。

在使用灭火器勇斗火灾的时候，他几乎一分一秒也没走出我的视线范围，根本没有机会向同伙下达之后的指令。

所以，这场火灾背后的罪魁祸首应该不是三途川。

不过，不管怎么样，现在可不是花时间思考这些事的时候。

火势蔓延到桌子附近也只是时间的问题了。他妈的！三途川这小子赶紧从事务所滚出去吧，我现在束手束脚什么事也办不了。这货明明都夹着尾巴打退堂鼓了，为什么还不赶紧给我滚出去啊！你可快点给我滚出去吧！

当我在考虑这些事的时候，桌子发生了剧烈的晃动。

难道又发生了什么事吗？

我赶紧向桌子望去。

玛玛艾就在那里。

"为什么？怎么打不开了！"

不知道什么时候，她来到了我身边。她的双脚就在我的眼前颤抖。

由于突如其来的火灾，我把玛玛艾忘了个一干二净。

将魔镜视若掌上明珠的玛玛艾，对魔镜有至深的依恋。对她来说，这个魔镜不仅仅是侦探的如意法宝。虽然三途川态度强硬地在家中搜索的时候，她一时间没想到魔镜的事，不过事到如今，她也发现这其中的蹊跷了。

她终于踏入接待室，想起来带走魔镜这件事了，所以才会想抽出已经上锁的抽屉吧。对着这个打不开的抽屉，她双手紧紧握住把手，用尽力气向外拉。

"打不开了！怎么打不开啊！"

她开始大喊大叫，好像这句话就是打开桌子抽屉的咒语一样。不过，她马上发现，即便自己这样做也无济于事。然后，她便开始……

"找不到！我怎么找不到了！"这样的嘶吼声回荡在房间当中。估计她是在小物品收纳盒里找呢吧，本应该静静躺在那里的钥匙，现在，正被我抱在怀中。

"为什么！这可怎么办啊！"

从这两句可以听出来，她已经急得哭出来了。

"为什么、为什么啊……找不到，怎么找不到啊……"

这微微颤抖的声音把我的心都揉碎了。

现在已经顾不上思考了，以后再说吧。

鉴于三途川还在这个房间当中，与玛玛艾搭话具有一定的危险性，从抽屉里取出放着魔镜的手袋也具有一定的危险性。但是，现在已经顾不上思考这些了，以后再说吧。我终于下定了决心。

从桌子底下现身的我，朝上望了过去，大声呼唤道："玛玛艾！"

她发现了我的踪影，向下望过来，小脸上简直是泪如雨下了。我双手举起了钥匙。

"钥匙，就在这儿。"

三途川就在三五步开外，仍旧咳嗽个不停。如果他没听见我刚才发出的声音那就太好了……我这样祈祷着。

玛玛艾宛如强取豪夺一般抢过钥匙，不带一丝犹豫打开了桌子上的抽屉。她拿出手袋，拉开手袋的拉链，确认了放在其中的魔镜，朝着外边走了出去。

就在这个节骨眼上，三途川这个家伙——这个穷凶极恶之徒！

说时迟，那时快，就是一眨眼的工夫。

就在这个时候，他也突然朝屋外跑了起来（明明刚才还一直找借口呢）。他十分不自然地来到玛玛艾的身边，趁这个时机把玛玛艾手里的手袋打翻在地。

因为实在太有冲击力了，一瞬间，我甚至觉得两眼发黑什么都看不到了。这个时候我只担心手袋到底落到什么地方去了，已经被打翻在地了吗？与此同时，玛玛艾似乎也因为受到巨大的惊吓，完全不能理解眼前发生了什么。她只能瞠目结舌地凝视着三途川那张脸。她比我反应还要慢，终于望向地板。

手袋的拉链由于方才玛玛艾确认魔镜是否在里面而大开着，而手袋的周围……

零星散落着魔镜的碎片。

"哎呀，真是不好意思了。"三途川说了一句。

不久之后，消防车赶来了，似乎是街坊四邻帮忙报的警。哭天抹泪的玛玛艾跪在地上一片片捡拾着魔镜的碎片，然后被消防员训斥了一番。火势没过一会儿就得到了控制。灭火结束以后，三途川马上就溜之大吉了。

我们跟医院取得联系后得知，绯山的情况并不乐观，他目前还没恢复意识。

那天晚上，玛玛艾在侦探事务所的门口贴上了一张布告。

由于本店的经营情况有变，十分抱歉地通知您：

从 XX 年一月 X 日开始，襟音侦探事务所将全面停业。

感谢您长期以来的支持与惠顾。

所长 襟音玛玛艾

第二幕 完美犯罪

"完美犯罪的发生是有可能性的。不过,实现完美犯罪的必要条件是完美的犯罪者。"

"所言极是,自是如此了。"赫尔耸了耸肩说道,"不过,完美的犯罪者……"

"这种龙鳞凤角一样的稀世珍奇,活在这个世上的也未必能碰到一个吧。毕竟这种人神出鬼没的。你一定想说这个吧。"

"是这样。"赫尔边用力点头边说。

特里沃发出了一声叹息,再度小口小口地啜饮着葡萄酒,并把从细高的鼻梁上耷拉下来的眼镜推回了原来的位置。"不过,如果说句实在话,我确实认为我从来没见过那样的完美犯罪者。不过总归,我还是心存侥幸的,认为并不应该放弃希望。"

——本·雷·雷德曼《完美犯罪》

万国旗被装点在了房间中,和万国旗并排悬挂的还有用折纸环做成的拉花。墙上挂着镜子,它的一旁已经垂下了竖向的条幅。因为戴娜看不懂日语,所以她并不能理解条幅上写的那些陌生文字的真正含义。但她能看出，这条幅使用墨汁手写的方式制成，还能从龙飞凤舞的字体当中看出写字之人的欣喜之情，甚至还能体味到其中的意气风发。而且，从两个并排标着的感叹号也非常容易察觉出这其中包含的感情。

戴娜向魔镜发出了提问，才得知那条幅上文字的意思是"侦探绯山、侦探襟音，恭喜退休"。

嘭！

手持小礼花炮炸裂开来。

始作俑者正是三途川。他对着垂下的条幅，用英语大喊道："恭喜恭喜，庆祝退休！"

随后，他继续向魔镜叫嚷道："咚咚咻叭哩咚咻咚叭哩！把襟音玛玛艾的脸照出来让我们看看！"

魔镜中出现了玛尔加雷蒂的脸部特写。

"襟音同学，恭喜你退休！"

他对着魔镜拉响了第二发小礼花炮。

"咚咚咻叭哩咚咻咚叭哩！把绯山燃的脸照出来给我们看看！"

魔镜中的影像马上切换到了绯山燃的脸部特写。

"绯山同学，恭喜你退休！"

他对着魔镜拉响了第三发小礼花炮，然后把放完的三个手持小礼花炮随手丢在地上。

这次三途川命令魔镜："咚咚咻叭哩咚咻咚叭哩！随便什么地方的都行，给我来一段掌声雷动的场面！"

魔镜当中出现了棒球比赛的观众席。似乎是比赛有了什么戏剧性的转折，观众们一齐发出雷鸣般的欢呼声，不停拍着手。侦探似乎心驰神往地闭上了眼睛，陶醉其中。

"咚咚咻叭哩咚咻咚叭哩！来一段掌声雷动的场面！"

魔镜当中出现了演奏会的观众席。似乎是演奏会落幕的时候，观众从座席上站了起来，毫不吝惜地送上了热烈的掌声。正在庆贺另外两位侦探退休的这位侦探，则闭目陶醉着，抬起了一条腿，看姿势好像是在模仿艺术体操选手或者芭蕾舞者。

"咚咚咻叭哩咚咻咚叭哩！再来一段掌声雷动的场面！"

魔镜当中出现了似乎是教堂中的景象，不过视线却是从内向外的，似乎是婚礼刚刚结束。分列两边的宾客抛撒出了庆祝新人喜结良缘的米粒①。热烈的掌声像永无止境的巨浪一样一波一波地席卷而来。

侦探放下自己跷起来的脚，张开了那细长的柳叶眼，凝视着远方，随后又双臂大张，简直像是要拥抱魔镜当中的人一样，紧紧地抱住了自己。

"咚咚咻叭哩咚咻咚叭哩！随便什么地方的都行，给我来一段朝气蓬勃的爵士乐！"

魔镜当中出现了不知道是谁在哪里演奏爵士乐的场景。年轻的侦探踏着节拍，猛然回了个头。

"咚咚咻叭哩咚咻咚叭哩！音量再大一点！"

---

① 部分欧洲国家的西式婚礼上，在结婚典礼结束之后，人们向走出教堂的新人抛撒米粒，寓意婚后生活幸福美满。

演奏的声音越变越大,侦探的动作幅度也变得夸张起来。

虽然,当得知自己是新任女王的时候(只是一种错觉),戴娜欢欣雀跃的样子也不相上下,不过这样堂而皇之地哗众取宠就有点……哎呀,真是太不像话了吧。我可得注意才行——戴娜在心中暗暗地调侃起来。不过她马上便为自己辩解:我可没有他这么无可救药啊,基本上都是一个人的时候才会这样。这小子,难道忘记我也在这里了吗?完全不介意别人的眼光,算了算了……

兴高采烈得不像话的侦探说道:"抬头望望天……"真是一句不知道对谁说出的,驴唇不对马嘴的话。

"抬头望望天,看看这夜晚。今夜这无声的歌剧啊,这一动不动的饮宴狂欢!

"瞧一瞧啊,看一看,天边那若隐若现的三颗星,那便是天上挂着的大三角……但是请君千万不要忘怀,天上的星辰,都已经到遥远的世界去了!天上的某一颗星,说不定都已经失去了踪影,说不定都已经失去了光辉。但是这一切都是因为,没有人侧耳倾听,没有人注目凝视。

"很久很久以前,有一个母亲,她有两个孩子。'你们两个要给自己的东西写上名字,这样才能分得清楚每件东西到底是属于哪个人的。'弟弟回答道:'只要哥哥写好就行了,这样的话就知道没写名字的东西是属于我的。'就像绘制黑白图像的时候,只需要黑色的笔,并不需要白色的笔一样。赛场上的裁判员也只会大声宣告胜者之名,只用这一句话,胜负就已经尘埃落定了。所以说,明白了吗,无名之辈!无名之辈啊!掏干净你们的耳朵,擦亮你们的眼睛,好好听着吧。能够被称为名侦探的只有我三途川理一个人。所以说明白了吗!名侦探就是三途川理!好了好了!快点快点!抬头望望天,望着这高不可攀的名侦探吧!"

爵士乐进入一段柔和缓慢的旋律当中。侦探一边舞动一边靠近戴娜,然后跪在地上,将手伸向她,发出了邀请:"您愿意跟我共舞一曲吗?"

戴娜却义正词严地对他摆了摆手。

"我看你是已经忘记了吧?"

"忘记了什么?"

"我对你的委托可是让玛尔加雷蒂那个傻姑娘赶紧去见阎王!但是她可还没离开这个世界啊。当然了,你打破那傻姑娘的魔镜这件事我是十分肯定的,不过现在还没到曲终人散的时候呢。你可要好好送她上路才行。如果到了那个时候也不是不能陪你跳一曲!哎呀,倒不如说那个时候,我甚至愿意邀请你来参加王宫舞会!"

"呼呼……"侦探嗤之以鼻,保持着跪在地上的姿势,低下了头。

"我当然会好好送她上路了。您就放心瞧好吧!新任女王陛下!"

戴娜心中涌起了不安的情绪。

当然了,戴娜大可以同时委托其他人,也就是再买一份"保险"。

不过,也很有可能因有了这份"保险"而引发事态恶化,很有可能两边的计划撞车,产生麻烦。当然了,单纯就实施犯罪的人数增加这一点看,也会增加风险。除此之外,好不容易已进入状况的三途川也可能因为"保险"而气急败坏。

三途川的手腕当然是实打实的。不过,在戴娜看来,与其说他是在执行戴娜给他的委托,倒不如说他是借着戴娜委托的名义为所欲为,满足一己私欲。但是即便如此,戴娜也不得不承认三途川有一技之长。

实际上，今天上午三途川就表现得极为出色。

不得不说，他在襟音侦探事务所这一役中表现得可圈可点。虽然毒苹果被送到了绯山口中，引起了骚乱，同时玛尔加雷蒂因此即将得知事情的真相，引发了巨大的危机，但是他竟能使出回天之力，让事件发生转机。重点就在于，虽然只是用了强硬的手段"不给对方任何机会使用魔镜"，但他马上就能把行动的重点转移，这也不得不说明他确实是个中好手。

除此之外，这之后的事情也同样如此。

英格拉姆在玄关引起了一系列骚动之后，戴娜就开始关注着三途川接下来的应对手段了。在戴娜看来，那时他正在被一系列百思不得其解的事情蒙在鼓里。他那副靠不住的样子，实在是令戴娜黯然伤神。也就是从那个时候开始，戴娜才动了向其他人发出委托邀请的心思。

不过，随后戴娜也想到了：这小子，应该是知道小矮人的事儿才对啊。难道他没察觉到这就是小矮人搞的鬼吗？且不论其他人，如果是这小子的话，应该能察觉到才对啊！

戴娜开始重新检视他的所作所为，并突然吃惊地想起来——确切地说，与其说是被他的行动启发了，不如说是被他的言语刺激到了。

戴娜并不懂日语，因此也就无法理解魔镜当中的人熟练说出的日语了；但是她却注意到了三途川言语当中夹杂的部分英语。

巨大的[①]……

look上去眉清目秀的少女……

[①]原文内容为「キョダイナ」，读音为"kyodaina"。

笑谈^①……

深红^②……

恐怕这些词语在日语当中也是以一种十分不自然的音调说出来的吧。说不定，这些词语在内容上也支离破碎、驴唇不对马嘴。如果事后询问那些以日语为母语的人的话，他们一定会觉得这种暗语的使用方式简直称得上是"欲盖弥彰"了。甚至在不是以日语为母语的人听来，也只有这部分的发音听上去十分明显地被强调了。

不过，这一切都是建立在知道这些词语是一种暗语的基础上。在当时那个情景之下，任谁也没法想到有人竟然会借此机会向其他人传递消息吧，况且又使用了这样一种方法。再加上传递消息的对象，并不是在座的任何一人，而是以一种全知全能视角俯瞰着魔镜的局外人。

巨大的……

look 上去眉清目秀的少女……

笑谈……

深红……

daina……

look……

warai，shinku……

Dyna……

Look……

---

① 原文内容为「ワライ」，读音为"warai"。
② 原文内容为「シンク」，读音为"shinku"。

What I think……

戴娜……
看啊……
我在想什么呢……

随后，三途川不是做出了用他的手指指着脑袋一样的动作吗！

戴娜判断那绝不是单纯的偶然事件。前一天晚上，戴娜利用魔镜窥探三途川脑中的想法，就在那个时候，三途川已经掌握了运用自己的头脑影响画面结果的方法。戴娜想起了这一点。

于是戴娜询问魔镜："咚咚咻叭哩咚咻咚叭哩！请呈现出三途川现在正在思考的事情！"

魔镜散发光芒之后，呈现出三途川的身姿。魔镜当中的三途川坐在逍遥椅上，两脚搭在眼前的桌子上。然后就用这个姿势，对着镜子外边——也就是对着戴娜，滔滔不绝地发出了指令。

"看到这段画面之后，请你给襟音侦探事务所打电话。电话铃响三次之后马上挂断即可。电话号码可以通过魔镜查询。等进行完一连串的操作后，请再次观看这段画面。看到这段画面之后，请你给襟音侦探事务所打电话。电话铃响三次之后马上挂断即可。电话号码可以通过魔镜查询。等进行完一连串的操作后，请再次观看这段画面。看到这段画面之后，请你给襟音侦探事务所打电话。电话铃响三次之后马上挂断即可……"

戴娜慌慌张张地通过魔镜查出了电话号码，电话铃响了三次之后马上挂断了电话。她再次看着三途川头脑中所想之事，三途川再度从魔镜当中向她发话。

"哎呀,你能发觉真是太好了。虽然我也想了不少策略,不过还是用这种方式实施了。

"就目前的情况来看,似乎并没有目击者。说得极端点儿,就算当场把小姑娘和小矮人杀害之后扬长而去也不是不可以,但如果这样的话很有可能其中一人趁我不备逃走,如果发展成那样就非常棘手了。

"毕竟我已经做出了态度十分强硬的事情,现在应采取更加慎重的方法进行处理。首先,我就想到了请你协助我。要做的事情非常简单,就是在襟音侦探事务所……啊,也就是,在这个地方……"

三途川在桌子的边缘朝上比比画画。然后,在那个地方浮现出了一张地图(因为是在脑海当中的世界,所以什么都能办到)。那是一张包含戴娜所在宾馆与襟音侦探事务所两座建筑的地图,襟音侦探事务所的背后标注着一个星形标志。

"……在这个地方,我需要你大声喊出'着火了!着火了',毕竟当街大喊,并不会被魔镜视为实施犯罪行为。倒不如说,当街大喊也并不是什么犯罪行为,因此对于王位继承权也并不会产生任何影响。

"听好了没有,用日语喊'着火了!着火了'。你应该能马上就记住吧,毕竟是在喊叫,所以发音、声调这种小事完全不用介意。如果你忘了的话,就问问魔镜'三途川理让我说的话是什么来着'就可以了。"

戴娜简直难以置信。

虽然戴娜这样想过很多次了,但是仍旧很难相信。这个侦探使用的(间接使用的)这面魔镜,和前不久悬挂在自己房间里的那面魔镜真的是同一面吗?

真的可以说是同一面魔镜吗?

当然了,确实是同一面魔镜,不同的只是魔镜的使用者而已。只因为这小小的区别,魔镜竟演变出了如此截然不同的用法。

戴娜从宾馆出来,按照三途川的指示开始行动。等到她回到宾馆再看现场的光景时,看到的已经是火灾引发的骚乱了。玛尔加雷蒂也不得不与魔镜告别。戴娜领教了三途川的厉害。

"就应该是这样的,对方毕竟还持有魔镜,所以我们也要小心谨慎地行动才行!从对方手中夺走魔镜简直是正中下怀。我怎么没想到如此妙计呢!"

戴娜事后询问魔镜才得知,三途川就是那个纵火者。当三途川追随着戴娜的声音闯入厨房的时候,他身手敏捷地将厨房的炉灶点着,又抓住了窗帘的边沿。不仅如此,在干粉灭火器的烟雾模糊了视线的时候,他又将很多东西丢进了火中,甚至将火引到了接待室里。

回到宾馆的三途川坦白道:"关于玄关处发生的那个灭火器诡异事件,最初我真的觉得实在是太不可思议了。但是,几秒之后我就发现,桌子的抽屉附近有什么东西在动来动去,就像虫子一样。我用余光确认了一下,就知道那个东西藏到了桌子下面。知道了这些,那之后的事简直就像做游戏一样手到擒来。"

绯山中毒事件发生之后,玛尔加雷蒂他们(确切地说应该是英格拉姆)要通过魔镜询问整个事件发生的背景,这件事一定要避人耳目地进行才可以。因此,三途川从侦探事务所离开一秒钟都不行。一旦他离开那里,那个空当就很有可能被对方利用,借魔镜之力破解绯山中毒之谜。

所以,他就只能将计就计地制造自己无法从事务所抽身的情况了。随后，三途川制造出了纵火并非自己所为的"证据"，以及并没有对犯罪同伙发出犯罪指示的"证据"。他的行为简直就像是针对火灾产生的骚动而采取的应急手段一般，成功地进行了纵火。

在火灾发生之际，不难料想玛尔加雷蒂产生了将魔镜拿出来的想法。不过，她对在三途川面前拿出镜子，应该是有警戒心的。但是三途川伪造的"不在场证明"发挥了充分的效应，玛尔加雷蒂还是在三途川面前将魔镜取了出来。如果三途川直接在玛尔加雷蒂面前纵火的话，她无论如何也不会采取如此轻率的举动吧。毕竟如果在他们面前如此露骨地行动的话，他们也有可能采取别的应对策略。

并且，在不清楚魔镜的神奇力量的人看来，就只是一面镜子被损毁了而已，也不是什么值得一提的大事。况且在火灾现场，那就更不能说是什么要紧事了。毕竟在火灾这么大的危机面前，区区一面镜子根本不值一提。实际上，消防员们也是这么想的。

他解决问题的方法可以说是十分粗暴了。不过，在绯山把毒苹果吃进嘴里这种致命的意外事件发生的前提下，如果是普通人的话——比方说戴娜，那肯定没辙了。但他不仅能在逆境之下渡过难关，还将魔镜摧毁了。简直是转守为攻、反败为胜了。

即便是戴娜，也不得不感慨三途川真是干得漂亮，对于他的专业素质也无法产生任何不满。

但是，他那不顾一切、失去控制的架势，却让戴娜感到不安。

玛玛艾在侦探事务所门口贴上了停业通知之后，就一直在接待室的椅子上呆坐着。接待室的半边被烧毁了。她的目光不知投向了何处。或者说,她其实并没有看向任何地方,只是四顾茫然,就那样一语不发地坐着。

我用报纸补上了玄关漏风的破洞之后,回到了接待室当中。

"玛玛艾。"

……

"喂!叫你呢!玛玛艾!"

……

"好歹也说句话啊!"

……

果然,玛玛艾一语不发、一蹶不振。

对于襟音玛玛艾来说,魔镜是母亲的遗物。在病榻前,母亲亲手将魔镜交给了玛玛艾,并告诉她:"这面镜子,对于妈妈来说是仅次于玛玛艾的很重要的东西。只要有了这面镜子,你就可以无所不能地去做任何你想做的事情了,想做什么都可以,用它去做些什么吧!"

那时关于她"想做什么"这件事,我还真没有料到玛玛艾竟然想要成为一名侦探。她应该也考虑到了母亲的一片苦心吧。几年之后,当玛玛艾说着"就当侦探吧"的时候,我简直被她的想法震惊了。

不过,既然玛玛艾都这样说了——我这么想着,就把成立侦探事务所的相关法律法规调查清楚。玛玛艾在外面充当门面,而我就在幕后协助她的工作,襟音侦探事务所就这样成立了。

之后回想起来,也许正因为过去的都已经过去了,我觉得玛玛艾的目标其实并不是成为侦探这件事。当我回忆起玛玛艾对于成为侦探这件事的态度时,便不由得产生了这样的想法。

她大概只是单纯地想要使用魔镜而已,所以才会想到,如果成为侦探的话,使用魔镜的机会就会变多吧。当她和母亲的遗物——魔镜共同完成什么事情的时候,说不定她感受到的其实是自己正在同母亲一起完成什么事情吧。明明失去了母亲,但是她却一直都能保持朝气蓬勃的状态,这正可以印证我的想法。

我和玛玛艾其实都知道,对着被摔碎的魔镜问问题也不会得到回答了。回忆起玛玛艾的前半生(虽然说并没有那么漫长),再看看如今的她——失去魔镜的她马上就把侦探事务所关门大吉,然后又一语不发、一蹶不振,其实都可以说是意料之中的事。

现在从她那里已经感受不到活下去的希望了。

但是!

但是,如果就这么放任不管可不行。虽说是感受不到活下去的希望了,但也不能让她就这么一直哭丧着脸。明明才上中学,还有大好前程呢。这样下去的话,到时候我可怎么跟她妈妈的在天之灵解释才好啊。真是的!好歹也要注意一下啊,就算说是前半生,这也实在太短了啊!

我再次努力,尝试鼓励玛玛艾。

"事务所随时都可以重打锣鼓另开张的,就算没有了魔镜的帮助也可以。话说回来,普通的侦探都没有魔镜啊。我们这么长时间以来积攒的经验也会成为强有力的武器啊。"

……

"烧毁的文件我心里有数哦。那些文件我也能复原,你就别担心了。都是些就算烧毁了也总有办法再做出来的文件,要么就是我碰巧有记忆,可以重新再做一份的东西。"

……

"如果需要推理探案的话,就让我来办吧!哈哈,我可是一直都在锻炼脑筋呢。凭借我的聪明才智，就怕连你玛玛艾也要瑟瑟发抖了吧。"

"……"

"唉哟！真是的！我不管了，你随便吧！"

我一头扑倒在坐垫上面，想着干脆就这样睡个大觉算了。就在这个时候，相隔了漫长的数小时后，玛玛艾的声音再次从喉咙里挤了出来。

她对着桌子上拼凑的魔镜碎片，气若游丝地发出了询问："魔镜啊……魔镜……一加一等于几？"

当然了，这些碎片并没有发光，也没给出回应。

"昨天天气怎么样啊？"

魔镜还是没有发光。

玛玛艾再次陷入了一语不发、一蹶不振的状态。

我为了能沉沉睡去，闭上了眼睛。

我闭着眼睛思考。

玛玛艾的精神还是要她自己振作才行。

暂且就这么放任自流吧。

我开始想别的事情。

让我在意的事情有两件。

其一便是绯山的病情。虽然我也想过，今天玛玛艾应该去探访他才对，但是因为打电话的时间有些晚了，已经过了探病的时间段。

我们打电话过去的时候，他还没恢复意识。明天上午应该是准备进行一系列检查的样子。我想着让玛玛艾下午去看望他，但是玛玛艾仍旧一副一蹶不振的模样，实在难堪大任，所以就算我只身前往，也想去查探一下他的病情到底如何。

另一件令我在意的事情就是，三途川那个不仁不义的东西。

不用说，让我在意的就是"那家伙到底知道些什么，又知道了多少，他又在何种程度上操控了整个事态的发展"。

虽然想问问魔镜到底是怎么回事，不过现在是不可能了。

他对手袋抱有好奇心是已经确认过的事了，但是，当时他却毫不犹豫地将手袋直接打翻在地。这种行为，与其说是对手袋抱有好奇心，倒不如说是他一心想将手袋当中的东西损毁，以绝后患。而且从他当时那副样子来看，难道他已经知道手袋当中的东西就是魔镜了吗？

就连魔镜的神奇力量也……

但是，他是怎么知道的？

他是怎么知道手袋中的东西是什么的？

三途川离开之后，我曾经怀疑事务所中被人装设了监控摄像头。因此，我也在事务所里仔细地找了一遍，但是并没有发现任何蛛丝马迹。难道说三途川趁着兵荒马乱之际，已经把那些东西收走了吗？

虽然说也可以这么想，不过还存在其他的可能——三途川这家伙已经跟我们的故乡产生了某种联系。这样想一切就更容易解释清楚了。

我们的故乡是一个非常特殊的地方，因为在一个特殊的位置上，所以如果不经过一个特殊的途径是不能发现它的。即便三途川和那里产生了联系，凭借他自己的力量也是找不到的。在这种情况下，那就应该是从故乡来访之人接触了三途川。实际上，自使用魔镜从事侦探这一行开始，我就对这种事情提心吊胆的。

襟音玛玛艾——在故乡又名玛尔加雷蒂·玛利亚·麦克安德鲁·艾略特。

她的真实身份，就是我们故乡的国王潘达斯奈基·维尔东根的私生女。为了在"这边的世界"生活，她母亲为她取了第二个名字，这个名字便是襟音玛玛艾。她拥有的（现在说的话，应该是曾经拥有过的）魔镜，实际上是属于皇室的东西。这属于皇室魔镜的一部分被她的母亲悄悄地带了出来。

玛玛艾对这类事情一概不知。还没等她的母亲把一切告诉她，她便尝到了丧母之痛。因为她母亲曾经嘱托过我保守秘密，所以我也只能缄默不语。

我在玛玛艾踏上侦探之路的时候，也曾经担心过："如果按照她这样的行事风格，说不定会露出马脚被故乡的人发现吧。如果被发现了，那么又会因为她是私生女而被指指点点，情况就会变得更加麻烦了吧。如果玛玛艾没办法继续正常生活的话，这不就和当初她母亲遗赠魔镜的初衷背道而驰了吗……"

但是，我的这种担心又决计不能让玛玛艾知道。就算询问魔镜应该怎么办，对于将来的预知也不过是对现实的模拟，到目前为止还没有一次完全成功过。

结果，在玛玛艾干劲十足地说着"做侦探！做侦探"的时候，我们便一起迈入了侦探这一行。过一阵子之后，我渐渐觉得也不用这么谨小慎微。毕竟人们也并没有对玛玛艾的推理方式抱有多大的兴趣，即便偶尔有多事之人，玛玛艾也可以用她精湛的演技蒙混过关。不过，说不定真应该多思虑一些才好……毕竟，从这次这件事上来看……

既然事已至此……

我朝着电话走了过去。

我想给某个地方打个电话。

给我的故乡打电话。

"喂,你好啊?"

"喂,你找哪位啊?"

"是我啊,我是格兰比①啊。让我听听,是不是多比哥哥啊?"

为了让哥哥们帮我出出主意,商量商量将来我们的侦探营生应该何去何从,还有三途川这一连串无法解释的行为,我把哥哥们——多比、道克、史里皮、布莱斯福、司尼斯、哈比六个哥哥叫了过来。我们家有兄弟七个人。

特别是多比哥哥,他是个警察,一定能帮上我们的大忙。

戴娜用手敲着桌子。"稍等一下,这是怎么一回事啊?!"

头上还粘着小礼花炮里弹出来的缎带的三途川坐在沙发上,懒洋洋地伸了伸腿。戴娜那有如切割金属般的刺耳尖叫也烟消云散。

"你赶紧再给我解释一遍!"

为了满足戴娜提出的要求,侦探又说了一遍。

"明天,要送绯山上路才行。"

"那玛尔加雷蒂呢?"

---

① 英格拉姆自称"爱生气",原文为「グランピー」,对应的是七个小矮人中的爱生气(Grumpy),其他六个小矮人的名字分别为「ドーピー」对应糊涂蛋(Dopey)、「ドク」对应万事通(Doc)、「スリーピー」对应瞌睡虫(Sleepy)、「バッショフル」对应害羞鬼(Bashful)、「スニージー」对应喷嚏精(Sneezy)、「ハッピー」对应开心果(Happy)。

"随后送她上路。"

戴娜眉间蹙了起来,眼神当中似有什么在发光一般。

"为什么啊?你快点让玛尔加雷蒂去见阎王啊!"

"你刚才难道没听清楚我说的话吗?如果是这样的话,这次麻烦你听好了。

"咚咚咻叭哩咚咻咚叭哩!模拟出绯山燃康复之后的现实看看。"侦探对着魔镜高声说道。

魔镜散发着光芒,回答道:"目前,绯山燃还没恢复意识。今天晚上就是他康复的关键时刻。不过,按照他现在的恢复情况和速度来看,明天下午三点就会恢复意识了,应该没有后遗症的隐患。"

绯山在被送上救护车之前,就已经将胃里的东西吐出体外了,说不定正是因为他做的应急处理比较得当才幸免于难。

这一次,侦探朝戴娜转过身来,用简直像训诫一样的口吻对她说道:"魔镜对将来的预测只是对现实的模拟,就像天气预报一样,不能保证百分之百的正确率。不过,当成大体上的推测也够了。恐怕按照现在的情况发展下去,绯山迟早都会恢复意识吧。"

"那又如何?这种事情跟我又有什么关系呢……"

"怎么会跟你没有关系呢?!简直息息相关啊。下午三点可不是一个准确的时间节点啊。一旦他恢复意识,之后就大事不妙了。他现在就有可能恢复意识了。当我们在为除掉玛尔加雷蒂做准备的节骨眼儿上,绯山醒过来了,那可就多了一个绊脚石啊。你好好想想清楚,醒过来的绯山无论如何都会开始进行推理,推理到底谁才是那个给自己下毒的人,然后以各种各样的方式阻碍我们的计划。为了避开这个绊脚石,唯一的办法就是趁绯山还在床上昏迷的时候，赶紧送他上路。

"所以说啊，就算魔镜给出的答案是'绯山已经无法恢复意识'了，我们也应该慎之又慎，赶紧送他上黄泉路，只有这样才能确保没有后顾之忧。"

"他是这么厉害的角色呢？"

"连我都不得不承认那个家伙的推理能力，此人可以说是不可多得之才。虽然不及我名侦探三途川，像我这种侦探，大部分的案件都是'一'眨眼的工夫便可以道破其中的天机，那家伙解决事件也就是需要'两'眨眼的工夫吧。"

"但是……"

"同行是冤家，侦探的对手是侦探啊。那个没了魔镜的小丫头片子可算不上侦探。所以说真正不容掉以轻心的，其实是绯山才对。"

"嗯……"

戴娜仍旧眉头紧锁，小声地嘀咕了两句。道理其实她都懂。

但是，这其中难道没夹杂着三途川的私人恩怨吗？岂止如此啊，这其中除了私人恩怨还有别的吗？明明就是他不顾一切失控暴走而已啊。戴娜实在越来越看不清了。

"那就明天白天开始行动吧。两点之前就要把事情处理完。"三途川说道。虽然他看上去漫不经心的，却让人感受到了他心底那任谁也无法改变的坚定决心。

三途川这一股不知道从何而来的坚定让人无从置喙……既然他都说了中午就要把事情处理完那就……戴娜这样想着，只能不得已而妥协了。

将与王位继承权毫无关系的年轻人杀死这件事，使戴娜的良心像被针扎了一般的疼。但是，正如三途川所说，在这个年轻人身上存在巨大的隐患——他极有可能是女王继位的致命性障碍。戴娜也正因重视这点，才说服自己除掉绯山是具有正当性的。

"那玛尔加雷蒂什么时候见阎王？"

"就在绯山后头。花样我有一万种。总之，只要绯山那家伙别擅自醒过来，剩下的事就是小菜一碟了！"

"你用什么方法除掉那个叫绯山的孩子呢？"

"那可真是手到擒来啊！"

三途川看上去并未表现出一丝一毫的担心。一想到三途川这个人根本没法对自己的焦躁感同身受，戴娜体会到了什么才叫真正的心烦意乱。

愤怒、悔恨、焦虑。她想要找到表达这类感触的形容词，来对这个侦探宣泄自己的情绪，但是并不能如愿以偿。而且，就算她能将这些情绪宣泄到侦探身上，对他来说也同样无关痛痒吧。她并不认为眼前这个侦探会回应她激烈的情绪。更何况，目前这个侦探的心正在私人恩怨的旋涡当中起伏不定呢！她只能在力所能及的范围内竭尽全力了，能做的也只是敦促眼前这个侦探……

"好吧，那你就做给我看看。不过，你可别忘了。如果赶不上时机成功暗杀玛尔加雷蒂的话，我可是一分钱都不会付给你的！"

戴娜打开了房间的门。

侦探询问她："你要去哪里？"

"我要出去散散心了。我想冷静一下。"

侦探的鼻子里发出了一声嗤笑。"我看你确实是需要冷静一下了。"

有必要给自己再上个"保险"了。

再上个"保险"，这就是戴娜得出的"力所能及范围之内"应该做的事。

戴娜从房间中出来，其实不过是在想冷静一下头脑的过程中产生的过激行为。同时，也是为了给自己上"保险"而采取的行动。也就是说，她要从其他的地方找到能够承接杀害玛尔加雷蒂委托之人。

正值晚上九点……在哪里，有没有什么好的选择啊？

魔镜已经被留在了房间当中，她不得不靠自己东奔西跑，暗中摸索了。

戴娜漫无目的地在夜晚的街道上行走。

倒不如说，她并没有碰巧遇上什么主动送上门的好消息。

戴娜平时的生活条件过于优渥了，这个不食人间烟火的皇后并不知道什么是民间疾苦，再加上又是初到异国他乡，就更是人生地不熟了，在这一点上她倒是有些自觉。

但是，戴娜还是想着不如在力所能及的范围内求索一番。

虽然她这么想，竹篮打水之后便是徒劳无功，甚至都不能说是竹篮打水，毕竟她连自己到底在用什么打水都不甚明了。她发出了一声叹息。

一直坚持到了早上的四五点，最终却一无所获。这便是她在通宵营业的小酒馆泛出的微光中，一点一点蹒跚游移，挪着脚步寻找的几个小时。她甚至还发现了在下榻的宾馆附近有一间二十四小时营业的便利商店，实在是无聊至极的发现。

这可以说是理所当然的失败之举了，简直无法跟向魔镜提出请求的时候相提并论。

戴娜有气无力地回到宾馆。

侦探还没睡下,正在使用魔镜盘算着什么。

魔镜当中,呈现出四组相对而立的门扉。

"这是什么?"戴娜问道。

相对设立的八扇门,门与门之间穿过一道通往深处的走廊,红色的灯勉强为走廊提供了不充足的光照。这条走廊就像隧道一般延伸,可以模模糊糊地看到手边最近的两个房间上各自标着"B6"与"B7"挂牌。这个"B"取自于"Basement Floor[①]",这似乎是地下室的景象。

侦探展开了说明:"这就是绯山所在的重症监护病房外面的模样了。这个地方设置在医院的地下室层,布置着重症监护病房和药品仓库,也是医院当中门禁检查最严格的地方。光是进入这个走廊就要大费一番周章,别说是蚂蚁,就连一缕轻烟都很难从这个走廊当中飘进任何一个重症监护病房内。出于防止细菌侵入和其他各种需要,这里的门不仅气密性高,而且采用了双层设计。

"毕竟我们亲爱的绯山同学就在这其中的一间里高枕无忧,我正在思考如何关照关照他才好。虽然说我已经想好了办法,但不怕一万就怕万一,目前正在思考第二重、第三重备用方案呢。"

魔镜当中应该是正在直播那边发生的事情吧。

两个护士从其中一个房间走了出来。这两个人正在勤勤恳恳地工作着。"我去药品仓库A准备配药的工作,麻烦你处理仓库B那边的事务吧。""好的,知道了。"两个人说着诸如此类的话,然后便各自消失在两扇相对而立的门中了。

这好像是防盗监控摄像机拍摄的影像吧。不过从功能上来

[①] Basement floor 意为"地下室层"。

讲，不但没起到防盗功能，反而为犯罪行为提供了有利条件。正是如此讽刺的事让戴娜的心中产生了一阵涟漪，她无声地冷笑着。

"这可真有你的，已经布下天罗地网了吗？这次看上去倒是可以速战速决了啊。你打算怎么办啊，再请毒苹果出场可就不合时宜了吧？"

等到天亮了以后，有必要再研究研究上"保险"这件事了。不管能不能找到合适的人选，都得让这孩子赶紧替我卖命才行啊……

侦探笑眯眯地说道："这次我要干一票大的。对，一定要干一票大的了！"

"什么大的？"戴娜歪着头没听明白。

"干一票完美犯罪！"

侦探发出了宣言。不知道是不是为了给自己打气，他用手把地板上散落的缎带收集起来，再欢欣鼓舞地抛撒下来，甚至多次重复这个动作。

不过，在第四次还是第五次的时候，戴娜看到三途川脸上的表情变得阴沉。那双忙于收集、抛撒缎带的手突然停了下来，他沉默不语，不知道在想些什么。

"怎么了？"

"没事，没什么事。"

侦探再度欢欣雀跃地玩起散落的缎带。

戴娜想要继续推动话题。"完美犯罪是什么意思？"

"就是绝对不会败露的犯罪行为，或者也可以说是无法被证实的犯罪行为。"

"你这么说我也听不懂，具体是怎么一回事啊？"

侦探看上去十分困倦，闭上了双眼，搪塞道："就像我之前说过的那样，我已经想好办法了。现在时候不早了，都快到早上了，我要回自己的房间休息一下。为防止我在躺着的时候想起什么来，魔镜我就先借走了哦。等我睡够了两小时左右之后再过来叨扰。那就这样吧皇后殿下……啊不，未来的女王陛下，祝您好梦。"

侦探说完这些话，就擅自终结了话题。他抱着魔镜，跨过地板上那些杂乱无章的缎带，从房间当中消失不见了。

"等一下……"面对被侦探关上的门，戴娜小声嘟哝，"真的不会有什么差池吧？"

由于魔镜被三途川一并带走了，戴娜也就没办法让魔镜给自己推荐更"保险"的人或者地方了。话虽如此，如果三途川还要使用魔镜炮制后续的"完美犯罪"，暂时借给他也不是不行。而且本来戴娜就还没想明白，想让魔镜给自己推荐更"保险"的人选的时候，应该怎么问才好。

戴娜决定也去就寝。毕竟她已经被侦探强硬地规划了作息，只有两个小时可以用在睡眠上了。

当哥哥们来到事务所的时候，已经是火灾发生后的第二天早上七点了。一定是因为接到了我打过去的电话，他们实在太担心了，才慌忙赶了过来。

哥哥们成群结队地从开在玄关大门上的洞里钻了进来。

"早上好啊！"

"早上好啊！"

"早上好啊！"

"早上好啊！"

"早上好啊！"

按顺序打招呼的是道克哥哥、史里皮哥哥、布莱斯福哥哥、司尼斯哥哥和哈比哥哥。我们七兄弟当中,只有我比大家小一岁,我上面的六个兄长其实是六胞胎。他们六个人看上去简直一模一样。

道克哥哥对着接待室里一蹶不振的玛玛艾发出了问候:"玛玛艾小朋友,好久不见了啊!"

玛玛艾仍旧茫然地发着呆。其他的几个兄弟也依次向她发出了问候。

"好久不见啊!"

"好久不见啊!"

"好久不见啊!"

"好久不见啊!"

玛玛艾仍旧没什么反应。

道克哥哥说道:"哎呀哎呀,这可是不得了了啊!"然后嘴巴撇成了八点二十分的模样。

"不得了了!"

"不得了了!"

"不得了了!"

"不得了了!"

其他兄弟也赶紧发出了叹息。让人觉得有点麻烦啊。

玛玛艾面无表情地从沙发上站起来,一言不发地从房间走了出去,她这是要去卧室吗?

我从厨房里端来六个倒好果汁的小茶杯,用的是"这边的世界"出售的那种洋娃娃专用的杯子,然后把六个小茶杯依次端给哥哥们。小茶杯多出来一个。这一杯,是留给在"那边世界"恪尽职守的警察哥哥多比的。

指望着能帮大忙的多比哥哥竟然没过来？

我灰心丧气地问道："多比哥哥在哪儿呢？"

道克哥哥回答了我的问话。这可真是个充满惊喜又可靠的回答啊。

"那个家伙立刻就抓住线索了哟！早就已经跟踪嫌疑人去了。"

这可真是令人称奇啊！在我辛辛苦苦给玛玛艾加油打气的时候——才不过一晚上的时间，多比哥哥就已经抓住了线索。

"不过，线索是什么啊？"

"哎呀，你不是以前都说过了嘛，有个让人无论如何都看不顺眼的侦探啊。哎呀！他叫什么来着……"

"三途川理。"

"对对对，就是那小子。"道克哥哥一边说，一边用食指指了指我这边。

我赶忙从桌子上取来三途川侦探事务所的宣传资料，然后铺平。这是委托人拿来却忘记带走的东西。我气得朝三途川的面部照片踹了上去。

"就是这小子。"

"原来如此，这小子一脸坏相啊。"

道克哥哥也踹了他一脚。五个哥哥和我围着这张照片，盘着腿坐成一圈。作为五个哥哥的代表，道克哥哥接下来进行了一番说明。剩下的四个哥哥都默默地听着。

"根据你说的话判断，这小子已经跟我们'那边世界'过来的人建立了联系，对吧？"

"对！"

这样想一切就更容易解释清楚了。

"听完你说的那些话啊,多比也得出了和你同样的结论!所以昨天晚上,从'那边的世界'出发赶过来之前,他就进行了简单的调查,发现有个人形迹可疑。"

"某个人?"

道克哥哥对着紧张得大气不敢出一声的我说道:"戴娜·贾巴沃克·维尔东根夫人。"

虽然我也不时从哥哥口中听到"那边的世界"的传闻逸事,不过不管怎么说,在"那边的世界"度过的时光都已经是过去式了。这个名字对应的人物,我着实费了一番工夫,才产生了相应的理解。

我瞥了一眼玛玛艾身影消失的那道门,然后才压低了声音问道:"那不就是跟玛玛艾的父亲结婚的那个女人吗?"

也就是皇后了。

就连我也见过戴娜跟维尔东根国王的合照。两个人刚结婚那会儿,玛玛艾的母亲尚在人世。当我的哥哥们得知玛玛艾的真实身份之后,便向她母亲承诺一定会保守这个秘密。

道克哥哥在"那边的世界"时,就向我传达过玛玛艾父亲的死讯。不过因为与维尔东根国王素昧平生,这个消息对我来说并没有那么惊心动魄。我也不知道如果玛玛艾知道了这件事会做何反应……

我继续压低声音说:"然后呢,为什么戴娜会到这边来?"

"不管怎么说,看样子她是来'这边的世界'了啊。"

"那个女人到'这边的世界'来了?来干什么?"

"哎呀,理由我们就不得而知了。不过在'那边的世界'里,她突然就杳无音讯不知所踪了。根据侍女的证词来看,似乎几天前她就已经做好了来'这边世界'的准备了。毕竟时间紧任务重,我们也只是进行了简单的调查,同样的证人证词也搜集了几个。"

哎哟,这可真是耐人寻味啊。

"不过,就算是有这样的证人证词,也并不能佐证她一定就是出门微服私访了。"

道克哥哥一边摇头一边说道:"不对,这就是微服私访了啊。掩人耳目、隐匿行踪,做好了准备,悄无声息地出发。毕竟戴娜已经过惯了宫廷生活,平时单独行动的机会几乎没有,这种藏着掖着的方法实在是不太高明啊。"

"可能性很大啊。意思就是说,她很有可能跟三途川见面了?"

"就是这么回事,还有更让人震惊的事呢。刚才,我们几个在这附近看到了跟戴娜非常相似的身影哦!"

"咦!"

我一跳三寸高。

"那可真是偶然才遇上的啊。就因为这个,多比哥哥这家伙,才会毅然决然、充满干劲地跟踪那个人。"

借着街上的灯光,我的哥哥们找襟音侦探事务所的时候,偶然发现了那个女人的身影。她在灯火阑珊的街道上左顾右盼,漫无目的地四处游荡。她不时在路边发现在"那边的世界"鲜见的新鲜机器或者店铺,就长吁短叹地表现出赞赏之意。

不论是哥哥们还是戴娜,在"这边的世界"都是身处异乡的羁旅之身。同为他乡之客,借着灯火在同一个陌生的城市里游荡,结果又偏偏偶然相逢。如果这样想的话,说不定这偶然当中也有一丝必然呢。

"要不是因为咱们都是小矮人,可能根本没法跟踪那家伙呢。"道克哥哥说道。

这话中包含的意思是,如果是常人体型的话,当时就会被发现,然后万事休矣。我还没见过有什么比我们小矮人一族更擅长跟踪的人。就算毫不遮掩、坦坦荡荡地去面对对方,也时常发生对方根本没察觉到我们存在的情况。

哎呀,给哥哥们打电话真是个明智之举!

尤其是多比哥哥,他真有两下子。才仅仅过去了一晚上的时间,就已经查到了这个地步。虽说也有偶然因素的助力,不过这可真令人折服啊。

我毫不吝惜地向哥哥们表达了由衷的赞赏与谢意。我的五个哥哥们都羞答答地喝起了果汁。总而言之,我们兄弟几人决定等待多比哥哥,在唠家常般的气氛中,就如何让玛玛艾振作精神的话题展开了讨论。

还没到半小时的工夫,多比哥哥的身影就出现在了玄关大门上开着的洞里。一现身,他便大声叫嚷道:"大事不妙啦!"

我们兄弟几个齐刷刷地把目光集中在了多比哥哥身上。

"是不是有个叫绯山的人啊?那个人要被害死啦!"

我不知道给苹果下毒的是不是就是三途川那个穷凶极恶之徒。不过,连这样的机会都不放过,简直是太卑劣了。

实在是太像三途川的行事风格了。

我看向了通向玛玛艾卧室的楼梯。

早上八点。戴娜再次用自己的手敲着桌子,简直是和昨晚相差无几的光景。然后,她又说出了与昨晚相差无几的话:"稍等一下!这是怎么一回事啊!"

侦探三途川一如既往地不食人间烟火。他吃完了早餐的吐司之后，才回答戴娜的问题："不是都已经告诉过你了嘛。你为非作歹的事已经败露了哦！实在是不幸啊！之前那个小矮人的兄弟正好是个警察！"

戴娜面色铁青。三途川对着魔镜提起嗓门询问："咚咚咻叭哩咚咻咚叭哩！来给她说明一下！"

魔镜散发出光芒，开始说明。

"格兰比·英格拉姆昨天晚上从故乡连夜召唤来了自己的六个兄弟。当他们赶往格兰比所在之处时，看到了您——戴娜的身影。时间是今天凌晨三点十七分，地点在某某镇某某号。

"英格拉姆兄弟当中的长子，也就是当警察的多比·英格拉姆，在故乡进行相关调查的时候就已经盯上你了。因此他们发现你之后，多比便在你身后进行了跟踪追查。

"跟踪追查一直延续到这个房间之中。当你进入房间后，针对杀害绯山一事与三途川交换了意见。而这些对话，已经被蹑手蹑脚跟着你进入房间的多比听到了……"

"岂有此理！"

就在那个时候，小矮人潜入了这个房间当中……戴娜跪倒在了地上。

"随后不久，三途川理由于稍稍有些亢奋，做出了将地板上散落的缎带收集起来又撒落的幼稚行为。在那个时候，他就已经注意到在房间角落的垃圾箱背后探出头来的多比了。他当时忽然终止了你们之间的对话，也是因为注意到了这一点。

"就在不久前，他在卫生间中向本魔镜发出了'跟踪我们的家伙现在在什么地方'的询问。得知多比现在已经前往襟音侦探事务所的三途川理，马上就向你汇报了这个事实。事情的经过大体就是如此了。"

魔镜暗淡下来。

穷途末路的戴娜眼前一片漆黑。

"岂有此理！"她絮絮叨叨地不停地重复着这句话。

三途川也略有不满地发牢骚："说什么呢，刚才魔镜的回答里竟然说'幼稚行为'，真是讨人嫌啊！"

"现在可不是发牢骚的时候了！"

侦探脸上挤出苦笑。"我说，新任女王陛下，这件事你已经从魔镜那里听清楚了吧？这可不能说是我这边掉链子了啊！这可是你擅自采取行动，然后被别人揭穿了恶行。所以说，所有责任都应该由你一人承担。

"本来就是因为你来到'这边的世界'的时候，多多少少露出了马脚，才会落得如此下场啊。而且，竟然是被多比·英格拉姆，也就是你'那边世界'的一个警察，轻而易举地发现了这样的重大纰漏。我可没办法替你在这种事情上收拾残局啊。"

"岂有此理！"

戴娜产生了想把面前这个侦探的头发狠狠抓住，一根不剩地全部拔光的强烈冲动。但是她用充满怒气的言语，代替了那种冲动。

"你这个人啊……真的是……真是！"

但是，戴娜的脑海中却浮现不出任何词汇。因为她的头脑受到突如其来变故的打击而麻痹了。由于受到了过度的惊吓，就连思维也变得十分僵硬。为了让戴娜的头脑灵活起来，三途川就需要给她讲讲道理了。

"不过，多比·英格拉姆并不是作为一名警察来探案的，他终归是作为格兰比·英格拉姆的兄长，调查也只是个人行为。所以,可以说目前命运还站在我们这一边啊。你大可以放宽心,毕竟被偷听到的只是暗杀绯山燃的计划,而针对襟音玛玛艾的暗杀计划可并没被他们听到呢。"

戴娜因为三途川这段话得到了救赎。三途川继续说道:"原本对方会对魔镜提出这样的质问,'快点告诉我们三途川他们在酝酿什么阴谋诡计!'同时,针对襟音玛玛艾的暗杀计划也早已经被他们发现了才对。如果将魔镜的回答作为呈堂证供,绯山燃暗杀未遂或者计划暗杀玛玛艾这样的犯罪行为就会被立案侦查吧。不管怎么说,毕竟在'那边的世界'中,通过魔镜揭露出来的犯罪证据可是会被看作如山的铁证啊!到时候我们就大势已去了。

"不过,他们已经没有魔镜了!等到你成功安全地继承王位之后,只要能严格保管剩下的那一面魔镜,就可以守住这个秘密了。这样的话,真相将会永远沉眠在黑暗当中,永不见天日了吧。或者干脆一不做二不休,你甚至可以把魔镜毁掉。如果运用新任女王的权力,就算毁掉魔镜也不是不可能的吧?"

戴娜的心中逐渐涌出源源不断的力量。

她回答道:"大、大概可以办得到吧……"

三途川的鼻子当中又发出来一声嗤笑,他转身朝向魔镜,发出了这样的提问:

"咚咚咻叭哩咚咻咚叭哩!可以办得到吗?"

"如果运用新任女王的权力的话,可以办得到。而且就现在的情况而言,这面魔镜本来就是您——戴娜的所有物,就算现在当即销毁,也并不能归为犯罪行为。不过,如果您在加冕仪式前损毁魔镜的话,那就需要通过议会重新制订一套加冕仪式的执行方案,可以说届时您的计划就会落空,您会被排除在继承顺位之外。如果您在加冕仪式后损毁魔镜的话,只不过会对下一次的加冕仪式产生影响,也就不存在棘手的问题了。"

听完魔镜的一番答复,戴娜终于恢复了精神。

"哎呀,如果你要销毁魔镜的话,我还想要呢,我会好好保管的。"

针对三途川刚才的提议,戴娜只能回答他:"嗯,如果事情进展得很顺利的话,这么干也不是不可以。"

"哦,此话当真?"

"自然是当真了。"

"决不食言?"

"对对对,不过也要等到我真的坐到王座上再说了!"

侦探动作轻柔地低头致意。

"实在是不胜感激!"

侦探接下来针对一件十分重要的事情进行了说明。

"值得一提的是,现在我能气定神闲地向你进行说明,全都是因为我已经在不久前从魔镜那里得到消息,现在七个小矮人全部聚集在襟音侦探事务所,所以不用担心。从今往后,我将尽量不再通过口头的方式进行计划的传达了。这是非常重要的决定。毕竟侦探事务所与这家宾馆的距离非常近,甚至我们在宾馆的房间都已经暴露给对方了,所以我们不知道对方将在什么地方针对我们展开调查。

"小矮人总数为七人。我现在已经确切得知了他们七人全都不在这里,所以你可以自由地跟我交换意见。这点你一定要谨记于心。你明白了吗?"

"我知道了。"

"如果你打破这个约定的话,就算是我这样的名侦探,也很有可能无计可施。请你一定要遵守你的承诺!"

戴娜稍稍停顿,回答道:"嗯。"

不过,虽然戴娜嘴上是这么回答的,但不代表她心中没有疑惑……这孩子描绘的犯罪蓝图究竟是什么样的呢?眼下戴娜缄口不言,由着他继续夸夸其谈,结果就连这样简单的提问也没法问出口了……

而且,她果然还是想给自己上个"保险"。出现了各种各样的纰漏,确实是自身思虑不周之故,就连她也对自己引发的这些纰漏痛心疾首了。但是,三途川那过于冷淡的态度实在是让她没办法淡然处之。看这个样子,他可不是那种能好好给委托人收拾残局的人。戴娜瞬间就看穿了,三途川这种表现绝不是设身处地为她着想,加上之前三途川失控暴走的表现,她更感到惶恐不安。

但是,有了昨晚的前车之鉴,戴娜实在是打不起精神为自己上"保险"了。她甚至对将来发生的事情充满了担忧,这份不安还在不断膨胀……

……从根本上说,完美的犯罪到底是什么样的?

在放任不安膨胀扩大的戴娜身边,三途川的眼中熠熠发光。他小声嘀咕着:"侦探如果能借魔镜的一臂之力,岂不是所向披靡了,这可真是让人精神抖擞……"

在三途川的瞳孔深处,似乎有什么东西正在熊熊燃烧。

早上八点半。

我已经在我的管辖范围内恪尽职守了,屏气凝神地对周围的情形严加戒备。虽然我已经知道有人在计划着进行杀人犯罪，但是却不清楚这计划的详情。毕竟多比哥哥的跟踪探查并没有把犯罪计划查得水落石出。

而且多比哥哥还说过："说不定，我在跟踪探查的途中就已经被三途川发现了，毕竟他和戴娜不一样，是个十分棘手的家伙。"

除此之外，多比哥哥在宾馆的房间中通过魔镜看到的，也只有重症监护病房门前的那条走廊而已。就连走廊里并排的几间重症监护病房中到底哪一间住着绯山，我们也无从得知。

防患于未然说起来只是寥寥数语，实施起来难度着实不小。对方可是已经化解了我们两招、三招对策的那个三途川理，如果应对他的手段不够高明的话，搞不好会产生负面影响。既然他自己都把这个犯罪计划称之为"完美犯罪"了，我们作为其对手更应该慎之又慎才行。

在襟音侦探事务所展开的行动计划会上，就连多比哥哥对这一点表示赞同。他还告诉我们："我们这边的魔镜已经坏了，这也是没办法的事。目前来看没有证据，我不能作为警察参与其中，但至少我得作为个人行动起来。"

一听这话，我就提议道："干脆我们大家就到重症监护病房前面展开警备吧。这样的话，如果发生了什么意外，我会不惜一切代价，就算咬三途川的腿也要阻止他犯罪。毕竟我们有七个人呢，大家分散开来的话，就能做到一人守备一个房间，进行监视了吧。"

如果可以面对那个制订犯罪计划的家伙，我当然想让他哑口无言地认输，但是我却没有那份自信。眼前，也只有舍生取义了，虽然我这小身板儿如此渺小——因为这渺小的身体，平素也产生了诸多不便，但是这次却对我十分有利。这渺小的身躯简直就是为了监视而生的一样。

而且今时不同往日，我还可以借助诸位哥哥的力量，毕竟像我这样难以被普通人察觉到的小矮人竟然有七个之多。监视虽然是被动的，甚至可以说是消极的，但可是运用了我们小矮人自身的优势啊。

进入任何一间重症监护病房都几乎是不可能完成的任务，于是也就只能在重症监护病房的门外进行警备了。但是，我们的人数已经足够了。面对这些值得信赖，让我找回了主心骨的哥哥们，我不胜感激。

除了警备之外没有更好的对策了。多比哥哥也赞成这个做法。于是现在，我们就各自守在自己的管辖范围内恪尽职守，屏气凝神地严加戒备……

警备刚过去了十分钟左右。

就目前情况看，并无异常……

不用说也知道，我有那种不知不觉就开始陷入思考的习惯。当我屏气凝神，一言不发地戒备时，简直陷入了比平时还深入的思考当中。这次我沉思的对象就是玛玛艾……

大体上来说，我是那种对私家侦探襟音玛玛艾不吝赞美的类型，但是这一次真的让我火冒三丈。这个姑娘啊，简直是形同废人了！

我会这么想，都是因为当我从多比哥哥那里听说侦探三途川展开了暗杀侦探绯山的计划后，想要把在卧室里的玛玛艾从床上叫起来的时候发生的事。

"绯山现在有性命之忧，我们得去救他了！"

……

"听见没有？"

"要怎么救他？"

"总而言之，先到楼下的房间里和哥哥们商量商量吧。"

"你跟我说说，你们想出什么对策来了？"

"现在还没想出什么……"

……

"你先从床上给我下来，到楼下来跟我们商量商量。快啊，快点过来。"

"我现在没有了魔镜，已经不能玩儿过家家扮侦探了。现在我已经无计可施了啊！"

她自暴自弃似的躺下了，简直像个废人。就算到了现在，估计她也自暴自弃地躺着呢吧。

考虑到她痛失魔镜的心情，虽然说我也觉得实在是没什么办法……唉，果然没什么办法啊……真没想到玛玛艾竟然是这么没骨气的人啊。

算了算了，如果我们的侦探是个没骨气的人，那么作为助手的我就更要加把劲儿才行了。托哥哥们的福，毕竟助手从一个人直接增加到七人之多。加把劲儿啊！

话虽如此……

我再度绷紧了神经，敏锐地注意着周围的动静。

却完全没有发生异常状况。

三途川似乎计划着下午两点的时候完成自己的犯罪构思，但是我们却完全不清楚他在哪里、要做什么。

就靠单纯的在这里警备，真的能盼得船到桥头自然直吗？

时间已经到了上午九点半。

并无异常发生。

时间已经到了上午十点。

并无异常发生。

时间已经到了上午十点半。

并无异常发生。

时间马上就到中午十一点。

杀害绯山这样骇人听闻的犯罪行为，连开始的苗头都没出现。

这样死守下去我们真的能放心吗？

绯山那家伙，真的还好好活着呢吗？

上午九点。

在宾馆中固定作为战略会议室的一个房间中。

戴娜正在心神不宁、战战兢兢的……这孩子，看上去并没采取什么特殊的行动啊……毕竟他已经说过了让我不要多管闲事，我现在也完全没办法问出口啊。既然，他都说过自己已经想好对策了，那我就只能等着他采取行动了吧？

现在，侦探在戴娜的眼前，心情很好地一边哼着歌，一边拿解谜杂志玩着解迷宫的游戏（三途川从自己家带来了一大堆用于消磨时间的东西）。这之后还要实施骇人听闻的犯罪计划呢，怎么也看不出一点苗头来，他要是不好好办事可不行……不过，果然是，怎么也看不出一点苗头来……

不安！戴娜的内心深处在呐喊着。不过，也只有这样了。为了消磨接下来的时间，戴娜无可奈何地向他讨了一份迷宫游戏。不过，不用说，她实在是没有任何办法集中精力。

时间已经到了上午九点半。

戴娜依旧心神不宁，战战兢兢。事情并没有任何新的进展。侦探心情很好地一边哼着歌，一边拿几个小球玩着抛球杂技。

为了消磨接下来的时间，戴娜无可奈何地向他讨教了一下抛球游戏的玩法。当然了，她实在是没有任何办法集中精力。

不安来袭！

时间已经到了上午十点。

戴娜还是心神不宁，战战兢兢。事情并没有任何新的进展。侦探一边咚咚咚地用手指敲着桌子，一边在玩填色绘图游戏。

为了消磨接下来的时间，戴娜无可奈何地向他要了一本填图册和几根蜡笔。当然了，她实在是没有任何办法集中精力。

深不见底的不安袭来。

时间已经到了上午十点半。

戴娜一直心神不宁，战战兢兢。事情并没有任何新的进展。侦探一边连呼带喘地从鼻子里喷出急促的呼吸，一边举哑铃在锻炼身体。

为了消磨接下来的时间，戴娜无可奈何地向他要了一个哑铃过来……

"喂！"

戴娜已达忍耐极限。

"我看你玩得倒是挺开心啊，没问题吗？"

侦探一言不发，只是用睥睨的眼神传达了他的意思。

明明可能有人在监视着我们，你竟然还敢说这种话。你只要闭紧嘴巴把一切交给我就行了！要么说外行人真就是……算了算了，怎么都好了。当然了，就算是戴娜，也知道自己应该考虑到这一点，才用了"没问题"这种隐晦的方式发出询问。

不过，正是如此。戴娜采用了这种隐晦的方式询问，如果能更加深入一步岂不是更好吗？

戴娜允许自己再稍稍大胆一点，深入一步行事。她转向魔镜，发出了询问："咚咚咻叭哩咚咻咚叭哩！现在，情况到底如何啊？"

嗯，因为魔镜会提取提问者的头脑中思考的问题并进行补充，这样问应该就没什么不妥了吧……戴娜就是如此思考的，但是她似乎太过天真了。

侦探发出了"啊"的一声，停下了举哑铃的手。

"小矮人们正在进行监视。在医院的地下楼层里，每间重症监护病房都有一个小矮人在监视，除此之外……"

"咚咚咻叭哩咚咻咚叭哩！"

魔镜的回答被侦探打断了。看上去他是切切实实地记住了，这一连串咒语可以中断魔镜给出的回答。

戴娜发出了不满的抗议。

"你干什么啊！"

果然，侦探瞪了她一眼，再次挥动哑铃。一、二、一、二，房间中回响起了三途川喊的号子。

不安！

绵延不绝的不安涌了出来！

随后，时间已经到了中午十一点。

同样的，事情——没有一丝一毫的进展！

虽说刚才戴娜已经对侦探发出了抗议，但这种不满的情绪就像是火焰上放着的锅子一般，最初是锅子与盖子发出了轻轻的碰撞声，并不是什么大的情绪；接下来的半小时，戴娜内心都咕嘟咕嘟的飘摇不定；再后来，就是锅子里的水全部被倒出来的阶段。这个时刻终于到来了。

"你要在中午之前就把事情都搞定！你想让我等到什么时候！"

专心埋头研究学校作业的侦探仰起了脸，已经看不出半小时前那种不悦的表情了。他歪了一下头，等了一下才说："你在说什么事啊？"

戴娜忽然被话噎住了。侦探马上又俯首于桌面，再次回到了计算由动点组成的三角形的最大面积的状态中。

戴娜心中那口热锅发出了震天的巨响。在她心中，那口热锅里的沸水已经被洒出来了。

"你少给我装糊涂了！"

戴娜的破口大骂像热锅里的水一样泼了出来，等她骂够了之后，头脑中突然意识到……

难道说这是为了防备监视而表现出来的演技吗？

戴娜突然产生了这样的想法，脑海中浮现出了今天早上的光景。那时这个侦探像是在看热闹一般，嘲笑着戴娜的纰漏。当时——不对，在那之前——自己就已经想到要给计划上个"保险"了。现在可真是，陷入了由于没有上"保险"而感到懊悔不已的境地。

看到戴娜的肩膀正在起伏，侦探把作业本大剌剌地敲着，就起身去卫生间了。说不定他是因为害怕自己被迁怒，才退一步暂时避难去了。

戴娜抱着头。在她的脑海中，各种各样的想法正在相互纠缠着漂浮不定。

哎呀，可真是的，侦探就要做出侦探的样子，好好让委托人安心才行啊。就算是客客气气地讲，这个孩子，也真是让人信不过啊。自己该不会真的抽到下下签了吧。虽然事到如今也不能这么说话……不过，就像那孩子说的，说不定真的有小矮人在附近藏着呢……但是，刚才在向魔镜提问的时候，要是魔镜告诉我有被窃听的风险，我当然会马上中断魔镜的回答啊，还不如干脆别管这种担忧了，单刀直入地问出来就好了吧？当然了，如果魔镜的回答中有什么不太好的消息，我又没注意到，说不定会产生致命的纰漏……比方说……比方说……哎呀？

这个时候，戴娜发现了一件事。

甚至可以说是一个辉煌的新发现。

如果将目前从魔镜得到的消息整理一下的话，就会发现一件令人非常欣喜的事。

好好地重新整理一遍思路吧！

她把魔镜弃置于视线的角落，然后开动脑筋。

刚才魔镜说过"每间重症监护病房都有一个小矮人在进行监视"，而且，昨天我看到过标着"B7"的门牌，也就是说重症监护病房至少应该有七个才对。除此之外,小矮人只有区区七人。这也就是说……

"这个房间里并没有小矮人在监视!"戴娜马上高声大放喜悦之词。

然后,她再次慎之又慎地,回顾了一遍自己刚才的推理。随后,她满意地点了点头。

戴娜对着魔镜,势如破竹一般地问道——

这破竹之势,就如同爆炸一般扩散开来。

这是不安情绪的大爆炸。

"咚咚咻叭哩咚咻咚叭哩!三途川理实施的完美犯罪是什么?现在到底是什么情况啊?这样继续下去没问题吗?我应该怎么做才好呢?"

魔镜像往常一样以十分平淡的口吻叙述了"答案"。

这是一段相当冗长的叙述,不过戴娜成功集中了自己的精力。这跟解迷宫游戏、抛球杂技、填色绘图、举哑铃锻炼的复杂程度可全然不同。

毕竟,这次叙述的是一个相当麻烦的过程,戴娜的脑袋被撑得满满的,可以说是一团乱麻。

"三途川理的犯罪计划稍稍有些复杂,他的主要目的是'如何让绯山燃之死看上去像是事故'。同时,还要满足'如果没有无所不知的魔镜,便无法使用的方法'这个重要的条件。关于后者,有令并不知道无所不知的魔镜存在的人们的调查活动失败的功效。同时因为这种效果,'这边世界'的警察们也会被蒙蔽。

"昨天晚上他已经将事前的准备工作全部完成了。

"三途川首先与绯山燃的主治医师取得了联系。他通过魔镜查到了谁是医生，还查出了与之取得联系所需的电话号码，之后便在宾馆一层打了电话。三途川用医院院长的声音对主治医师下达了工作指示，内容是：第二天，也就是今天，希望医师能去诊治远在乡下的患者。为了能使用院长的声音，他向魔镜提出了'如果这些内容由院长来说的话应该会听到什么声音'这个问题。能够提出这个提问，是因为他已经领悟到，魔镜是一个拥有优秀变声功能的工具。主治医师接到了伪装成院长声音的工作指示后就信以为真了，现在正在朝很远的地方赶去。

"随后，三途川用主治医师的声音跟今天可能会去护理绯山的所有护士规定了接下来的治疗用药。这个时候，用的药应该在医学常识范围内，这个药品选择的判断交由魔镜代为处理了。他还用同一部电话散布假消息说，由于有急诊，主治医师脱不开身。

"还远远不止这些。最后三途川还用主治医师的声音，向今天将进入药品仓库，并且与绯山的诊疗并没有任何关系的，工作经验尚浅的护士下达了将药物标签重新进行替换粘贴的工作指示。他还通过魔镜得知了'仓库存放的药品当中，有哪些药品即便被调换之后也不容易被发现''什么东西对停止绯山的生命体征有明显效果'之类问题的解答。

"上述内容就是针对犯罪进行的事前准备活动。

"目前，药物正被转移到输液袋中。十二点整，也就是六十二分钟之后，正好就该换药了。现在如果就这样放任不管也……"

"咚咚咻叭哩咚咻咚叭哩！"

侦探三途川登场。魔镜沉默了。刚刚从卫生间出来的侦探手上还滴着水，甚至连掩饰自己慌张的意图都没有。

"你脑子还清醒吗？"

"哎哟，没关系啦。这里又没有小矮人在进行监视！毕竟，有'B7'这个房间的话……"

"这个以后再说！"

"咦，为什么我要以后说啊？不过，那就算了吧。我现在可算放心了。我大体上已经弄明白了。毕竟有点复杂，我也不是知道得特别详细，不过最重要的不就是，医院的那些人正像棋盘上的棋子一样任你摆布吗？呵呵，你可真有能耐啊。如此一来，你就可以在宾馆房间里逍遥自在了，毕竟小矮人对你也无计可施了……咦？你、你这是干什么啊？难道你零钱掉地上了吗？"

侦探无视戴娜说的话，趴在地板上没起来，怒目圆睁。

"我也帮你一起找找吧。"

侦探的左手握着哑铃。

"还是先把哑铃放下比较好吧，这东西太危险了。"

右手握着杀虫剂的喷雾瓶。

"难道说有蟑螂吗？这可太恶心啦！不如叫服务员来一下？"

从床下飞奔出来的并不是蟑螂，而是小矮人。

戴娜发出了悲鸣。

为什么有小矮人在这里？

能够想到的可能性有……

"怎么会，为什么会有第八个小矮人啊！"

在戴娜慌慌张张地大喊大叫、骚动不安的时候，侦探和小矮人已经在宾馆的房间中上演了一幕短剧。一边是想方设法要捉住小矮人的侦探，一边是东躲西藏、不见踪影的小矮人。

被掀翻的椅子。喷洒得到处都是的杀虫剂。像老鼠一般蹿来蹿去的小矮人。被粗暴地扔到床上的哑铃。朝小矮人掷出去的杂耍球和解谜杂志。对小矮人来说简直像导弹一样频频发射的蜡笔——蓝色的蜡笔在窗户附近画出了蓝色的抛物线，红色的蜡笔在桌子边上画出了红色的抛物线，黄色的蜡笔在"无所不知的魔镜"旁画出了黄色的抛物线。

小矮人经由通风口退出了舞台，这一幕短剧草草地落幕了。

"有本事你别跑啊！"

侦探发出了要求安可[①]演出的狂吠。

"咚咚咻叭哩咚咻咚叭哩！这个混账东西，他在哪儿！"

"他在宾馆大厅，正要给襟音侦探事务所打电话。"

侦探冲进走廊。戴娜紧随其后。

"真是的，好不容易事情才顺利起来！"

侦探在走廊中发出悲鸣，回响不绝于耳。

幸运的是，宾馆大厅的柜台附近竟然没有人。

我把电话听筒翻了过来。就像玛玛艾之前在游艺中心玩过的某种跳舞机一样，我不断跃动，接连按下拨号键。这个电话就是要打给襟音侦探事务所的。

嘟噜噜噜噜噜

嘟噜噜噜噜噜噜噜噜噜噜

[①] 即法语"Encore"的中文发音，意为要求再次献唱，也可以引申为在各种文艺活动结束后，观众要求返场演出的口号。

玛玛艾这家伙，能不能好好出来接个电话啊。如果还在床上睡觉那就糟了。

嘟噜噜噜噜噜
嘟噜噜噜噜噜噜噜噜噜噜

我恨得狠狠跺脚（也注意避开按键）。哎……倒是赶紧接电话啊！

我没办法跟哥哥们直接取得联系，最直截了当的方法就是让玛玛艾乘坐出租车去一趟医院了。如果实在指望不上她的话，我就只能自己跑一趟了。但是时间真的能来得及吗？

嘟噜噜噜噜噜
嘟噜噜噜噜噜噜噜噜噜噜

就算把电话打到医院去，对方也不会把我说的话当回事吧……

嘟噜噜噜噜噜
嘟噜噜噜噜噜噜噜噜噜噜

玛玛艾这可真是烂泥糊不上墙！

嘟噜噜噜噜噜
嘟噜噜噜噜噜噜噜噜噜噜

三途川那家伙，应该马上就会赶到这里来了，实在是没有时间了，如果被他抓住估计我就小命不保了。

嘟噜噜噜噜噜
嘟噜噜噜噜噜噜噜噜噜——咔嗒。

终于接通了！
"您好哪位？我是襟音。"听上去玛玛艾睡意正浓。
"是我啊是我！"
"您哪位？"
"我是英格拉姆啊！你那出类拔萃的助手啊！"
"哎呀，是你啊！你有什么事？"

除睡意之外，声音也十分阴沉。不过，管她什么困倦什么阴沉的，现在都不顾不上了。

"你现在马上就去绯山住的那家医院一趟。他输的液已经被换成毒药了！赶紧的！现在马上就去！"
"这可太难为人了吧！"
"怎么难为人了？"
"我现在连魔镜都没有啊！"
"冷静下来听我说，这事已经跟魔镜没什么关系了！我不是都已经代替魔镜做出调查了嘛！这可是人命关天的事！你赶紧去，没时间解释了！"

咔嚓。嘟……嘟……嘟……

我觉得应该是玛玛艾挂断了电话——不对，抬头一看，三途川那张脸出现在眼前。他把拔下来的电话线拽在手上。

"你这个不值一提的小东西！"三途川口中大放厥词，原形毕露。我拔腿就跑，溜之大吉。

接下来的几十分钟也是同样，我拼了命地东跑西颠。

不过，我总算是从三途川那里逃出生天，又总算是来到医院了。

我一边避人耳目，一边潜入医院当中。

来探病的人、患者、护士、医生……医院大厅人来人往。我赶紧藏在沙发底下，想自己接下来该怎么办。绯山现在到底怎么样了，我是不是已经来迟了？

不，等一下。

确实，根据魔镜的回答，输液的时间应该是十二点才对。

我在沙发的下面，看向接诊台上的数字时钟。

十一点四十五分，我提前到达了——就目前的情况看还来得及。

"要争分夺秒了。快点儿，如果不赶紧做点什么的话……"我给自己打气。

那什么，首先要……赶到哥哥们进行监视的地下室走廊那里才行……不，不对，比起这个，首先应该确定那个走廊的位置到底在哪里……哎呀，难道要从认对地方开始吗……

实际上，正在监视重症监护病房的哥哥们，最初也是要从找到这个地方开始的。说不定他们六个人分头行动，东奔西走才找到的吧，又或者是跟随知道这个地方的人一路找过去的。

也就是说这是不能跳过的步骤了。可我得在一两分钟之内找到才行。

我这副渺小的身躯，在跟踪或者监视的时候虽有奇效，不过现在情况急转直下，渺小身躯的短板又暴露无遗了。我如果拥有玛玛艾那样的身躯，便可以到咨询台问路了。就算咨询台的人不告诉我在哪里，我也可以从各种角度提出问题，通过旁敲侧击得出的信息获得进展。

毕竟，如果我本人办这件事，首先就得跟对方说出"您好，别看我这副样子，其实我也是个人。实在是不好意思了"这样的开场白，同时还得注意不要突然被捉住，被丢进解剖室或者X光放射室当中。

所以，我只能强行突破这道防线了，只能在这个关口上赌一把了。

不过，到底应该朝哪个方向押上我全身的胆量才好呢？首先应该知道的不就是这一点吗……我的思绪在同一个地方绕来绕去，乱作一团，脑中浮现的全都是些毫无进展的想法，这种坏习惯简直是在自寻死路、自取灭亡。

就这样，手忙脚乱的我正在沙发底下着急地想要找到出路——突然听见"哎呀"一声，我吓了一跳。

一个五岁左右的小男孩出现了。不知道从什么时候起，他就在窥探沙发下面了。我们两个人的目光碰了个正着……

这可真是不妙啊……

"因为实在出乎意料，所以想都不敢想""那里有虫子""那里有装饰用的小矮人模型"，那些不经意间看到我身影的人，大抵都会得出这三类中的其中一种结论吧。我能平安无事地赶到医院这么远的地方也是拜这类想法所赐。

不过，如果对方是儿童的话，那说不定就会有例外情况。相对于成年人来说，儿童的固定观念还没有成型。

我们相互凝视着对方。我一动不动，因为我知道，如果我采取什么轻率的举动，反而会招致更多麻烦。

一言不发，一动不动。

我也不知道过了多长的时间——

"妈妈！"他终于忍不住，提高了声音叫嚷着，"这里有奇怪的东西！"

这小孩对妈妈大声地报告情况，但并没有得到满足。为了得到"证据"，他向我伸出手来。啊啊，果然是这样啊，这么下去可不行。

我飞奔着逃走了。在沙发与沙发之间的地板，辗转奔走，东逃西窜。

毕竟小孩将手伸到了沙发的下面，所以我已经逃出了他的视线。因此，等到他再次窥视时，已经没有办法找到我的下一个藏身之处了。他在原来那个地方，扑通一声坐在了地板上。

坐在沙发上的母亲对他说道："哎呀，这多脏啊。你快好好地站起来！"但是那孩子不闻不问，仍旧坐在地板上。他的视线在地板上逡巡，仍在寻找我的身影。

我借助沙发的一条腿躲了起来，只探出头，看了看那孩子的情况。毕竟位置比较远，他的注意力又有些分散，看这样子是没法找到我了。不过，我也无法轻而易举地从这个地方逃出去……

焦躁不安的情绪裹挟着我。就在我东逃西窜的时候，恶魔的手正在悄悄地伸向病床上的绯山。

话说回来，现在几点了——我凝视着接诊台上的数字时钟。

十二点零二分。

完了。

我用手撑着地板，流下了眼泪。

现在回忆起来，我一言不发地和那孩子对峙所消耗的时间实在是一种浪费。当时我就应该溜之大吉才对。

虽然我对玛玛艾说过，即便失去魔镜，侦探事务所也应该继续经营下去。不过，就在刚才，我已经失去了信心。像我这样的人，已经没有资格继续经营侦探事务所了。

因为我，这世上一个真正出类拔萃的侦探就此一命呜呼了。我还有什么脸面继续经营侦探事务所呢？我打算今天就收拾行李回家乡去算了。

我就这样用手撑着地板，一动不动。肩上的责任实在重于泰山，压得我手足麻木，动弹不得。

但也就在这个时候，我的耳中飘来了一段对话。这两个人的对话在嘈杂的医院里格外刺耳，响彻整个大厅。一个人正在向另一个人发怒。

"实在太令人难以置信了！你几岁了？"这个人怒气冲冲的。

"就算是幼儿园的小朋友也不会做出这样的事情来啊！你知不知道你这样做搞不好会惹出大乱子啊！"

我从沙发下面稍稍探出身来，朝争执的方向看去。

怒气冲冲的人，看上去应该是一位护士。而另外一个人……

"实在是对不起，实在抱歉了。"

另外一个是可敬可爱的襟音玛玛艾。

她对着护士一个劲地道着歉。

从结论来看的话，绯山得救了。

乘坐出租车赶来的玛玛艾想强行突破医院的封锁，一路杀入重症监护病房。她在接诊台强取豪夺般获得了地图，通过强硬的手段掌握了准确的方位之后，便像离弦的箭一样，迅速冲向绯山的病房。也就是说，只要有玛玛艾这样"巨人"一般的身体我就能做到的那些事情，她挺身而出代为执行了。

暴露了行踪的玛玛艾一路杀到地下重症监护病房，在医院里引起了很大的骚乱。而这一骚乱也歪打正着起了作用。

骚乱甚至蔓延到了地下的楼层。发觉可疑的多比哥哥他们，对强行闯入集中治疗重症监护病房未遂者的真实身份进行了确认。当他听到强闯未遂的玛玛艾发出的叫声之后，得知了这次监视的关键就在输液器，于是马上破坏了输液袋（手法比较巧妙，他甚至让护士以为这是自己一时不慎而产生的操作失误）。

玛玛艾对着护士辩解道："全都是因为我实在太想见绯山同学一面了，才会出此下策的。请您原谅我吧。"

医院跟玛玛艾的学校取得了联系（玛玛艾日后估计会被老师狠狠地训斥一顿了吧），又在走廊里被护士怒气冲冲地训斥了一顿，然后被带到了单独的房间里，又一次被怒气冲冲地训斥了一顿。

虽然被怒气冲冲地训斥了，不过也没到需要惊动警察的地步，甚至连被医院下逐客令这样的事也没发生。我躲进了玛玛艾的手袋当中，一直等到了可以探视绯山的时间段。那个时候，哥哥们和我们俩也已经碰过头，共同行动了。

绯山换上了新的输液袋，体力也逐渐恢复，还从重症监护病房转移到了住院楼里的普通病房。

住院楼是允许探视的。

绯山所在的房间是个单人病房，在整栋楼的角落里。除了定时过来看护病患的护士之外，没有人会过来。我们小矮人也不用避人耳目、遮遮掩掩的了，可以在房间里大大方方的。

就这样，我们七个小矮人和玛玛艾，围在了睡得很安稳的绯山的病床边，相互汇报这半天来事情的来龙去脉。

互通有无的过程中，我们七个小矮人还在绯山的枕头附近坐下休整了一番。在玛玛艾刚汇报完，话音还未落的时候，我就等不及了，开口说道："我可真没想到你竟然会赶过来啊。当时我都已经万念俱灰了。你真的是帮了大忙！"

我由衷地对玛玛艾表示了感谢。

坐在椅子上的玛玛艾难为情似的说道："毕竟这次发生的事可以说是案件了啊，实在是千钧一发的时刻。我好歹是个侦探，轮到我出马的时候怎么能打退堂鼓呢。怎么样？我很厉害吧！"

我犯嘀咕了，到底应不应该表扬她呢？

在我犹豫不决的时候，多比哥哥用娓娓动听的开朗话语填补了空白。

"是啊，你真棒！玛玛艾小朋友，真是干得漂亮啊！在医院这样气氛严肃又被众多成年人围得水泄不通的地方，引起了那么大的骚乱，一般人可干不出这么大的事。哎呀，这可真是干得漂亮！如果不是你及时赶到的话，我们就真的一筹莫展了。我作为一个警察也应该向你致敬！真是谢谢你啦！"

另外五个哥哥也像多比哥哥那样，重复五次向玛玛艾致谢。随后多比哥哥接着说道："能在玛玛艾的手下工作，英格拉姆可真是被命运选中的幸运儿啊。"

其他几位哥哥再次重复了同样的话五次……什么嘛，这仿佛是在反复强调我"在玛玛艾的手下工作"这样的上下级关系一样，让我有些闷闷不乐。

玛玛艾听得如痴如醉。"哪儿的话，真是客气了啊。"

玛玛艾似乎因为凭一己之力阻止了犯罪行为的发生，而重拾了自信。现在的玛玛艾，看上去跟早上那个霜打了的茄子般的样子判若两人。

"不过话说回来,我之所以能这样拼尽全力……都是因为当时情况实在是太危急了,而且也不仅仅是因为这个哦。"

玛玛艾羞答答的,接着说道:"我之所以能这样拼尽全力……"

玛玛艾的视线与我的不期而遇。

"是因为我一直都很相信——"

玛玛艾甚至对我露出了天使一般的笑容。

我无暇思索,羞赧地低下头。

我的胸中好像有股暖流在涌动。

确实像哥哥们说的那样,我能在玛玛艾这样的侦探手下当助手,说不定是一种幸运啊……虽然我已经苦苦支撑侦探事务所很长时间了,不过,能够坚持到今天真的是太好了,实在是太有价值了……

"……相信神签的力量!"

"哈?"

"你想啊,这之前我们不是一起去抽过神签了吗?当时抽出来的是大吉啊。我记着呢,当时神签上可是写了'积极地迎接新的挑战'这样的话啊,所以才想'加把劲儿'啊。相信神签的力量,真是太妙了!"

我胸中还有温暖的东西在流动。

然后我感受到自己脸上像火烧起来了一样。

原来,玛玛艾竟然把那张神签看得那么重要!不对,那张神签,不是靠着魔镜的力量作弊才抽出来的吗!相信不相信,真的有那么大价值吗!刚刚从被魔镜的魔力指引的侦探一职卸任之后，马上又被靠着魔镜的力量作弊抽出来的神签引导了，可真是无稽之谈啊！

我在心中大喊大叫。这时，玛玛艾用食指的指肚轻轻地抚摸着我的头，用不以为然的口吻说道："除此之外，我还认识到了一件事，就连助手都在拼尽全力的时候，我这个侦探怎么能不挺身而出呢。"

她就这样说出了我满心期待她说的话。这次，因为跟之前不同的原因，我的脸上又像是火烧起来了一样。

"真是谢了，英格拉姆！"

玛玛艾笑靥如花。

多比哥哥应和道："哎呀，玛玛艾小朋友，你可真是名不虚传的名侦探啊！操控起自己的助手来游刃有余嘛！"

大家全都笑逐颜开，我也跟着笑了。

大功告成！不过……

病房里紧张的空气缓和下来，完全变成探访病人时候的样子了。不过患者本人还在梦乡当中。

玛玛艾恢复了往常朝气蓬勃的神态。随后，她提议去一楼的商店选购探病礼物。我躲进了她手袋当中，跟她一同前往（手袋当中已经没有办法再见到那个常驻的魔镜了，我不禁感到悲从中来。不过一码归一码）。

玛玛艾一边在商店中漫无目地闲逛，一边兴高采烈地说道："绯山同学喜欢什么呢？"

我从手袋中探出头来说："说到探病的礼物，当然就非苹果莫属啦！"

话音刚落，我就开始反省自己，这话就算当成黑色幽默，也实在是太"黑"了点。我反省着，就因为听见了玛玛艾那兴高采烈的语气，我也有些跟着一起飘飘然了。

不过，玛玛艾随即"扑哧"一声笑出了声，我才安下心来。

"绯山同学要是看到了苹果，可要大吃一惊了啊！"

"可要大吃一惊了呢！"

"那我们就买那个送他吧！"

"咦！你当真吗？"

"我觉得绯山同学看到这个可能会笑出来的哟！"

嗯嗯嗯，这丫头，看来是真的恢复了往日的精气神儿啊！

可喜可贺！

下午三点。

在弥漫着杀虫剂味道的战略会议室当中……

戴娜默不作声，一蹶不振。急红了眼的侦探举目望着窗外的风景。房间当中的沉默就像开枝散叶了一般蔓延着。

这茁壮成长的沉默持续了十五分钟之久。戴娜花费了十五分钟才终于积攒了足够的力气，但也仅仅积攒出了足以和侦探进行对话的力气。

"那个……那个什么……"

目中无人的侦探无视她。

"这谁能想到啊，那群小矮人竟然会有八个之多。你说难道不是吗？这也难怪……"

侦探对戴娜不屑一顾，说道："咚咚咻叭哩咚咻咚叭哩！给她解释一下！"

"解释，要解释什么东西啊？"完全没能厘清对话思路的戴娜说。

"那群小矮人并没有八个人之多,从始至终他们只有七个人。"魔镜这样做了开场白。

戴娜望向魔镜:"这是怎么一回事?!"

魔镜继续展开说明。

"首先,需要来重新整理一下您本人——戴娜·贾巴沃克·维尔东根得出'小矮人共有八人'的结论的推理过程。您本人,掌握了以下四个信息:

"信息一:房间总共有八间。

"信息二:房间当中包括重症监护病房与药品仓库两种类型。

"信息三:有一间被挂上了'B7'挂牌的房间是重症监护病房。

"信息四:每一间重症监护病房都由一个小矮人进行监视。

"在这些信息当中,您通过综合信息三与信息四的内容做出了'重症监护病房共有七间'的判断。其原因在于,如果重症监护病房少于六间的话,是不应该出现像'B7'这样的房间挂牌的。除此之外,如果房间的数量多于八间的话,七个小矮人是没办法满足上面四个信息给出的既定条件的。

"不过,就在刚才,我们已经明确得知了在宾馆的这个房间当中曾有一个小矮人出现过。这就和您得出的结论产生了矛盾。您认为除了有什么地方出现了判断失误之外,没有别的理由产生这种矛盾了。

"所以,您认为'小矮人共有七人'这样的前提条件导致了错误的发生,随后便得出了'小矮人共有八人'这样的结论。虽然说实际上,您并不是严格按照刚才的顺序步骤来进行思考和推理的,不过从主观上来说,您就是在头脑中进行了类似的推理过程,才得出了这样结论。

"但您真正判断失误的地方其实是'重症监护病房共有七间'这个前提条件。在这一点上，通过与侦探三途川进行的推理进行比对，就更加简明易懂了。侦探三途川进行的推理过程与您所做的不同。昨天晚上，他对医院的相关情况了解得要比您丰富一些。不过他也同您一样，并没直接得知重症监护病房的总数。从这一点来看的话，二位获得的信息总量可以说是一样多的。不过，他却在您几乎没注意到的信息上着眼，积极地进行逻辑关联的搭建。

"信息五：药品仓库至少有仓库A与仓库B两个。

"这个信息是通过观看魔镜的影像，从重症监护病房门前护士的对话中得出的结论。

"'我去药品仓库A准备配药的工作，麻烦你处理仓库B那边的事务吧。'

"'好的，知道了。'

"通过这段对话，三途川得出了信息五这个结论。由于这段对话是用日语进行的，您当时没弄明白其中的含义。如果选择信息五、信息一和信息二相结合的方法进行逻辑推理，会得到什么样的结论呢？会得出'药品仓库至少要有两个，而重症监护病房最多有六个'这样的结论。

"但是如果这么思考的话，信息三就变成了悬而未决的不准确消息了。当然了，如果解释成'重症监护病房最多有六个，但是不知道为什么有一间被挂上了'B7'的挂牌'，就可以勉强让这个不准确的部分合乎情理了。举个例子来说，这六间重症监护病房杂乱无章地挂着'B1''B5''B7''B9''B10''B20'这样一堆顺序都乱七八糟的挂牌，但这样的想法非常不合乎日常逻辑。

"为了解释不准确的信息三，应该怎么办呢？三途川针对这一点开始推理了。他这时候想到的是'因为彩头不好，不吉利的 B4 挂牌被跳了过去'这样的假设。随后，虽然他并没对这点进行确认，但是这和事实相吻合……事实就是这么一回事了，不知道这个答案能不能消除您的疑虑。不过产生这样的结果，是因为您并不能熟练地使用日语，这也是无可奈何的突发情况。在日语当中数字'4'的发音很容易与发音相同的'死'字联系起来，所以在日本会被跳过不数。

"不管怎么说，就算暂且不论信息三的合理性解释，知道'药品仓库至少有两个，所以重症监护病房最多有六个'，按此途径是非常自然就能推导出来的。

"到此为止，需要注意的一点是，三途川对这种推理方法已经烂熟于心，就像您通过自己的主观臆断十分草率地得出了'小矮人共有八人'的结论一样。您会产生失误也是因为您不熟悉这种分析思考的工作方式。

"而且，'若药品仓库至少有两个，所以重症监护病房最多有六个'这一推论成立的话，那根本不用说就能推导出'剩下的一个小矮人行踪不明，说不定他就藏在宾馆的这个房间里进行监视'的结论了。

"综上所述，这就是三途川理想要对您进行的解释。"

魔镜完成了整体的说明。戴娜浑身上下都被无力感冲击着。
"如果你能好好向我说明你的行事策略的话，就不会这样了……"
"啥？"
对戴娜不屑一顾的侦探，只是毫不留情地发出了冰冷刺骨的声音。

"就凭你区区一个委托人，竟然敢对侦探执行的严密计划说三道四、指手画脚？这次我的执行策略简直可以说是完美无缺。我甚至利用了'无所不知的魔镜'的神奇力量，将之转换成了变声器。值得注意的是，我甚至想出了将魔镜输出的信息转变为信息输入这样的扭转乾坤之策。不要说'这边世界'上那些不知道魔镜为何物的芸芸众生了，就连'那边世界'的原住民——小矮人和小丫头片子，也不能轻易猜到我竟然能想出此妙计啊。"

侦探一边看着窗户上反射出来的自己的脸庞，一边滔滔不绝地说着。他这简直就是在对着自己自吹自擂了。

"而我这完美无缺的执行策略，却因你的失策而泡汤。这可是你的失策，你的失策啊。这可真是……你给我听明白了，你现在只要把侦探想象成一个'黑匣子'就可以了。你不是从来没介意过么，魔镜给出的回答到底是不是正确的吗？你难道不知道自己就应该像信赖魔镜一般信任侦探，才能获得成功吗？"

戴娜把头压得低低的。

"实在抱歉……不过……不管怎么样……"

她就这样低着头，然后振作起精神，向侦探拜托道："一定要把玛尔加雷蒂……一定要把那个小丫头片子给……"

"这是理所当然的。"

戴娜啪的一下抬起了头。她沐浴着希望之光。侦探的脸上浮现出了满腔的愤怒与笑里藏刀的扭曲表情。

"虽然这次失败的直接原因就在你身上，不过我实在是太轻敌，小看了襟音同学。我也认识到那个小丫头片子怎么说也还算得上个侦探。

"小心谨慎地行事就到此为止吧。接下来，我们就要三下五除二地做个了结了。因为接下来继续用同样的方法实在是太浪费时间了，所以要采取别的办法——要靠第二次完美犯罪来解决了。虽说手段多少有些强硬，不过还希望你能够理解我的苦衷。"

戴娜不住地点头。

侦探对戴娜不屑一顾，继续说道："就算没办法征得你的同意，我也会贯彻我的行事作风。

"站在你面前的这个侦探，一定会将你的委托执行到底。现在谁也不能阻止我们了。你就暂且放下心吧。几小时之后，我要切切实实地，让襟音玛玛艾无力还击，好好地做个了结，让你这个碍手碍脚的包袱，赶快回到你该回的地方去。"

绯山恢复得十分顺利。在按时巡诊的护士的照料下，终于到了不知何时就会睁开双眼恢复意识的状态。

"这样的话就不能不等他好起来了。"

玛玛艾充满期待，我们几个也就只能原地待命了。虽然我们擅自打开了电视机，注意力被电视上的娱乐圈八卦吸引了过去，不过还是都衷心期待着绯山尽快恢复意识。

时间过得飞快，一转眼就到了下午四点。再过半小时，探视时间就结束了。绯山还没清醒过来。

"看来今天是没戏了啊。"听见我这么说，玛玛艾也十分寂寥地点了点头。

就在这时，在我身边的多比哥哥不断地向我轻轻招手。

"怎么了？"

"借一步说话。"

哥哥把我带到了病房外边。为防止引起不必要的骚乱，我确认了一下周边的情况。病房位于走廊的尽头，走廊上的窗户挂着窗帘，墙上挂着装饰用的绘画和镜子，还有一张看上去很洋气的桌子，桌子上面放着花瓶……嗯，这附近没有别人的气息。在这么个人烟稀少的地方真是天助我也。

我在这几个小时里，并没有余力对多比哥哥察言观色。虽然嘴上说的都是鼓舞人心的话，不过多比哥哥的表情蒙上了一层阴影。果然，一走出病房，多比哥哥就问我："你是不是以为这就算完事了？"

嗯，果然要说这个。

"当然了，现在还没查出送毒苹果的嫌疑人到底是谁。"我压低了声音，这样回答他。我可不想好不容易才恢复了精气神儿的玛玛艾，又因此变得惶恐不安。

哥哥点了点头，随后又摇了摇头。

"可不是这么简单的事啊。"

"此话怎讲？"

哥哥也压低了声音。

"关于三途川理和绯山燃两个人之间的关系，我已经从你跟我说过的话里大致上有了判断。三途川与绯山同为侦探，却将绯山视为眼中钉、肉中刺。对抢了自己风头还大放异彩的绯山，三途川表现出了嫉妒心。这一点是毫无疑问的。

"所以，三途川才会想通过毒苹果这个突发事件把绯山给解决掉。暂且不论毒苹果这件事到底是不是三途川做的，作为动机已经完全可以定论了。

"在本次的突发事件当中，那家伙作为犯人和事件产生了联系。比起玛玛艾小朋友和那家伙进行共同调查的事，这件事从更明确的意义上证明，他是犯人，而并不是进行调查的侦探。但是考虑到作案动机是出于对同行产生的嫉妒心的话，在这层意义上，也可以说他是作为一个侦探和整个事件产生的联系。

"虽然暂且这样想也没有什么问题，不过还有一件让我非常介意的事。那就是戴娜过分关心的态度。根据你提供的信息来看，最后就是因为戴娜过于关心事态的发展，他们才露出了马脚对吧？"

"是这样的。"

"绯山是生是死，对那个女人有什么意义？你难道不觉得这不合常理吗？虽然这只是我作为警察的第六感，不过这里面绝对有什么蹊跷啊！"

哥哥似乎是针对这一点进行思考的，他得出的结论是："难道说玛玛艾的存在，会对新任女王的加冕仪式产生一定阻碍吗？"

哥哥在思考的过程中，列出了几件照理说戴娜会产生兴趣的事，逐个梳理这些事与绯山之间可能产生的联系，却并没有任何一个会与绯山产生直接的关联。不过，通过导入玛玛艾这个因素，哥哥发现了皇室这个完全令人无法忽视的因素。如果从这个角度上来思考的话，毒苹果那件事也能轻而易举地解释了。毒苹果便是用来杀害玛玛艾的。

我出声询问道："阻碍，什么阻碍？"

"比方说……其实，玛玛艾才是新任女王。"

"难道说？！"我不禁惊叹，但经过仔细斟酌之后，我也得到了相同的结论。玛玛艾的身上可是流着皇室的血啊……虽然我已经记不得这件事了，不过，就算我也知道，按理说对于最终登上王座人选的甄别标准应该十分严苛才对。如果借助魔镜的力量，估计马上就能见分晓了吧。

哥哥把声音压得更低了。

"还有就是,这次'完美犯罪'还不算彻彻底底地失败了。三途川那家伙只要动了心思,明天也能做出同样心狠手辣的事来。当然了,如果他不假思索故伎重施的话,我们大可以防住他,不过他可还没有失去那种把医院里的人当棋子一样摆布的能力啊。

"不仅如此,同样的情况也可能发生在玛玛艾身上……如果我刚才所做的推理符合实际情况的话,这种事就一定会发生。但是,在什么地方、发生什么事情我们可就不知道了。我们除了提醒玛玛艾要多加小心之外,自己也不能掉以轻心啊。"

实际上,同样的不安在我心里也产生了不小的波澜。这次多亏了哥哥的解释,我才能一目了然地认清我内心不安的本质。

我脱口而出——

"也就是说,犯罪的魔爪还会再次伸向我们。"

"就是这么回事。"

对方出的下一招,我们应该如何应对才好?

这次我们能将"完美犯罪"防患于未然,全都靠玛玛艾助一臂之力,哥哥们也各自伸出了援手,就连我也贡献了力量。但是,从本质上来说,这些都是偶然发生的情况,如果不称之为偶然的话,只能说是奇迹了。这只是由三途川与戴娜之间磕磕绊绊的关系偶然带给我们的机会而已。

虽说这二人的关系也许会一直磕磕绊绊的,但是却没有办法保证将来还会再次出现偶然引发的失误。就算他们失误了,也无法保证我们还会从中发现转机。所以,我们就不应该心存侥幸。

得赶紧想出对策才行。

我和哥哥确认过彼此的眼神之后,不约而同地点了点头。

在接受了兄长的指点之后，我马上绷起了这根弦，不过很快，我就被惊得毛骨悚然。在出于警戒的目的环顾四周时候，我的眼帘当中马上就闯入了一个不得了的东西。

"哎哟……哎哟喂！"我惊得连呼带喘说不出话来。

甚至没有余力分析到底发生了什么情况。

"怎么了？"哥哥问我。

我被突如其来的恐惧吓得连连后退，没有办法从这不得了的画面上移开视线。

"怎么会这样……我……这、这到底是怎么回事？！"

"到底发生了什么？！"

让我没法移开视线的，就是墙壁上挂着的镜子。

这面镜子上有黄色蜡笔的痕迹。

"这蜡笔留下来的痕迹……"

哥哥似乎十分着急地问我："那又是怎么一回事？！"

这焦急的询问语气似急促的尖叫，声音还是压得很低。

我就没这么镇静了，直接发出了尖叫。

"这面镜子就是三途川使用过的魔镜啊！我当时看到了他用蜡笔留下痕迹的场面。"

这黄色蜡笔的痕迹，就是我在宾馆的房间里东躲西藏时，三途川一不小心在魔镜上面留下的那个。

这到底是怎么一回事啊！

我因为难以承受的恐惧，差点儿哭出声来。

三途川与戴娜从宾馆出来，赶往与医院有一小段距离的商场。

"按照魔镜对现实的模拟来看，商场的地下是安全的。为了实施我们的策略，我们要赶到那个地方去。"

三途川十分严肃地通知戴娜，戴娜安静地点了点头。按照魔镜给出的答案来看，现在并没有小矮人在他们身边进行监视。

和之前的情况不同，侦探把具体的策略详细告诉了戴娜。

不过，不论使用什么样的手段都好，迫切希望了结玛尔加雷蒂的戴娜实在是想不到，事情竟然会演变成现在这种局面。眼下，戴娜似乎开始对自己将魔镜授权给三途川使用这一点产生了深深的负罪感。正是这一连串事件，导致了魔镜被用于更加骇人听闻的目的。

——全都无关紧要了。

戴娜鼓起了勇气。

——这样我才能成为新任女王呀。等到加冕仪式结束之后，只要把残存的那面魔镜毁掉就行了！这样就一了百了了。虽然这个孩子曾经跟我表示过想要魔镜，但这可不行，绝不能把魔镜给他！现在说的话可能会惹怒这个人，就先不说出来了，不过……

戴娜重新观察侦探。他现在正一脸狞笑，等着交通信号灯变绿。他似乎正在欢欣雀跃地期待什么。

由于我没忍住尖叫的冲动，玛玛艾听到后打开病房的门，匆匆忙忙地赶了过来。我的五个哥哥也跟着出来了。

我针对病房门外挂着的正是三途川使用过的那面"无所不知的魔镜"这一诡异的状况做起了说明，包括多比哥哥在内的六个哥哥,还有玛玛艾,所有人都被震惊得哑然失色。而对于我来说,现在这不可思议的突发事件,简直是伴随着恐惧产生的诡谲景象。

多比哥哥指出来:"当真是同一面镜子吗?你确定不是凑巧黄色的痕迹看着一样吗?"

我尝试着发出了提问:"咚咚咻叭哩咚咻咚叭哩!魔镜啊魔镜。作壁上观的魔镜啊!你是不是三途川使用过的魔镜?"

镜子发出光芒。即便不等接下来的回答,在镜子发光的这个时间点就可以得出结论了。

"就是同一面镜子。"镜子做出了这样毫无悬念的回答。我们几个人叽里呱啦地吵吵嚷嚷。

不过,只有玛玛艾自己一个人,沉浸在不同的感触当中。

"魔镜!"

虽然这一面并不是自己从前使用过的魔镜,但具有同样不可思议力量的魔镜就这样出现在了她的面前。实在不难理解,当魔镜被损毁后,一时之间无暇顾及任何事情的玛玛艾会产生如此深刻的冲击。

我们几个小矮人将沉溺于魔镜的玛玛艾晾在了一边,开始讨论为什么三途川用过的镜子会在这里。

镜子是怎么被放在这里的?

这并不是什么难题。

多比哥哥说道:"毕竟咱们一直都在病房里面待着呢。三途川完全有机会悄悄地把镜子挂在这里。"

言之有理。

但是……为什么?

我们展开了激烈的讨论，交换了大量的意见，就在这时，襟音玛玛艾发挥了日积月累培养出的才干。

"这种问题，问问魔镜不就解决了吗？"

啊啊！就是这句话！

就是这个坐享其成的模样！

就像不久之前，只有玛玛艾自己一个人沉浸在不同的感慨当中一般，一时间，我也沉浸在了我自己的感慨当中。

多比哥哥大声表示赞同："所言极是，就这么干！"

余下的几位哥哥也都随声附和。作为兄弟几人的代表，多比哥哥向魔镜发出询问："咚咚咻叭哩咚咻咚叭哩！你为什么会被放在这里啊？"

魔镜给出了一个令人毛骨悚然的答案。

"为了将你们尽数歼灭。"

我还是第一次听到魔镜说出如此令人汗毛直竖的回答。多比哥哥接着问道："咚咚咻叭哩咚咻咚叭哩！三途川做了什么计划？！"

魔镜当中出现了宾馆内的光景。

"这就是，距现在四十八分钟之前发生的……"

就这样，我们几个人简直像被魔镜的画面震慑住了一般……

魔镜当中出现了三途川和戴娜的身影。

戴娜坐在沙发上，三途川站在她的正前方。他就像是正在上课的教师，一边踱步，一边张开了嘴。

"接下来，新任女王陛下，请允许我向您公开发表一下后续的执行策略。"

虽然语气上毕恭毕敬，但三途川那蔑视的眼神非常明显地让人感受到了他对戴娜的不屑，甚至还能看出他正处于愤怒当中。

戴娜因而心惊胆战地回应道："好，那就劳烦你了。"

当我听到三途川称呼戴娜为"新任女王陛下"的时候，就察觉到了，多比哥哥的第六感果然准确无误。而玛玛艾正是因为王位继承这件事受到牵连，才会被人盯上了吧。

同时，我也意识到了，魔镜回到我们手中这件事有多么重要的价值，以及这次发生的事件与以往襟音侦探事务所经办的所有事件之间的决定性差异。因为这其中牵涉"那边世界"的居民戴娜，所以，从"那边的世界观"来说，魔镜是可以当作呈堂证供来使用的。

也就是说，只要把这面魔镜带回"那边的世界"去，将戴娜与三途川实施的恶行公之于众的话，事件就可以以大团圆的结局落下帷幕了。在现在这个时间点上，就可以等同于这个事件已经被我们处理完成了。

这一点，三途川难道没有理解吗？

难道戴娜并不知道这个情况吗？

不，就连我都能想明白……

这背后一定有什么阴谋。

总之，我首先把自己的乐观憧憬从头脑中驱赶了出去。魔镜当中，三途川已经开始针对自己想出的策略展开一系列的说明了。姑且先听完他的说明再做准备也不迟。

他一边大步在房间当中踱来踱去，一边冲着戴娜发出了质问："总而言之，这面魔镜的魔力究竟是什么呢，新任女王陛下？"

"这面魔镜无所不知。"

"当然了，正如您所说的那样。不过，我认为您给出的答案并不准确。因为，能够做到'无所不知'的，实际上是我们这些使用魔镜的人,所以说正确的答案应当是,魔镜的魔力是'告知真相'的功能。您觉得如何呢?"

"确实有些道理。"

"那么,我斗胆恳请您屈尊牢记住这一点。接下来,我将为您介绍辅助道具——无线电对讲机。它如同魔镜一般,将成为我们克敌制胜的法宝。"

他从手提箱中将两台无线电对讲机取了出来。

"这是普通的无线电对讲机,也就是说从 A 对讲机到 B 对讲机,或从 B 对讲机到 A 对讲机都能传递人的声音。该机型性能优良,就算传输距离比较远也可以正常运转。如您所见,这上面既没藏机关,也没设套路。"

他这是想扮演魔术师吗?

"这个道具的使用方法简单易懂,无须多做解释。用处在于,即便魔镜不在现场也可以对它展开询问。我记得您对我做出过这样的说明,魔镜可以通过通电话的方式接受提问,施展功效。

"啊啊,这个也无须多言了。毕竟您有些时候理解问题比较迟钝,所以为防万一,请您自己向魔镜提出询问确认一下吧。对,就如您所做的那样。这面魔镜是可以通过电话等方式接受提问的。"

"你说我迟钝这点我就勉强接受了吧。不过,通电话这件事,我确实是最初就已经跟你说过了啊。"

"魔镜与无线电对讲机便成了强有力的组合。"

三途川将无线电对讲机装在了挂在宾馆房间墙上的魔镜上。"那面魔镜"当然也是"这面魔镜"。不论哪一面,上面都有黄色的蜡笔痕迹。

戴娜不解地歪着头。

"看来您并没有听懂我的意思啊,难道我有什么遗漏吗?"

这可让戴娜心中有些不悦了。不过,在她想出合适的话语回敬三途川之前,三途川对着魔镜发出了询问。这个询问,让人觉得跟当下的话题似乎并没有什么关联。

"咚咚咻叭哩咚咻咚叭哩!爵士乐是一种什么样的音乐呢?"

魔镜当中流淌出了爵士乐的音符。饱满的韵律,强烈的节奏,画面中是爵士乐演奏的场景。三途川甚至开始蹦蹦跳跳,手舞足蹈。

"您现在明白了吧?"

"完全不明白。"

"咚咚咻叭哩咚咻咚叭哩!增加显示的亮度。"

亮度增加了。

"您现在明白了吗?"

"完全不明白。"

"咚咚咻叭哩咚咻咚叭哩!增加播放的音量。"

音量增大了。

"您现在明白了吗?"

"完全不明白。"

"咚咚咻叭哩咚咻咚叭哩!继续增加亮度和音量。"

亮度和音量继续增大了。

"您现在明白了吗?"

"不!明!白!"

"咚咚咻叭哩咚咻咚叭哩!继续增加亮度和音量。"

亮度和音量再次增大。戴娜捂着自己的脸,然后堵住了自己的耳朵,像是在愤怒地悲鸣一般说道:"太刺眼了,太震耳了!你这家伙,到底想干什么啊!"

但是话音未落，戴娜的脸上就忽然恢复了血色。她似乎注意到了什么一样。

"咚咚咻叭哩咚咻咚叭哩！"

因为三途川这句话，魔镜安静了下来。他看着面色铁青的戴娜，脸上浮现出了满足的微笑。

"感觉如何啊，新任女王陛下。"

"怎么会……怎么会这样。"

"魔镜的魔力是'告知真相'的功能，通过光线与声音来实现，也就是说魔镜是作为一种能够自由自在放射光线、发出声音的道具而存在的。魔镜在作为一种信息输入型道具的同时，也是一种信息输出型道具。昨天晚上，我在使用魔镜模仿各位医生说话声音的时候，注意到了这一点。

"这其中还有一点不容忽视，不论是光线还是声音，都可以用作对人或者物体进行损害这样的目的。放大镜通过将光线集中在一点，便可以将纸制品烧焦，而刺耳的噪音则可以将玻璃震碎。"

这个家伙，到底在说些什么啊……

到底在说些什么，我为什么听不懂……不，不是，我并不是没有听明白……

也就是说……这家伙想要说的是……

"这就是说，通过将无线电对讲机设置在魔镜的近旁，在很远的地方对其提出问题就是接下来我要阐明的计划了。在安全范围内，提出一个令魔镜放射出异常强烈的光线或者异常巨大的音量的问题，来实施计划。

"到底'异常巨大'有多大呢，举个例子来说，能够将医院建筑的整整一层摧毁那样大就可以了。关于这一点的可行性，我已经事先通过询问魔镜确认过了。虽然在这种情况下魔镜自身也会被当场损毁，不过它却能在自毁的过程中，十分精准地对周围环境进行破坏。

"啊！这是多么完美啊，魔镜将成为炸弹，新任女王陛下！"

就在这个时候，从魔镜之外的某处传来了相同的声音。
这个声音也同属于三途川。
"就是这么一回事啊，诸位！历史上第一个魔镜炸弹，请各位好好地亲身尝尝它的厉害！咯咯咯！请在座诸位心存感激，享受一下这史无前例的体验吧！"

突然见识了将魔镜设置为炸弹这种出人意料的作案手法，同时还突如其来地面临性命之忧，我们几个人完全陷入慌乱之中。我两眼一黑，双腿发抖，都快站不住了；玛玛艾则直接腰膝酸软地倒在地上；多比哥哥抱头缩脑的，剩下的五个哥哥也都被惊掉了下巴。

恐怕无线电对讲机就被放在了花瓶中吧。来自魔镜之外的三途川的声音，就是从那个地方传出来的。无线电对讲机不仅仅可以接收信号，同时也可以传送信号。毫无疑问地，当魔镜在进行针对犯罪行为的讲解时，三途川也已经收听到了——就在某个与这里有一段距离的安全范围内。

用魔镜揭露犯罪什么的都无所谓了！
眼下已经到了"全剧终"的时候了！
虽然说我刚才还在想"姑且先听完他的说明再做准备也不迟"，但我那会儿的想法可真是大错特错了。听完他的说明再做准备，再后悔都已经晚了啊！
三途川那不断高昂的声音在周围回荡。
"咚咚咻叭……"

商场的地下层。

戴娜与侦探肩并肩坐在墙边的长椅上。她就这样一直听着从侦探手中的无线电对讲机中传出来的，魔镜对玛尔加雷蒂一伙人讲解炸弹攻击计划的声音。侦探那副通过手中的对讲机告知对方真相的模样，就代表他已经彻彻底底地掌握了玛尔加雷蒂目前的行动情况。

戴娜迷迷糊糊地想到，如果自己能够更加坚定地来看待这件事的话，说不定能在这种远远超出自己料想的事态发展下，让自己悬着的心安稳着陆，但是她却无法做到这一点。

事到如今，那面在医院的魔镜即将爆炸，甚至还会摧毁建筑当中的整整一层！

"这边世界"的居民并不知道世间存在"无所不知的魔镜"这种东西，也没办法得知炸弹的真实面目，所以也就并不存在三途川和戴娜被当成嫌疑人缉拿归案的情况。万一（真的是微乎其微的情况下）他们被当成了犯罪嫌疑人，警方也会因为无法解开"通过何种手段制作炸弹"这一点，而没有办法取证立案。所以，目前姑且可以说两人是安全的。

同时，所有知道戴娜与"这边世界"有牵连的人，都会被魔镜改造成的炸弹炸个粉身碎骨。所有能将这个事件与"无所不知的魔镜"扯上关系的人，都将彻彻底底地消失。

完美犯罪第二号。

从某种意义上来说，就是借未知这把"刀"来杀人。

不过，戴娜在思考的并不是这件事。她越发用力地用双手紧紧抱着自己的头，脑海当中出现过的问题又此起彼伏地一个个浮了上来。

得知炸弹作战计划的戴娜不可能不良心作痛，但是可以仅仅以良心作痛就草草收场吗？这就是戴娜才下眉头却上心头的大问题，就算是整个人十分恍惚，她也会想到这件事。

良心作痛。那么，自尊心又如何呢？理智又如何呢？难道没有什么更加重要的东西在跟着隐隐作痛吗？戴娜因此而难以忍受这莫大的不安。

从宾馆到商场的路上，这个问题就像席卷而来的浪潮一样，一遍一遍地敲打着她，然后又退潮。不过即便这种煎熬像海浪一样退去，又有一波新的浪头打上来，一遍遍地在脑海中浮现。

那一层楼到底有多少人……一千个人……那就多了点啊。一百个人呢？不，应该会更多一些吧……而且，那个地方是医院，里面大多是受伤或者生病的人。竟然把这些人卷进麻烦当中来……本来我要处理掉的只有玛尔加雷蒂，只要处理她和那些给她撑腰的同伙就够了……

不过一个毫不相干的人——绯山燃已经被扳倒了，这件事对戴娜来说可以是无关痛痒的，但是数以百计毫不相干的人因此而受到牵连的话，戴娜可就笑不出来了。

虽然爆炸的只是建筑物当中的一层，但是并不能保证爆炸范围仅限于那一层。上面一层毫无疑问也会受创，下面一层和外面的道路也……

为了消解内心的不安，戴娜尝试跟侦探搭两句话。不过，看着他那沉醉的表情，戴娜不由得踌躇了起来。即便如此，她仍旧鼓起了勇气："那个……"

虽然戴娜发出了声音，但是看到侦探对自己睥睨的眼神后，便没有勇气再度发出任何声音了，仿佛他的脸上刻着这样的话："你又要来妨碍我的计划了，真是的！"

我不管了！不管了！

戴娜直接自暴自弃了。

玛尔加雷蒂能够赶紧去见阎王！最后坐上女王宝座的是我！这就足够了！然后，再破坏残存于世的魔镜！这就算一了百了了！

戴娜得出了此番结论后，内心不安的浪涛匆匆退潮，但是马上又有新的浪头打了过来。她不断地重复这样的心理活动，脑海中模模糊糊浮现的全都是同样的事情……要不了多久，那家医院里的魔镜就要爆炸了。整整一层楼会被炸飞。但是，这样真的就好了吗……

不过，这种不断重复的忧思也就到此为止了。通过无线电对讲机向对方传达出的说明，正在预示结局的逼近。

侦探小声地嘟囔道："弄明白了吗？你们这些碍眼的无名鼠辈！当侦探你还差一万年呢！就让阎王爷给你们好好上一课吧。"

侦探移开了挡住话筒的手，用一种活泼轻快的声音叫嚷道："就是这么一回事啊，诸位！史上第一个魔镜炸弹，请各位好好地尝尝它的厉害！咯咯咯！请在座诸位心存感激地享受这史无前例的体验吧！"

这便是对"在座诸位"，即玛玛艾与小矮人们发出的死亡宣告。但实际上，就连很多毫不相干的人也被同时判了死刑。

"咚咚咻叭……"

难道说，其实我们所有人从头到尾都像这样，一直被三途川这个想把一切摧毁的人玩弄于股掌之间，然后悲惨寂寥地等着被他打败吗？是不是在他最初得知魔镜的神奇能力之后，在他研究魔镜应用方法上欲罢不能、突飞猛进的时候，一切都已经尘埃落定了？难道说结局的到来也只是时间问题了？

当时我感受到的那份漠然的，绝对不能让魔镜落入那种家伙手中的警戒心，果然是正确的。这件事与王位继承是不同层面上的，明明如此的正确——可恶！

我这双耳朵在人生尽头听见的，竟然是那个卑劣可恶的穷凶极恶之徒的声音。我真是恨啊！

已经吓得瘫倒在地的玛玛艾，就在我视线的余光中。作为她的助手——作为比她年长的好拍档，无论如何都要把她给救出去，但是，我就连这些都顾不上了。

玛玛艾到底在想些什么呢？

明明因魔镜逃过一劫，最终却又因魔镜在劫难逃。

她到底是如何体会这人生中的讽刺意味呢？

她估计已经顾不上感受什么人生了吧。换作是我，心头也应该是涌上悲哀或者愤怒之类的强烈感情。但是，我就连这些也顾不上了。

记忆里的画面，一个一个地涌入我的脑海。

就像是走马灯那样。

啊！

这各种各样的令人怀念的回忆！

襟音侦探事务所呀！

襟音玛玛艾呀！

后会有期！

永别了！

随后，大厦将倾的声音，在我脑海深处响起……

有五秒钟那么长的时间，我都无法呼吸，然后自然而然地闭上了眼睛。

之后，我战战兢兢地睁开了双眼。

我还平安无事。

我观察周围的情况，开始思考到底发生了什么。我甚至连个大概都解释不出来。

带来摧毁的并不是魔镜，而是苹果。

被摧毁的并不是医院，而是魔镜。

我驻足回望。拜玛玛艾所赐，病房门从刚才开始就一直敞开，我甚至可以一眼看穿病房里的情形。

"我也是死马当活马医了……这样就行了？"不知何时恢复了意识的绯山向我们几个询问道。他把玛玛艾从商店买回来的苹果扔了过来，摧毁了魔镜。

在不可思议之海上漂浮的不可思议之岛上的不可思议的森林里，有一个不可思议之国，在不可思议之国中不可思议的山丘上坐落的不可思议的城堡前，这个国家的臣民几乎全都聚在这里了。所有人的目光，都一齐看着站在城堡前的一个惹人怜爱的少女。

"玛尔加雷蒂·玛利亚·麦克安德鲁·艾略特。"大臣那低沉的嗓音回荡着。

"是。"少女回答道。

"你是否从心中祈愿我国四海之内，和平发展、国泰民安？"

"是。"

"你是否愿意为吾国万千子民恪尽职守？"

"是。"

大臣转过身来。他朝的那个方向，就是放魔镜的地方。

"咚咚咻叭哩咚咻咚叭哩！魔镜啊魔镜！皇家世代相传的魔镜啊。谁将会成为这个国家的新一任国王，请报上那个人的姓名。"

魔镜散发出光芒，回答道："玛尔加雷蒂·玛利亚·麦克安德鲁·艾略特。"

大臣再度转过身来，说道："就在此时此刻，我国的新任女王诞生了！"

随后，他将皇冠戴在了少女的头上。臣民间传出了排山倒海般的欢呼和掌声。

接下来,舞会开始了。在城堡的庭院里,极尽奢华的玉盘珍馐被端了出来。乐队演奏着华丽繁复而又欢快轻松的乐曲。人们开开心心、热热闹闹,自得其乐地享受着宴会的欢愉。哎呀,人群中似乎混进了一个因为太感动,一边哭一边吃着山珍海味的小矮人啊。

半晌过后,大臣发言道:"诸位国民!新任女王有话要说!"

在场的所有人,一齐将视线投向了站在城堡前的新任女王陛下。

她说道:"哎……大家好。今天大家能齐聚一堂,实在是太感谢大家了。"

做完了这样的寒暄,她便开始了自我介绍和阐述将来的治国抱负一类的话题。同时,这些话题也涉及她前半生发生的故事。最后讲到了品行恶劣的侦探的事。大致讲完了事情的经过后,她接着说道:"……正因如此,恶毒的侦探和恶毒的皇后终于被缉拿归案了。等待他们的将是变为井底癞蛤蟆的酷刑。我希望他们作为坐穿牢底的癞蛤蟆,能认认真真地反省自己犯下的罪行。"

所谓癞蛤蟆,对,就是在潮湿阴暗的地方爬来爬去、苟延残喘,发出呱呱叫声的动物。恶毒的罪人终将被变成丑陋的井底蛤蟆。所以,绝对不可以做坏事。

少女继续讲这个故事。

"话说回来,一提到皇室代代相传的魔镜……在座的各位,有没有发现这其中有什么蹊跷啊?

"虽说魔镜在这世上仅有两面,但是在先前我所讲过的故事中,其中之一已经被作恶多端的侦探毁掉了,另一面则被救了我本人性命的侦探——我的救命恩人毁掉了。这就是六天前刚刚发生的事。但是就在此时此刻,就在这地方,大家请看,魔镜就好好地在这里放着呢!"

说完这些话,她伸出手指,指向刚才加冕仪式上使用过的魔镜。

人群一片哗然。

新任女王的脸上挂着微笑。
"这又是怎么一回事呢?"
她的脸上挂着狡黠的微笑,一时之间,任由众人继续议论。随后,她拍了拍手,将众人的注意力吸引过来。
"好的。接下来,就让这位贵人来解释吧!这位就是我的救命恩人!"

在众人溢美之词的重重包裹下,红发的青年在城堡前现身。他轻轻地颔首之后,开始对事件真相进行一气呵成的说明。

"各位好,鄙姓绯山。由于新女王要我做说明,那我就斗胆来为大家说明一下吧。顺道一提,刚才新任女王陛下所讲的故事中,并没涉及最后从病床上苏醒过来的我破坏魔镜的真正原因。实际上,当时我也是'死马当活马医',现在姑且对此进行简单的解释。原因就是,我其实在相对来说更早的时间就已经醒了过来,三途川理那家伙——啊,也就是那个作恶多端的侦探——在魔镜中对炸弹进行说明的时候,我就已经听到魔镜做出的解释了。

"如果没有那家伙的说明,我确实不可能做出当时的行为。不仅如此,原本在事发之前,我与新任女王陛下在进行共同调查的时候,就已经感觉到了'这其中应该有什么蹊跷'。除此之外,在我被下毒失去意识之前,我也看到小矮人的身影了,所以我才能马上就相信'无所不知的魔镜'这种不得了的东西的合理性。更何况在我苏醒过来之后,小矮人更是在我面前人头攒动。

"接下来,让我进一步来说明,在最后关头将魔镜变为炸弹这种胡作非为的用法。这真的可以称为丧心病狂的想法了。事情发生之后,我通过魔镜得知三途川那家伙一直以来是如何使唤魔镜的,在他与皇后见面的当晚,他马上就发现魔镜可以'增强亮度'了。随后,在我失去意识的那天晚上,他又发现了魔镜'增大音量'的使用方法。

"获悉魔镜的这两种使用方法,可以调整魔镜发出的亮度和音量之后,他便产生了将之制成炸弹的大胆想法。由于我并不具备这种充满创造性的想象力,所以在这方面我确实比那家伙略逊一筹。我甚至十分惋惜地认为,如果他能将自己的这种才能用在正途就好了。"

红发青年眼神悲怆地抬头望着天空,过了一小会儿才将视线落回人群,继续说明:"重新说回魔镜吧。我到了最后才——甚至不如说,在事件全部落下帷幕后才得知了前因后果。当时,我就'哎呀'一声发现了一些情况,这成了随后魔镜重返世间的契机。能这么说,也是因为三途川那个坏家伙竟然将魔镜作为炸弹使用这一点引起了我的好奇心。无论如何,举行加冕仪式,魔镜应该是不可或缺的不是吗?但是,如果将魔镜当作炸弹的话,那么它自身也会被摧毁。我当时已经听到病房门前的魔镜对这件事做过说明了。

"不过,作为委托人的王后,对于损毁魔镜的行为是绝不能善罢甘休的。想到这里的时候,我忽然就灵机一动。啊,那个坏家伙还有另一面魔镜——也就是说,襟音侦探事务所的魔镜其实并没有损毁。

"除此之外，事后我还通过询问魔镜得知，那家伙想要借用魔镜的力量在今后的侦探工作当中牟利这件事。其实不用询问魔镜，我就能想到他会产生这种想法。甚至都不用举出新任女王陛下这个例子来，毕竟魔镜对于侦探工作来说是十分方便的如意法宝。就算是我，如果有这样的法宝——不，我还是算了吧。如果有这样的法宝，甚至可能会知道不应该知道的事。这个负担实在是太重了。"

红发青年耸了耸肩，随后又摇了摇头。

"就像前面说的那样，我顺理成章地建立起'实际上魔镜并没有损毁'的假设。这是因为，我从其他的侧面印证了这个想法。

"这就要回溯到火灾引起骚乱那件事了。当时，那家伙不是一边拿着灭火器，一边咳咳地咳嗽吗。就在那个时候，他通过咳嗽来扰乱视听，趁周围的人没注意，似乎是说了一些简单的话。我做出了这样的假设。

"如果这些简单的话是对着新任女王陛下保管在桌子里的那面魔镜说出来的，又会怎么样呢？虽然当时魔镜放在桌子抽屉里，但是让魔镜给出'回答'也是可能的。

"这些话既不是英语也不是日语，而是其他不知何处的国家的语言——多半并不是什么非常通用的语言——因此不会被周围的人注意到。那家伙就以这样的方式，将某个问题的发音完完整整地背诵下来，在事发之前就已经通过放在宾馆的那面魔镜学习了这句话怎么说。

"随后我做的假设也向魔镜进行了确认，这简直可以说是毋庸置疑。这个问题的真正含义，我马上就想明白了。"

红发青年稍稍提高了音量说道："'把魔镜背后的光景显现出来，持续展示一百年！'"

一时间人群当中发出了一阵骚动,但是为了听红发青年的说明,骚动又马上归于平静。红发青年继续说明:"是一百年还是一千年,如果不问问魔镜是不可能知道答案的。但这究竟是怎么一回事呢?这难道不像是那家伙能想出来的狡猾手段吗?

"那家伙在与皇后见面的当晚,也就是实践了'增强魔镜的亮度'这种使用方法的时候,同时也实践了'将答案持续一个小时展示出来'这种使用方法。所以说,他也就得知了可以通过人为的意图将'回答'持续一段时间这种使用方法。

"想必他提这个问题的时候,并没说出咚咚咻叭哩咚咻咚叭哩这句咒语。最近,新任女王陛下和作为殿下助手的小矮人也得知了这一点。说出咒语的时候我们就会被魔镜所感知,但是即便不念咒语,魔镜也能发挥作用,并不是非要念咒语才能发挥作用的。

"魔镜给出的答案说不定仅限于画面,即便这个答案当中包含了声音,也是使用与提问时同一种语言进行回答。由于三途川使用了不容易被周围的人注意到的语言进行提问,所以同样地,魔镜的回答也不容易被周围的人注意到。

"不仅如此,那家伙在将魔镜打翻在地的时候,还向周围撒了些镜子的碎片,这都是障眼法。他在从宾馆前往襟音侦探事务所的途中,不知道在附近的什么地方买了镜子,事先已经准备好碎片了。

"这个障眼法的目的,当然就是让新任女王陛下误认为魔镜已经被毁了。当时,那家伙身穿一件有着很大口袋的大衣,在这件衣服的帮助下藏匿镜子的碎片并不是什么困难的事。

"想到这些假设之后,我尝试着让魔镜重新恢复魔力。具体的方法非常简单。我赶到了新任女王陛下的家中,对着'其实并没有被损毁的魔镜',说出了'咚咚咻叭哩咚咻咚叭哩'这句话。随后,魔镜正在进行的回答,也就是需要显现一百年之久的画面被终止了。因为这时魔镜变回了原来的魔镜,而我提出的假设也都被证实了。

"顺带一提,那家伙最初在将魔镜当炸弹使用时,就已经调查出了新任女王陛下将'其实并没有被损毁的魔镜'放在家中的事实了,不然的话就连它也将会被魔镜炸弹当场摧毁的。"

做完说明的红发青年,有些难为情地,很快就在城堡前面消失了。人群中发出了一波又一波的赞美之声,比他在城堡前现身的时候还要宏大。似乎是要与人们的赞美一较高低,新任女王把嗓门提了起来。

"大家伙儿!大家伙儿!他立下的汗马功劳,甚至比大家现在所想的还要伟大!

"让这面魔镜重新恢复魔力,有着比让皇室代代相传的魔镜恢复魔力更伟大的意义。为了制裁两人的犯罪行为,这面魔镜提供的证言成了不可撼动的铁证。也就是说,如果没有这面魔镜的话,就没法将恶毒的皇后和恶毒的侦探绳之以法了!

"不仅如此,对于我个人而言,这件事还有更加重要的意义。因为这面魔镜是母亲留给我的遗物!是非常贵重的物品!实在是太感谢您了!绯山侦探,实在是太感谢您了!

"所以,我要借现在这个场合,授予绯山燃先生勋章!大家伙,请不要吝惜掌声,一起来赞颂这个人吧!请通过盛大的掌声赞颂他吧……"

哦?

刚才一边哭一边吃着山珍海味的小矮人,好像在一个人自言自语地嘟囔着什么。

他在说什么呢?

"玛玛艾这个家伙,刚刚上任,马上就公私不分了呀。真是个让人伤脑筋的女王陛下呀!"

说着说着,小矮人发出了哧哧的窃笑声。

《SUNOU HOWAITO》
©Tomoki Morikawa 2014
All rights reserved.
Original Japanese edition published by KODANSHA LTD.
Publication rights for Simplified Chinese character edition arranged with KODANSHA LTD.
through KODANSHA BEIJING CULTURE LTD. Beijing, China
Simplied Chinese edition copyright: 2023 New Star Press Co., Ltd. All rights reserved.
本书由日本讲谈社正式授权，版权所有，未经书面同意，不得以任何方式做全面或局部翻印、仿制或转载。

图书在版编目（CIP）数据

白雪公主 /（日）森川智喜著；熊景涛译 . -- 北京：新星出版社，2023.3
ISBN 978-7-5133-5180-5

Ⅰ . ①白… Ⅱ . ①森… ②熊… Ⅲ . ①长篇小说 - 日本 - 现代 Ⅳ . ① I313.45

中国国家版本馆 CIP 数据核字（2023）第 026678 号

午夜文库
谢刚 主持

白雪公主

[日] 森川智喜 著；熊景涛 译

责任编辑：刘 琦
责任校对：刘 义
责任印制：李珊珊
装帧设计：汐和 at compus studio

出版发行：新星出版社
出 版 人：马汝军
社　　址：北京市西城区车公庄大街丙3号楼　100044
网　　址：www.newstarpress.com
电　　话：010-88310888
传　　真：010-65270449
法律顾问：北京市岳成律师事务所

读者服务：010-88310811　service@newstarpress.com
邮购地址：北京市西城区车公庄大街丙 3 号楼　100044

印　　刷：北京天恒嘉业印刷有限公司
开　　本：910mm×1230mm　1/32
印　　张：8.375
字　　数：144千字
版　　次：2023年3月第一版　2023年3月第一次印刷
书　　号：ISBN 978-7-5133-5180-5
定　　价：49.00元

版权专有，侵权必究；如有质量问题，请与出版社联系调换。